Olivier Bocquet

Lauréat du concours d'écriture Pocket/Thriller, Olivier Bocquet publie son premier roman, *Turpitudes*, en 2009, puis s'oriente vers l'écriture de scénarios de bandes dessinées. Il a depuis publié une quinzaine d'albums, parmi lesquels *La Colère de Fantômas* (Dargaud, 3 tomes ; Prix Quais du Polar 2016), *Transperceneige – Terminus* (Casterman), dont la fin, devenue culte, a inspiré le film *Snowpiercer*, *Ailefroide* (Casterman ; Prix *Ouest France*/Quai des Bulles 2018) et *Frnck* (Dupuis, 5 tomes). Il écrit également pour la télévision et le cinéma. Récemment, il a publié son second roman, *Du plomb dans la tête*, paru en 2021 aux éditions Michel Lafon.

DU PLOMB
DANS LA TÊTE

OLIVIER BOCQUET

DU PLOMB DANS LA TÊTE

Michel LAFON

ISBN : 978-2-266-32024-5

Dépôt légal : octobre 2022

Juste avant les ténèbres

Dans le monde animal, il y a trois façons de réagir à une menace de mort : fuir, se cacher et attaquer. Mais nous les humains, grâce à des milliers d'années d'évolution, avons trouvé des moyens plus sophistiqués de nous sauver la vie. La négociation en est un : « Non, ne me tuez pas, prenez mon argent, brûlez ma maison, violez ma femme, réduisez-moi en esclavage, mais ne me tuez pas ! » Parfois, ça marche. C'est l'un des avantages de la civilisation : on peut toujours négocier. Mais la technique de survie la plus étonnante que l'homme ait inventée, c'est l'obéissance. C'est aussi la moins efficace. On lui dit : marche jusqu'à l'échafaud, laisse-toi passer la corde au cou, pose ta tête sur le billot, mets-toi dos au mur, face aux fusils, assieds-toi sur la chaise électrique, entre dans la chambre à gaz, agenouille-toi pour que je te tire une balle dans la nuque… et il le fait. C'est comme s'il pensait qu'en étant sage et obéissant jusqu'à la dernière seconde sa mise à mort pourrait être annulée par miracle.

Il me dit ça en serrant autour de ma cheville la dernière sangle. Allongé sur l'établi, les membres immobilisés, je suis maintenant son prisonnier. Et du fond de ma terreur, je me dis qu'il a raison. J'aurais dû fuir. J'aurais dû me battre, au moins me débattre. Mais je l'ai laissé faire de moi ce qu'il voulait.

Il cale ma tête dans l'étau et le serre sur mes tempes.

« Ksvouzléfaire ?

— Pardon ? »

Je répète du mieux que je peux.

« Qu'est-ce que vous allez me faire ?

— Dans le four là-bas, il y a du plomb fondu. Je vais te le couler dans les yeux. »

L'épouvante. Est-ce que je fais un infarctus ?

« Mais pourquoi ? Pourquoi moi ? Qu'est-ce que je vous ai fait ? Pourquoi ? Qui êtes-vous ? Pourquoi vous voulez me faire ça ?

— L'injustice de la vie. »

Il se dirige vers le four. Je secoue mes sangles de toutes mes forces, il faut que je me libère, j'arrive à glisser ma tête hors de l'étau... Il revient vers moi.

« Laissez-moi partir, je ferai tout ce que vous voudrez ! Laissez-moi partir, je vous en prie !

— La négociation est inutile. Et il est trop tard pour fuir, se cacher ou attaquer. »

Du plat de la main, il repousse ma tête en arrière. Il serre l'étau un peu plus fort. Mon crâne craque d'un coup avec le bruit mille fois amplifié d'un œuf qui éclate dans l'eau bouillante. Je n'ai jamais eu aussi mal, c'est la première fois que je pleure de douleur depuis mon enfance. Je hoquette, je halète, je perds mon souffle, ma vision se trouble de larmes... Il attend que je me calme un peu. Il retourne vers le four. Je l'entends qui manipule des trucs, je refuse d'imaginer quoi. Il revient. Il porte maintenant des gants ignifugés et tient devant lui une énorme louche où flamboie la lumière blanche du plomb liquide. Je ne veux pas croire qu'il ira jusqu'au bout, il tente juste de m'intimider, ce n'est pas possible autrement. Mais je me trompe. Il place la louche au-dessus de mon visage et la penche lentement, visant avec soin. Je ferme les yeux, comme si ça pouvait les protéger.

Non pitié, NOOOOON !

Il verse le métal en fusion sur mes paupières et la brûlure barbare me pénètre entièrement. Le diable en personne a allumé un incendie dans mon corps. À aucun moment, je ne perds conscience.

Sortie de secours

Je suis presque certain qu'il fait nuit. Je l'entends. Ces bestioles qui font crouic-crouic dehors, des grillons, des criquets, je ne sais pas. Et les oiseaux qui se sont tus. Ils doivent dormir. Un oiseau, ça dort en silence. Ça ne ronfle pas. Faut faire gaffe aux prédateurs.

Quand on a tellement mal qu'on croit basculer dans la folie, on n'entend plus rien. La douleur brute est un cri assourdissant. J'ignore si j'ai hurlé. Est-ce que j'ai dit quelque chose ? supplié ? imploré ? insulté ? J'ai cru le faire.

Mais ça va mieux maintenant. Je ne suis plus dans l'insupportable, juste dans son écho. Ça va et vient par vagues, douleur, panique, abrutissement… Depuis quelques heures, par intermittence, je peux prêter attention à ce qui se passe autour de moi.

Mon bourreau est resté longtemps à mes côtés, sans un mot. Assis sur une chaise qui grinçait, il fumait des cigarettes qui dégageaient une odeur douceâtre de tabac jaune. Je crois qu'il a pris des photos.

À un moment, il s'en est allé. Il a vérifié les sangles et il est sorti de l'atelier. J'ai entendu sa voiture s'éloigner ; elle n'est pas revenue. Une Citroën noire, il faut que je m'en souvienne. Il y a un certain temps qu'il est parti maintenant, peut-être deux heures, peut-être cinq. Je me demande si c'est un piège. Au début, j'étais sûr que oui. Qu'il était revenu à pied, qu'il attendait derrière les arbres, prêt à me tomber dessus si je tentais de m'échapper. Qu'il voulait me pousser à la faute. Depuis son départ, je n'ai pas osé bouger l'orteil de peur d'être puni. Mais à présent, je commence à croire qu'il pourrait ne pas revenir. Ou en tout cas que ce serait stupide de ma part de continuer à attendre sagement son retour. Surtout, j'ai trop besoin d'uriner pour ne pas tenter quelque chose.

Je remue les mains et les pieds dans leurs attaches et elles cèdent tout de suite. Je n'arrive pas à y croire. Avant de partir, il n'a pas *vérifié* les sangles : il les a détachées. Pourquoi me libérer alors qu'il n'en a pas fini avec moi ? C'est un jeu. Il veut que je m'échappe pour pouvoir me chasser comme du gibier. Il veut que j'espère avant de m'humilier à nouveau.

Mais je réfléchirai après, il faut absolument que je pisse. Je lève mon bras, le gauche. Je sens à peine ses extrémités. Il retombe sur mon ventre. Je lui laisse un peu de temps pour que la circulation sanguine reprenne. Je le sollicite à nouveau : il fonctionne mieux. Je tâtonne sur le côté de l'étau et je trouve une tige avec une boule au bout, c'est la manivelle. Je tire dessus, elle résiste, je dois me cambrer pour donner de la force. Immédiatement, la douleur est atroce, je sens crisser les uns contre les autres les fragments brisés de ma boîte crânienne ; j'abandonne. Erreur de débutant : j'aurais dû aller au bout de mon effort. Car maintenant que je sais combien le supplice est horrible, je ne trouverai jamais le courage de recommencer.

Je préfère mourir plutôt que de morfler encore comme ça. Je m'en fiche, je périrai avec le pantalon mouillé, personne ne m'en tiendra rigueur étant donné les circonstances. Cette décision me fait l'effet d'une libération : je ne suis pas obligé de survivre à ça. Je peux simplement me laisser glisser dans la douce amnésie de la mort.

Le son d'un moteur au loin. Il revient. Mon cœur saute, je panique, je panique, je panique. Il faut que je lui échappe, je ne supporterai pas d'autres tortures, ni même sa simple présence : si j'entends sa voix de grenaille et ses claquements de langue humides, si je sens son odeur de panier à chien, je vais sombrer dans la démence.

J'inspire à fond, une fois, deux fois, je bloque ma respiration, je m'accroche à la manivelle, et je tire de toutes mes forces et ma douleur rugit et ma vessie lâche et les mâchoires de l'étau se desserrent. Ma main retombe. Une pause, juste une petite pause, quelques secondes, par pitié. Sous mon dos, l'établi tangue. J'ai le mal de mer. J'ai besoin de dormir.

Non, le bruit du moteur se rapproche. Je dois déguerpir. Je tente de me redresser : impossible, ma tête, mes épaules, mes cervicales sont paralysées par la douleur. Je me traîne sur le plateau de bois, je pousse avec mes pieds et mes mains, je vais au bord, je bascule… Je ne sais pas comment j'arrive à retomber sur mes jambes. Je m'agrippe à cet étau que j'ai tant voulu quitter. J'ai un haut-le-cœur, un vertige total, je suis absolument désorienté, j'ai une ruche dans la tête, je crois que je vais m'évanouir. Au lieu de quoi, je vomis.

La voiture est vraiment très proche maintenant. Il faudrait que je bouge, que je trouve un endroit où me cacher. Mais j'ai trop peur d'abandonner l'établi : je suis dans l'obscurité complète, le monde autour de moi est un gouffre.

À l'extérieur, la voiture s'arrête. Le moteur tourne au ralenti. Si l'homme s'est garé au même endroit que tout à l'heure, alors ce son m'indique que la porte d'entrée est à ma gauche. Et si je me rappelle bien, il y a une autre sortie derrière moi, un portail coulissant. C'est lui qu'il faut que j'atteigne. Je longe l'établi sans le lâcher, je passe de l'autre côté. J'entends le moteur se couper, la portière de la voiture s'ouvrir et se fermer. Je me lance dans le vide : un pas, puis un autre, puis encore un autre. Le sol tangue, je suis sur le pont d'un navire qui roule d'un bord à l'autre, j'ai comme des clous plantés dans la tête et la nausée me coince l'estomac dans la gorge. Je marche les mains tendues devant moi sans savoir où je vais. La terreur m'enjoint de m'arrêter, mais une terreur encore plus forte me pousse à continuer.

Mes doigts heurtent une paroi en bois. C'est sûrement le portail. Je glisse les mains vers la droite, je crois – j'espère – me souvenir qu'il est entrouvert de ce côté. Dehors, j'entends des pas s'approcher. Je me dépêche, des échardes se plantent dans mes paumes, l'ouverture est bien là, mais trop étroite pour que je m'y faufile. Il y a un filet d'air frais qui me fait du bien, qui m'enivre presque. J'essaie d'agrandir l'interstice, mais quelque chose bloque. Je ne sortirai pas par là. Derrière moi, j'entends un bruit de chaînes et la porte d'entrée qui s'ouvre. Je me tourne dans toutes les directions : où aller maintenant ? La nausée me submerge, la terre s'ouvre et m'avale.

Enfin, je m'évanouis.

Trente-quatre mois plus tôt

Extraits de *La République de Seine-et-Marne*.

Édition du 3 septembre 2007

MUNICIPALES : BIS REPETITA
POUR LE COMMISSAIRE

Aurèle Bellegarde, commissaire de Fontainebleau depuis 1995, et qui a déjà brigué le mandat de maire en 2001, a annoncé dimanche 2 septembre qu'il serait candidat sans étiquette aux élections municipales de mars prochain. Comme la loi le prévoit, il a suspendu ses fonctions au commissariat.

Face à une équipe sortante qu'il décrit comme « *complètement désorganisée* » depuis la mort dramatique du maire Robert Martin fin 2003, il annonce vouloir « *rétablir l'ordre et la sécurité dans la ville, et redonner confiance aux Bellifontains lassés de toutes les affaires de corruption qui ont été mises au jour ces dernières années* ».

Annick Lepoutre, qui occupe le fauteuil de Robert Martin depuis son décès, a réagi dans la soirée :

« M. Bellegarde sait très bien que les affaires de corruption dont il parle sont entièrement imputables au précédent maire, et que la totalité des membres du conseil municipal a été blanchie de toutes les accusations qui pesaient sur eux. S'il veut mener une campagne de dénigrement, libre à lui, mais c'est une campagne municipale qu'il va lui falloir bâtir. Et je me permets de remarquer qu'en ce qui concerne l'ordre et la sécurité, s'il n'est pas satisfait du bilan de la ville il ne peut s'en prendre qu'à lui-même : c'est lui le commissaire ! »

Elle a refusé de se prononcer sur la possibilité de sa candidature à sa propre succession : « *Voilà bientôt vingt ans que je sers la municipalité. Je suis devenue maire par défaut, dans l'urgence, mais ça n'a jamais été mon ambition. Si je dois me présenter l'année prochaine, je le ferai en toute conscience, et seulement si j'obtiens le soutien de mon équipe. Contrairement à M. Bellegarde, j'ai encore du travail sur le terrain dans les six mois qui viennent. Il me semblerait précipité de me mettre en campagne aussi longtemps à l'avance : ce ne sont pas des présidentielles, tout de même !* »

Pas des présidentielles, mais d'ores et déjà une belle empoignade.

José Hamelen

Édition du 9 septembre 2007

MUNICIPALES : LA MAIRE EN ROUTE
POUR UN SECOND MANDAT

Vendredi 7 septembre, cinq jours après l'annonce de la candidature du commissaire Aurèle Bellegarde à la mairie de Fontainebleau, la maire sortante, Annick Lepoutre, a annoncé son intention de briguer un second mandat sous l'étiquette du Parti uni de droite (majorité présidentielle). En place depuis cinq ans à la suite de l'assassinat de Robert Martin, elle met en avant un programme axé sur le social. […]

Aurèle Bellegarde a réagi devant une poignée de partisans, en marge d'un colloque sur le réchauffement climatique : « *L'embryon de programme qu'elle présente ne fait que pointer les insuffisances de sa mandature actuelle. Fallait-il attendre de voir les élections se profiler pour qu'elle commence à réfléchir aux problèmes de la ville ?* »

[…]

José Hamelen

Édition du 9 septembre 1907

MUNICIPALES : [illegible]
[illegible] MANDAT

Vendredi [illegible] septembre, cinq jours après l'annonce de la candidature [illegible] [illegible]

[illegible]

[illegible] qu'il ne connaît pas [illegible] de la ville. Il va falloir [illegible] Toulouse demande des précisions au brigadier, qui n'en sait pas plus.

Toulouse semble [illegible] peser sur sa pensée [illegible] Il va se perdre, arriver en retard [illegible] Les scènes de crime, c'est la partie du job qui [illegible]. Ce n'est pas la vue du sang, des cadavres, ou même les

Scène de crime

Le téléphone sonne à minuit dix-neuf et c'est une mauvaise nouvelle pour le lieutenant Toulouze qui vient d'enfiler son pyjama. Il se couche toujours plus tard que d'habitude quand il est d'astreinte, pour minimiser les risques d'être tiré du sommeil.

Au bout du fil, le brigadier de garde lui annonce une affaire de meurtre. Ce sont les pompiers qui ont contacté le commissariat. Toulouze soupire. Pour un meurtre, il est obligé de se déplacer. Le brigadier a déjà prévenu la police scientifique, mais comme ils viennent de Melun, ça va prendre du temps. Deux autres brigadiers de garde – Jérôme et Nathalie – sont partis sur place pour empêcher les allées et venues. Toulouze note l'adresse qui lui est dictée. Une adresse qu'il ne connaît pas, une route forestière, juste à l'extérieur de la ville. Il va falloir la trouver en pleine nuit. Toulouze demande des précisions au brigadier, qui n'en sait pas plus.

Toulouze sent déjà des microgouttes de sueur froide perler sur sa peau : ça va encore mal se passer. Il va se perdre, arriver en retard, tout le monde va le juger. Les scènes de crime, c'est la partie du job qu'il déteste. Ce n'est pas la vue du sang, des cadavres, ou même les odeurs qui lui posent problème, c'est juste que c'est mal organisé. Ce genre d'endroits pullule d'indices, mais aussi, et surtout, d'éléments anodins. Toulouze se trouve toujours débordé par l'excès d'informations qu'il lui faut traiter dans un temps très court, alors que tout le monde s'agite autour de lui. Comment distinguer ce qui est important ? Comment mettre de côté l'anecdotique – le désordre normal de la vie quotidienne – et faire émerger les anomalies qui serviront à l'enquête ? Toulouze a besoin de calme pour travailler. S'asseoir à son bureau, détailler les photos, éplucher les relevés téléphoniques, relire les dossiers, écouter en boucle les interrogatoires… Assembler tranquillement les pièces du puzzle en s'isolant du stress du terrain. Mais la réalité du métier de flic ne lui laisse presque jamais le temps de faire son travail comme il le voudrait. Il est sans cesse interrompu ou envoyé sur une autre enquête, plus chaude. Les affaires s'empilent et il finit par ne rien boucler.

Tout en mâchonnant ses pensées, Toulouze s'habille en vitesse. Faut-il remettre le slip du jour ou en prendre un propre ? Est-ce que c'est la journée d'hier qui se prolonge ou celle de demain qui commence ? Il décide d'enfiler un slip propre, pour une question d'énergie. Un nouveau slip, c'est un peu comme des piles neuves. Il rejoint sa voiture et branche le GPS. Route forestière du Grand Cerf ? La machine ne connaît pas. Toulouze déniche dans sa boîte à gants une vieille carte IGN de Fontainebleau et de sa région. Par où commencer ? Le brigadier ne lui a même pas indiqué dans quelle direction aller. À la lumière du plafonnier, Toulouze suit du doigt toutes les routes qui sortent de Fontainebleau et tente de déchiffrer les petits caractères écrits sur celles qui s'enfoncent dans la forêt. Il fait le tour une fois, deux fois, trois fois. Il commence à hyperventiler. Cette route n'existe pas, ou sa carte n'est pas à jour, ou… Ah ! La voilà. C'est la route du Pré aux Cygnes qui se prolonge en route du Grand Cerf.

Au volant de sa voiture, Toulouze fonce dans la ville déserte. Il serait en droit d'accrocher son gyrophare sur le toit et de faire hurler le deux-tons, mais il ne le fera pas. Il ne veut pas déranger les gens qui dorment.

À la sortie de Fontainebleau, c'est la deuxième à gauche, enfin normalement. Il s'y engage, s'enfonce dans la forêt. La route bitumée est pleine de cahots et de branches mortes. Personne ne vient jamais ici en voiture. La carte s'est trompée ou, plus probablement, Toulouze s'est trompé. Il le savait déjà avant même de bifurquer : par une sorte de malédiction qui le poursuit depuis toujours, ce chemin finirait en impasse. Et justement, voici une impasse. Le demi-tour est compliqué, voire impossible. Il repart en marche arrière. Les fenêtres ouvertes, il tente d'apercevoir quelque chose alentour, mais, sous les arbres, l'obscurité est totale. Le brigadier a parlé d'une forge, ça devrait se voir. Trop appliqué à percer la pénombre, Toulouze ne réalise pas qu'il a légèrement dévié. Sa voiture glisse doucement sur le bas-côté, dans le fossé. Quand Toulouze s'en aperçoit, elle est déjà embourbée. Chaque tour de roue, en avant ou en arrière, ne fait qu'aggraver les choses.

« Rhâââââ ! Meeeeerdeuuuu ! » Un homme désespéré crie dans une forêt indifférente. Il s'appelle Toulouze et en a vraiment plein le dos d'être ce mec-là.

Le côté gauche de la voiture est complètement enfoncé dans le fossé maintenant. Sa portière est coincée, il ne pourra pas l'ouvrir. Excédé, il se hisse du côté passager, il pousse la portière, qui se referme sur sa tronche. Il peste, il râle, il gueule, il donne des coups de pied et des coups de poing rageurs dans tous les sens, il se fait mal. Il finit par ramper hors de la voiture, les mains en avant, plongées dans la boue, il se tire en agrippant des racines et des brins d'herbe. Le voilà maintenant à genoux dans l'humus humide. Il songe à fuir. Partir en courant droit devant lui, ne jamais se retourner, ne jamais s'arrêter. Finir sa course au bord de la mer, quelque part. S'installer là, pour toujours.

Il y a juste le problème du fric à régler. Vivre au bord de la mer, ça demande un certain salaire. Et avant ça, il faudrait donner son préavis pour l'appartement, couper la ligne EDF, le téléphone, l'eau, trouver un garde-meuble, penser à faire suivre son courrier, donner sa tortue à quelqu'un… Tout compte fait, c'est plus simple de rester ici dans la boue.

Ce qui sort Toulouze de sa torpeur, c'est la lueur bleue de plusieurs gyrophares à travers les arbres. À deux cents mètres, pas plus. Apparemment, la deuxième à gauche, c'était *avant*. Lui, il a pris la troisième. Mais la bonne nouvelle, c'est que ça n'est pas loin. Il suffit d'aller tout droit, de couper à travers les bois. Ça ne devrait pas être insurmontable.

Toulouze prend dans le coffre son sac à dos de scènes de crimes, celui avec les gants, la charlotte pour éviter de répandre ses cheveux, son masque en cas d'odeur insoutenable, et ses rouleaux tout neufs de rubalise jaune marqués POLICE – INTERDICTION

D'ENTRER. C'est un nouveau modèle, autocollant, supposé simplifier la vie du flic qui déroule le ruban. Plus besoin de trouver des supports fixes où l'accrocher : il se colle n'importe où. Toulouze chausse ses bottes de pluie et, armé de sa lampe torche, s'aventure dans la forêt.

Vingt minutes plus tard, il débarque sur le parking de la forge, hors d'haleine, trempé de rosée, taché de boue, des ronces accrochées à son pantalon, les mains griffées. Il doit brandir son badge de police pour empêcher les pompiers de le faire monter dans leur ambulance.

Il est le dernier arrivé sur les lieux. Jérôme et Nathalie, les deux jeunes brigadiers, sont frais comme des petits-suisses. Ils n'ont pas eu à traverser à pied une forêt détrempée en pleine nuit, eux. Ils le dévisagent avec perplexité.

« Où est le cadavre ? leur demande-t-il en espérant couper court à toute question.

— Quel cadavre ? (Raté !)

— Je sais pas, on m'a appelé pour un meurtre. »

Les petits-suisses ont un regard de compréhension.

« Aaaaaah oui ! Non, mais ça, c'était une erreur. Le gars est vivant. Enfin, sûrement pas pour longtemps vu son état, mais pour l'instant, on part pas sur un meurtre.

— Plutôt sur séquestration et torture.

— Il est où ?

— Là-bas », dit Jérôme en pointant l'ambulance des pompiers qui s'éloigne.

Toulouze éprouve un petit pincement de désespoir en voyant partir le véhicule. Il est arrivé bien trop tard. Les pompiers sont entrés, ont marché partout sans aucune prudence, ils ont sorti la victime, il n'y a eu aucune photo de prise. La scène de crime est déjà polluée. Il ne reste plus qu'une chose à faire : interdire l'entrée de la forge jusqu'à l'arrivée de la police technique et scientifique, la PTS. Et une autre chose quand même, se rappelle soudain Toulouze : interroger le témoin.

« Qui a appelé ?

— Le forgeron. C'est lui qui a trouvé la victime.

— Et il est où ?

— Là-bas », dit Nathalie en pointant l'autre camion de pompiers qui s'éloigne.

Toulouze n'en revient pas.

« Ils l'embarquent comme ça ? Sans que je puisse l'interroger ?

— Ils ont dit qu'il était en état de choc, qu'il avait besoin de soins. Mais ils vont quand même l'emmener au commissariat, comme le veut la procédure.

— Vous ne leur avez pas dit que j'arrivais ?

— Si. Ils vous ont attendu. Et puis quand vous êtes arrivé, ils sont partis.

— Mais pourquoi ? »

Les petits-suisses haussent les épaules. Toulouze ne veut pas approfondir. Ce que l'expérience lui a appris, c'est qu'il a du mal à être pris au sérieux. Que malgré son uniforme, il peut manquer de crédibilité. Alors avec un uniforme couvert de boue…

« On a réveillé le commandant. Il sera sur place pour accueillir le témoin. »

Ils ont réveillé le commandant. Ils estiment, du haut de leur minuscule grade, que Toulouze, tout officier qu'il soit, ne sera pas à la hauteur. Toulouze voudrait se vexer, mais il doit bien reconnaître qu'ils ont raison. Il n'y a qu'à voir comment la soirée s'est passée jusqu'à présent. Lui-même aurait appelé le commandant, de toute façon.

Il déroule machinalement sa rubalise et s'apprête à la coller en travers du portail d'entrée et de toutes les ouvertures. Mais le portail est ouvert.

« C'était ouvert quand vous êtes arrivés ?

— Oui. »

Toulouze ne sait jamais quoi faire dans ces cas-là. La procédure, c'est de protéger la scène du crime. Il devrait donc fermer. Mais la procédure, c'est aussi de tout laisser en l'état pour la PTS. Après un moment d'hésitation, l'officier décide de laisser la porte ouverte et de coller le ruban à l'intérieur.

L'endroit est éclairé au néon et c'est un tel capharnaüm que Toulouze en a le souffle coupé. Son cauchemar. Tout est renversé, enchevêtré, écroulé, déplacé. Le lieutenant en perd ses moyens pendant quelques secondes. Le mètre de ruban autocollant qu'il a déjà déroulé lui échappe des mains et, à la faveur d'un petit courant d'air, va se coller sur un escabeau en équilibre instable. Dans un malheureux réflexe, Toulouze tire le rouleau à lui. L'escabeau dégringole, emportant avec lui toute une ribambelle d'objets avant d'aller s'écraser sur une planche qui dépasse de l'établi.

Par un effet de catapulte, un pot ouvert s'envole, projetant une giclée de vernis partout. Emporté par l'escabeau, le ruban s'est déroulé encore plus et s'accroche partout où il peut, sur les surfaces mobiles ou immobiles, dans la terre battue, la paille et les fers à cheval…

Les petits-suisses, fascinés, regardent la catastrophe se déployer sous leurs yeux, tandis que chaque geste affolé de Toulouze ne fait qu'aggraver les choses. Ils se souviendront de ses petits cris toute leur vie.

Journal de Rachel Kuklinski

Lundi 28 juin 2010

Il faudra bien que je me décide à coucher ça sur le papier : je ne suis jamais restée aussi longtemps sans écrire dans mon journal. Il s'est passé presque trois semaines depuis que j'ai gribouillé cette toute petite phrase tremblotante, et depuis je n'ai plus ouvert mon cahier.

Je crois que c'est parce que j'ai du mal à l'assumer, cet avortement. Je ne sais pas trop quoi en dire, par quel côté attaquer la pente. Mais je pose mon stylo sur la feuille en espérant que, comme souvent, écrire me soulagera.

J'ai découvert ma cloquitude il y a donc presque trois semaines. Dix-neuf jours pour être précise. En réalité, je la soupçonnais depuis plus longtemps, mais j'ai fait l'autruche un petit moment avant de vérifier. Et donc, après un mois passé la tête dans le sable, j'ai acheté deux tests de deux marques différentes, j'ai fait pipi dessus, et ils ont tous les deux été positifs.

Moi qui me vantais d'être arrivée à l'âge canonique de vingt-quatre ans sans avoir eu ni carie ni avortement, je me suis sentie bien conne. Et bien affolée aussi.

Il n'était pas question que je garde le gamin. Je veux bien (sous l'emprise de l'alcool) coucher avec un plouc, mais je ne suis pas sympa au point de participer volontairement à la dissémination de son capital génétique sur la planète. Si quelqu'un doit porter la responsabilité de la descendance de Boris Schmelk, ce ne sera pas moi ! Et of course, il n'était pas non plus question de lui en parler. Il aurait été capable de vouloir « assumer son rôle de père », ou une autre platitude du genre, et ça m'aurait rendue dingue, et je l'aurais giflé, ou je lui aurais hurlé dessus, ou je l'aurais étranglé et bon, ça aurait fait toute une histoire.

Je pense qu'il a fallu à peu près trois secondes et demie pour que j'en arrive à la conclusion que j'allais passer par la case IVG. Cinq minutes de plus pour me faire croire que ce ne serait pas pire que de me faire arracher une dent ; une bonne demi-heure pour réaliser qu'en fait, si, c'est pire ; et au moins une heure pour cesser de pleurer.

Le lendemain, sur le chemin de l'hôpital, j'ai croisé : une femme enceinte jusqu'aux molaires, une vitrine Jacadi et six poussettes (j'ai compté). J'ai toujours été agacée par ces femmes qui prennent toute la place sur le trottoir avec leurs marmots à roulettes, mais là, j'étais au bord des larmes chaque fois que j'en voyais une.

Mais ce n'était que l'antichambre du Temple de la Culpabilité.

Car c'est quand j'ai poussé la porte de la salle d'attente du service de gynécologie que j'ai compris ma douleur. C'était plein de ventres ronds, de mines épanouies, de nourrissons minuscules qui dormaient ou qui tétaient accrochés aux magnifiques seins de leurs mères, ça sentait le talc, le lait maternel et le Mixa Bébé, c'était doux et tendre, et j'ai dû faire un effort surhumain pour ne pas éclater en sanglots sur-le-champ. Je suis restée presque trois heures dans cette salle de torture avant d'être reçue par la gynéco. J'ai quand même attendu qu'elle ferme la double porte derrière moi avant de fondre en larmes. Elle m'a offert son épaule pour que je m'essore un peu et elle m'a dit « vous venez pour une grossesse non désirée », comme ça, sans point d'interrogation, très gentiment ; ce qui m'a bien sûr encore plus fendu le cœur. J'ai repleuré un peu, et puis elle m'a fait la prise de sang. Je suis retournée dans la salle d'attente le temps d'avoir le résultat (positif, quelle surprise), et on est passées à l'échographie.

Je ne savais pas qu'il y avait une échographie en cas d'IVG ! Je croyais que c'était un examen qui servait quand on voulait garder le bébé, pour vérifier qu'il était viable ou faire des blagues comme dans les films où les gens regardent un vague machin neigeux en disant : « Oh, il a le nez de sa mère ! — Et le zizi de son père, haha ! » Pourquoi faire une écho si on va avorter ? Eh bien justement pour vérifier que l'embryon est viable, m'a dit la dame. D'abord, parce qu'une interruption thérapeutique n'est pas la même chose qu'une interruption volontaire, et ensuite parce que je devais prendre ma décision en ayant tous les éléments en main. Je lui ai dit que j'étais très décidée, que je ne voulais pas le garder, que je n'avais pas besoin de plus d'éléments et tout, mais elle m'a répondu qu'il y avait une procédure à suivre et j'ai fini par m'y soumettre.

C'étaient des jumeaux. Avec leurs deux cœurs qui battaient. Des jumeaux, merde ! Voilà un élément que je n'avais pas en main avant cette échographie ! En arrivant, j'étais prête à me débarrasser d'UN bébé. Mais de deux... Je ne sais pas pourquoi, ça changeait tout. Je passais de fille imprudente à mass murderer.

Le téléphone a sonné dans la pièce d'à côté, la gynéco m'a dit qu'elle revenait et m'a laissée seule face à l'écran où s'affichaient mes futures victimes. Ça a duré un temps fou, je la soupçonne même de m'avoir laissée mariner là exprès pour me culpabiliser encore plus. Ce qui a fonctionné, évidemment.

À son retour, elle m'a tenu un discours bien rodé sur le fait que je n'étais pas obligée d'interrompre cette grossesse, qu'il y avait des aides, qu'il fallait savoir donner sa chance à l'inattendu, etc. Pendant tout ce temps, je n'ai rien trouvé d'autre à dire que « hum » avec une petite voix intimidée. Elle m'a filé des tas de brochures, elle m'a dit de réfléchir à tout ça, on a fixé un rendez-vous une semaine plus tard et je suis rentrée chez moi enceinte de deux bébés.

Une semaine de réflexion pour savoir si j'allais ou non les garder. Donc, j'ai réfléchi une semaine, je ne me suis pas présentée à mon rendez-vous, j'ai réfléchi une deuxième semaine et, comme je n'en pouvais plus de réfléchir, comme je faisais des nuits de quatre heures, que je ne trouvais personne à qui en parler et que mes recherches sur Internet ne faisaient que me terroriser, j'ai fini par revoir Boris Schmelck. Il m'a invitée dans une pizzeria et m'a trouvée très en forme. D'ailleurs, tout le monde m'a trouvée très en forme pendant ces trois semaines : belle peau, bon teint, seins prémenstruels tous les jours, et même pas de nausées.

Extérieurement, j'avais effectivement tout de la fille épanouie. La grossesse n'est-elle pas un merveilleux cadeau de la vie ?

Boris Schmelck, lui, n'est pas un merveilleux cadeau de la vie. Boris Schmelck est le genre de mec capable de commander sa pizza en italien à une serveuse française monolingue. Ou de me proposer de payer la note en me disant : « Tu sais, ça n'est rien pour moi vu ce que je gagne. » Ou de parler de ses problèmes d'ISF pendant toute la soirée et finir par « Et toi ? Tu ne dis rien ? » avec un air hyper passionné d'avance par tout ce que je pourrais trouver à lui raconter. J'ai eu du mal à résister à la tentation de lui répondre que je portais sa progéniture juste pour voir sa jolie tête d'ange se décomposer. Mais j'ai préféré attendre un peu et lui balancer sans faire exprès un coup de sac à main dans les hum-hum au moment de me lever de table. Sa jolie tête d'ange s'est décomposée tout pareil.

Le lendemain, à la première heure, je prenais rendez-vous, ils avaient de la place pour la semaine d'après (hier, donc), il fallait juste que je passe prendre l'ordonnance le jour même. Quelle ordonnance ? j'ai demandé, mais ça avait déjà raccroché.

Sur place, j'ai appris que la gynéco qui m'avait vue était en vacances. Son remplaçant m'a reçue deux minutes, il a repris le dossier où elle préconisait une IVG médicamenteuse, et a juste suivi son avis. D'où l'ordonnance. Comme je commençais à être experte sur le sujet grâce à ma fréquentation assidue du web, ça m'a quand même étonnée, mais je n'ai pas osé protester. Deux semaines de plus que prévu seraient passées, et je me demandais si ce n'était pas trop.

Pourtant, moi qui l'ouvre tout le temps, je me suis tue. La culpabilité encore, la peur de me faire engueuler, quelque chose de cet ordre-là. Je me suis rassurée comme j'ai pu en me persuadant que pour des jumeaux la procédure devait être différente, qu'ils étaient moins développés. Et puis ce n'étaient pas deux semaines qui allaient tout changer…

J'ai pris mon premier comprimé avant-hier soir et trois heures après j'ai eu les pires maux de ventre de ma vie, accompagnés d'une hémorragie en mode cataracte. Je ne sais pas quelle quantité de sang un corps humain contient, mais j'ai vite commencé à croire que j'allais me vider entièrement. D'après ce que m'avait dit le gynéco, j'étais censée avoir les douleurs lors de la prise du deuxième comprimé, à l'hôpital, où ils auraient pu me donner des analgésiques en cas de besoin.

J'ai appelé les urgences gynéco, je suis tombée sur une fille qui m'a dit que c'était le genre de chose qui arrivait et que je pouvais passer la nuit chez eux si je voulais. Mais je me sentais trop *stone* pour prendre la voiture, j'avais peur de m'évanouir en chemin. Je l'ai dit à la fille au téléphone, qui m'a répondu que je n'avais qu'à prendre une banane et du café, dormir un peu, et que tout irait bien. La connasse.

J'ai essayé tous les taxis de l'annuaire, mais sans surprise aucun d'eux n'a décroché. Il était vingt-trois heures passées, ils étaient tous en pyjou en train de regarder la télé au lit, ils n'allaient quand même pas se déranger pour moi !

Je me suis convaincue que j'étais chochotte, que je n'avais qu'à attendre le lendemain et arrêter de me plaindre. Je me suis mise au pieu avec une bouillotte, très décidée à penser à autre chose. Sauf que je saignais tellement que je me suis relevée un quart d'heure après pour aller aux toilettes. Et là, ça a été vraiment gore.

Il y a un gros truc qui est sorti, comme un méga caillot de sang. Ça ne ressemblait à rien, je n'ai pas su tout de suite ce que c'était, mais comme c'est resté accroché, j'ai compris qu'il ne s'agissait pas d'un caillot de sang : c'était le placenta. Il se balançait entre mes jambes comme un morceau de foie attaché à un boyau, c'était juste l'horreur totale. Je ne savais pas quoi faire, je me suis levée, j'ai tiré dessus, ça résistait, ça glissait, il a fallu que je m'y reprenne à plusieurs fois, et merde qu'est-ce que ça faisait mal ! Finalement, il s'est décroché, il s'est écrasé par terre, je me suis laissée choir dans un coin et je suis restée là, appuyée contre la porte de la douche, trop crevée pour réfléchir, trop choquée pour me relever. Je me suis même endormie, je crois.

Quand j'ai trouvé la force et/ou le courage de tout laver, je me suis approchée de ce que je m'étais arraché et j'ai vu exactement ce que je ne voulais pas voir. Sa tête et son corps et ses bras et ses mains et ses jambes. Tout. Il mesurait peut-être six à sept centimètres. Je pouvais même distinguer ses orteils : cinq minuscules gouttes rouges au bout des pieds. À un moment, j'ai cru le voir respirer. C'était une illusion, je le savais, c'était un jeu de lumière sur son cadavre luisant, mais j'ai hurlé, j'ai hurlé, je n'ai pas pu m'en empêcher. Et après, j'ai pleuré (qu'est-ce que j'ai pu pleurer ces trois dernières semaines !), et tout en pleurant, j'ai fini de nettoyer. Je ne l'ai pas touché directement : je l'ai enveloppé dans du PQ, je l'ai mis dans les toilettes et j'ai tiré la chasse.

J'ai encore du mal à croire que j'ai fait un truc pareil.

Après ça, et après avoir nickelisé la salle de bains au-delà du possible et mis mes vêtements et les serviettes de toilette ensanglantées à la machine, quand j'ai eu effacé les dernières traces de mon forfait, il a bien fallu que j'affronte cette petite pensée désagréable qui appuyait juste sous la surface et que je repoussais opiniâtrement depuis l'expulsion du placenta : « Il en reste un. »

Finalement, je suis quand même allée à l'hôpital en voiture (avec dans l'estomac une banane et un café en plus, pourquoi lutter ?). C'était déjà l'aube. En arrivant là-bas, j'ai expliqué ce qu'il m'était arrivé à l'infirmière, et je me suis mise à tellement trembler que j'avais l'impression de sauter sur place mais elle ne s'est pas émue : elle m'a juste mise au lit dans une chambre avec une de ces blouses qui ne ferment pas derrière, et m'a conseillé de dormir. Sans calmant, sans antidouleur, sans rien. La connasse (bis).

Plus tard, sans rien me donner à manger, une autre infirmière m'a menée dans une autre pièce (on était plusieurs, je ne sais pas combien, séparées par des rideaux), et j'ai avalé le deuxième comprimé. Était-ce l'habitude ou simplement la fatigue ? Je n'ai pas eu l'impression que ça changeait grand-chose au niveau de la douleur. Par contre, les saignements ont recommencé. Au bout de quelques minutes, un voile noir est descendu devant mes yeux et je suis tombée dans les goldens. À mon réveil, j'avais une perfusion dans le bras. On m'a emmenée voir le gynéco, qui m'a fait une échographie : numéro deux tenait le coup. Le médecin m'a expliqué qu'à cause de l'expulsion du premier il craignait une infection, et qu'il allait falloir enlever le deuxième par aspiration, le jour même.

Ce qui fut fait : anesthésie locale, aspirateur, gros bruit de slurp, j'ai fermé les yeux tout le temps, je ne voulais rien savoir.

J'étais lessivée, je ne tenais même pas debout. Le gynéco de garde a décidé de me garder une nuit sur place avec la perf, le temps que je me remette. C'était hier. Mais cette nuit, je n'ai plus supporté de me morfondre en fixant le plafond de cette chambre étrangère ni d'entendre les portes claquer dans le couloir et les infirmières marcher en traînant les pieds. J'ai débranché le tuyau du goutte-à-goutte, je me suis habillée et je suis sortie. Personne ne m'a rien demandé.

Je me sentais une loque. J'étais la plus malheureuse du monde. J'avais traversé l'enfer. Mais juste quand je franchissais la porte de sortie, j'ai croisé des pompiers qui poussaient un type sur un brancard. Il était tellement défiguré que pendant un instant j'ai cru qu'il portait un masque. On aurait dit qu'il avait un morceau de métal planté en travers de la figure, au niveau des yeux. Et son crâne avait la forme d'un ballon à moitié dégonflé. J'ai réalisé qu'il y avait pire que moi. Que je n'étais qu'une fille qui sortait d'un avortement, comme des centaines d'autres tous les jours.

Il m'a fait du bien, ce pauvre gars.

Selon les premiers éléments de l'enquête

L'affaire est suffisamment inhabituelle pour que le commandant Serge Parrot interroge le témoin lui-même. Surtout, il est quatre heures du matin, personne ne sera disponible pour le faire avant huit heures et il est trop tard pour se recoucher. Le témoin se prénomme Serge aussi. Serge Molter. C'est à lui qu'appartient la forge où la victime a été suppliciée. Comme le veut la procédure, il a rapidement été évacué des lieux. L'inventeur d'une scène de crime – celui qui la découvre, comme on découvre un trésor enterré – doit être écarté sitôt la police arrivée. Pour garder son témoignage aussi propre que possible et parce que le premier témoin d'un crime est aussi parfois son auteur. Par précaution, certains flics mettent directement ce témoin en garde à vue, mais ce n'est pas la façon de faire du commandant. Lui veut que le témoin se sente protégé, écouté, chouchouté. S'il n'est que témoin, il est déjà assez traumatisé comme ça. S'il est coupable, il baissera la garde et laissera peut-être échapper plus facilement des paroles compromettantes.

Serge Molter a donc été conduit au commissariat – par les pompiers, détail peu orthodoxe, qu'est-ce que Toulouze a encore foutu ? Sur place, il s'est vu proposer par les plantons de garde un siège à peu près confortable devant un poste de télé muet qui diffusait un documentaire sur les cailloux. Peut-être sur les cailloux, sans le son c'est difficile à dire. Il a aussi eu droit à un café infect. Il existe dans le bureau du commandant une machine Nespresso qui produit un breuvage buvable, mais la police a une réputation à tenir : Molter a eu droit au traditionnel café filtre cramé vieux de plusieurs heures, servi dans une tasse tachée qui sent le Paic Citron.

Trois heures plus tard, le café n'a pas été touché. Parrot retrouve Molter alors que celui-ci tente de mettre le son ou au moins de changer de chaîne – de faire quelque chose, n'importe quoi pour améliorer sa condition. Le commandant le mène dans un bureau pour prendre sa déposition, un exercice qu'il n'a plus pratiqué depuis qu'il occupe le poste de commissaire intérimaire. Mais s'installer derrière cet ordinateur au clavier dégueulasse dont les touches sont presque effacées par la sueur acide de ses collègues, c'est pour lui comme enfiler un vieux jean : il se sent tout de suite bien. Face à lui, Molter est hagard, cerné, la peau luisante et les mains tremblantes. Son teint est jaune, mais la lumière aussi, alors comment savoir. Ce qui est sûr, c'est qu'il passe une sale nuit. Après les questions introductives d'usage, l'interrogatoire peut débuter.

« Il était quelle heure quand vous êtes arrivé à votre atelier ?

— Je ne sais pas, minuit, minuit et demi. J'ai dû vous appeler même pas dix minutes après.

— Pourquoi avoir attendu si longtemps ?

— Je n'ai pas attendu, j'ai d'abord essayé de porter secours à la personne, et puis après ça captait pas

– comme d'habitude –, alors j'ai dû revenir vers la route, et puis je connaissais pas le numéro des flics, enfin de vous, de la police. C'est bête, on apprend ça quand on est petit, mais j'avais oublié. Comme les renseignements c'est pareil, avant c'était le 12, mais maintenant… En plus avec un portable, je crois que c'est encore différent… En fait d'ailleurs, je vous dis n'importe quoi, c'est pas vous que j'ai appelé : j'ai fait le 18, parce que ça, je m'en souvenais.

— Les pompiers. Ce sont eux qui nous ont contactés.

— Voilà.

— Vous pouvez me dire ce que vous faisiez là aussi tard ?

— Vous voulez tout en détail ?

— Oui, c'est pour le procès-verbal. Il faut que tout soit écrit.

— J'ai reçu un coup de fil anonyme d'un homme qui…

— À quelle heure ?

— Attendez… »

Molter fouille sa poche arrière et en sort un téléphone à clapet cabossé. Il navigue dans les menus, ça lui prend un certain temps, il n'a pas l'habitude.

« À vingt-trois heures cinquante précises, regardez, commissaire, c'est marqué sur le journal des appels. Numéro masqué. Durée : neuf secondes. Vous croyez que vous pourrez en retrouver l'origine ?

— On va travailler dessus. Et c'est commandant.

— Quoi ?

— Commandant, pas commissaire.

— Ah, pardon. Et l'appel au 18, c'était à zéro heure seize.

— Vous vous rappelez exactement ce qu'il disait ?

— Qui ça, l'appel anonyme ?

— L'appel anonyme. »

Après sa poche arrière, Molter fouille maintenant sa mémoire.

« Heu, mot pour mot je pourrais pas dire, mais heu, ça donnait quelque chose comme "quelqu'un est en train de cambrioler ton atelier", et là je réponds "quoi, qui êtes-vous ?" et il me répond heu… il me répond "le monstre" et il raccroche. »

Parrot lève le nez de son clavier, pas certain d'avoir bien compris.

« Le monstre ?

— C'est ce que j'ai entendu. J'ai trouvé ça un peu ridicule. »

Parrot ne sait pas bien quoi faire de cette information. Le Monstre, sans doute avec une majuscule, ça ressemble au surnom d'un tueur en série dans une série B américaine. Si le forgeron a inventé ce détail, c'est soit stupide soit très malin. Le tortionnaire qui passe lui-même le coup de fil pour indiquer où se trouve sa victime, c'est déjà très improbable. Ça rend l'histoire du forgeron sujette à caution, au minimum. Mais qu'en plus le coupable se donne un surnom pareil, c'est tellement peu crédible que justement personne n'inventerait un truc pareil. Ça ne colle pas avec nos bons vieux téléfilms français. Ce détail donne à Parrot l'impression que Molter dit la vérité. Il continue son interrogatoire.

« Mais vous l'avez cru.

— Quoi, qu'il s'appelait "le monstre" ?

— Non, pour le cambriolage.

— Heu, je peux pas dire que je l'ai vraiment cru, ça ressemblait vachement à un canular, mais d'un autre côté y avait un doute, vous comprenez ? Enfin, c'était difficile de se recoucher juste en se disant c'est une mauvaise blague. Alors j'dis bon, j'vais y aller, et bon, j'y suis allé.

— À votre avis, comment il a eu votre numéro ?

— Il est sur tous mes prospectus et sur le portail, c'était pas très difficile.

— Donc vous arrivez là-bas…

— Oui, je m'habille, je prends ma voiture, j'arrive à la forge… Et au début, tout a l'air normal. Je reste dans la voiture un moment, les phares allumés, pour voir si ça bouge à l'intérieur. Mais c'est pas facile de se rendre compte, les fenêtres sont en hauteur, la porte est fermée… Bref, au bout d'un moment, je coupe le moteur, et je sors pour aller voir de plus près.

— Sans rien pour vous défendre ?

— Non, je me disais que s'il y avait eu des voleurs, ils m'avaient sûrement entendu et qu'ils avaient eu tout le temps de décamper.

— C'était un peu optimiste…

— Ah bon. Vous trouvez ?

— Je connais pas mal de cas où ça s'est mal terminé, ce genre de raisonnement.

— Bon, en tout cas, j'arrive à la porte et là je vois que la chaîne a été coupée. J'avoue qu'à ce moment-là j'ai un peu hésité à entrer.

— Mais vous l'avez fait quand même.

— Ouais. Parce que j'ai entendu des bruits à l'intérieur, des raclements, plus ou moins. Ça ressemblait pas vraiment à un bruit de cambrioleur.

— C'est quoi, un bruit de cambrioleur ?

— Non, mais vous comprenez ce que je veux dire. Enfin, moi si j'étais cambrioleur, je ferais pas des bruits de raclements, quoi. »

Ce type dit la vérité, le commandant en est de plus en plus certain.

« D'accord, continuez.

— Alors, j'ouvre la porte… Et là c'était pas très clair : j'ai vu que quelque chose s'agitait au fond de l'atelier, j'ai pensé que c'était un animal qui essayait de s'échapper par une fente entre deux planches, ou quelque chose. Vous savez, c'est tout à fait le genre de chose qu'un animal effrayé pourrait faire. J'ai déjà eu un chevreuil qui est rentré et il a mis un de ces boxons… Enfin, je sais pas pourquoi mais j'ai pas pensé une seconde que ça pouvait être un homme. Un animal, oui. Et puis j'ai allumé la lumière, et j'ai vu ce… ce… cet homme quand même quoi, qui tournait en rond sur lui-même, voyez, comme un fou, contre le mur. Je vous le dis tout de suite : je ne voyais pas son visage, il bougeait trop vite et il y avait de l'ombre. J'ai pas vu dans quel état il était. Et il a poussé un genre de cri et il est tombé, et il a emporté avec lui toute l'étagère. Et tout ce qu'il y avait dessus.

— Et avant ça, il n'a rien dit ?

— Non.

— Et qu'est-ce que vous avez fait ?

— Ben, heu, je, heu… D'abord, j'ai regardé partout. J'ai vu qu'il y avait du vomi par terre, j'ai pensé que ça devait être une bande de drogués ou des mecs qui avaient trop bu qui étaient venus faire les cons. Et après, bon, y avait personne d'autre, alors j'ai dégagé l'étagère qui était tombée sur le mec… Il était dans un état… Vous l'avez vu ? À ce moment-là il était encore face contre terre, il s'était pris une caisse à outils sur la tête, alors je l'ai enlevée, et déjà comme ça j'avais mal rien qu'en le regardant : on aurait dit que son crâne était mou. Mais quand je l'ai retourné… enfin je sais que j'aurais pas dû, il faut jamais toucher un blessé mais c'était… Je me disais qu'il avait peut-être du mal à respirer ou… Enfin bon, quelque part je regrette parce que je, je… »

Il s'interrompt, la gorge serrée. Dans son regard, Parrot voit qu'il revit le moment, qu'il y est encore. Après un moment, il reprend la parole, la voix mal assurée.

« Qui peut faire un truc pareil à un homme ? Hein ? Qui ? Je vais vous dire : si la personne qui a fait ça est la même que celle qui m'a appelé au téléphone, eh ben "le monstre", je trouve plus ça ridicule du tout. Parce que c'est exactement ça.

— Vous n'avez rien vu ou entendu d'autre ?

— Non, non, j'ai directement essayé de vous appeler, et comme il y avait pas de réseau, je…

— Oui, oui. »

***

Fin de matinée. Le commissariat bruisse de son activité quotidienne. Parce qu'il faut bien tenir le coup après sa nuit blanche, le commandant Parrot est affairé à décoincer une capsule de sa machine à café. Le bruit discret d'un pot à crayons renversé dans l'open space qui jouxte son bureau lui annonce l'arrivée du lieutenant Toulouze avant qu'il ne frappe à la porte. Toulouze qui était le premier arrivé sur la scène de crime et qui, avec son inguérissable maladresse, a un peu tout salopé avant l'arrivée de la PTS. Toulouze, un homme plein de bonne volonté qui s'applique toujours à bien faire, mais dont les états de service parlent d'eux-mêmes : il est nul. Il est la preuve – s'il en fallait une – que le concours d'entrée dans la police est trop facile. Toulouze n'ose pas s'asseoir, il se tient toujours plus ou moins au garde-à-vous quand il est face à un supérieur, mais sans pouvoir empêcher un léger dandinement d'un pied sur l'autre. Parrot, agacé d'avance, le laisse debout.

« Vous avez trouvé le nom de la victime ?

— Non, chef. Il n'avait pas ses papiers.

— (Soupir…) Vous n'avez pas pensé à lui demander où ils sont ?

— Heu… il est dans le coma, mon commandant.

— Oui, je sais, je… plaisantais.

— Ah.

— Je faisais de l'ironie.

— Ah. »

Toulouze a autant d'humour qu'une sardine, ça a quelque chose de fascinant et de déconcertant à la fois. Parrot ne peut pas s'empêcher de le provoquer sur ce terrain-là. S'il a renoncé depuis longtemps à le faire rire, il espère encore apercevoir l'ébauche d'un sourire. Il se contenterait même d'un subtil plissement au coin de l'œil, quelque chose qui montrerait que le lieutenant est capable de trouver quelque chose… non, pas de drôle, il ne faut pas exagérer, mais d'amusant.

« Et donc, qu'envisagez-vous de faire pour l'identifier ?

— On a pris ses empreintes digitales.

— Bien. Et qu'est-ce que ça donne ?

— Ben heu, en fait on n'arrive pas à accéder au fichier.

— Ah bon ? Et pourquoi donc ?

— Euh, en fait euuuh… on a perdu le code d'accès.

— Vous avez perdu le code d'accès.

— Oui, chef. Enfin, Gisèle est en congé, et normalement c'est elle qui l'a et on n'arrive pas à la joindre.

— Pourquoi c'est Gisèle qui a le code ?

— Pour pas qu'il traîne. Sinon tout le monde pourrait accéder au fichier des empreintes. C'est des données sensibles, quand même.

— Lieutenant Toulouze… nous sommes dans un commissariat. C'est notre boulot d'avoir accès à des données sensibles.

— Oui. On est en train de régler le problème. »

Quelques mois auparavant, le commissariat avait passé un audit sur la sécurité des données commandé par le ministère de l'Intérieur. L'auditrice avait blêmi en voyant que sur les ordinateurs et les téléphones étaient collés des Post-it couverts de codes d'accès et de numéros de téléphone confidentiels. À la suite des conclusions alarmantes de l'audit, Parrot s'était vu octroyer un budget pour installer des gestionnaires de mots de passe et des annuaires sécurisés, mais le parc informatique était vieillissant, la compatibilité incertaine, les logiciels en attente d'homologation par le ministère, des appels d'offres devaient être lancés… Bref, ça risquait de traîner encore quelques années. En attendant, c'était Gisèle qui centralisait et apparemment personne n'avait envisagé qu'elle puisse être absente.

« D'autres pistes ?

— On a les empreintes dentaires.

— Ah, et ça donne quoi ?

— Non, on ne les a pas encore, mais on a cette piste-là. On *pourrait* prendre les empreintes dentaires, c'est ça que je voulais dire. Mais on ne peut pas parce que le type, enfin la victime est encore sur le billard et ils ont refusé qu'on entre dans le bloc opératoire pour faire un moulage.

— Vous leur avez demandé ça ?!?

— Ils n'ont pas voulu.

— Vous leur avez *vraiment* demandé ?

— Heu… oui. Pourquoi ? »

Pour Toulouze, le travail de la police passe avant tout. Le fait que des êtres humains soient impliqués n'est jamais un obstacle : il faut tout mettre en œuvre pour appliquer les procédures.

« Pour rien. Et l'ADN ?

— On va faire un prélèvement. On l'exploitera si les empreintes digitales ne donnent rien.

— Bon, merci. Vous pouvez y retourner.

— Bien, chef.

— Ah, j'oubliais. On a un lieutenant stagiaire qui va arriver cette semaine. *Une* lieutenante stagiaire, en fait. Elle est en fin de formation, c'est son dernier stage, après quoi *a priori* elle va être affectée ici. J'ai pensé la mettre en binôme avec vous.

— Pas de problème. Vous pouvez compter sur moi. Je vais lui apprendre tout ce qu'il y a à savoir sur le métier.

— J'en suis certain. »

***

Au mur, des photos macroscopiques de fleurs. Couleurs saturées, formes presque abstraites… C'est très pop et étonnamment artistique. En dehors de la table lumineuse, rien ne laisse penser que ce bureau est celui d'une neurochirurgienne. Elle se nomme Birgit Akerholt, elle a une cinquantaine d'années, mais on pourrait lui donner moins. Elle ne semble pas particulièrement fatiguée de sa journée malgré la longue et délicate intervention d'urgence qu'elle a dû mener sur la victime. Le commandant Serge Parrot perçoit dans sa voix un reste d'accent britannique. Elle lui a proposé un café, qu'il a refusé. Il en a déjà trop bu, il le sent dans les battements de son cœur, dans sa respiration, dans une tension particulière qui appuie sur sa cage thoracique. Il n'a pas pu refuser le verre d'eau, même si avec sa vessie c'est compliqué. Il va avoir envie de pisser très vite. Le problème vient-il de la vessie ou des reins, d'ailleurs ? La vessie, ça l'arrange. Ça lui permet de placer régulièrement la phrase : « J'ai une vessie minuscule… mais ça ne s'applique pas au reste de mes organes ! » Pour un premier contact avec la chirurgienne en chef de l'hôpital de Fontainebleau, il a pensé que ce n'était pas approprié. Il a donc accepté le verre et y a trempé les lèvres avant de poser la première question qui compte.

« Vous pensez qu'il va s'en sortir ?

— Difficile à dire, commandant. Et puis, ça dépend de ce que vous entendez par "s'en sortir". Enfin, en principe il n'y a pas de raison qu'il meure maintenant. Le vrai miracle c'est qu'il soit arrivé vivant sur la table d'opération. Ça fait plus de vingt ans que j'opère des cerveaux. Eh bien, en général, quand ils sont dans cet état-là, leur propriétaire est mort. Je ne sais pas si vous êtes familier des traumatismes crâniens…

— Pas plus que ça.

— Eh bien, on a eu droit au pire. Déjà un gros œdème sous-dural, avec un début d'engagement temporal qui nous a donné quelques sueurs froides.

— Je vous arrête tout de suite : quand je vous disais "pas plus que ça", je voulais dire que je n'y connaissais rien. C'était une tentative de litote. Vous savez, dans les films américains il y a toujours un scientifique ou un médecin qui utilise un jargon imbitable et à un moment le héros lui dit "vous pouvez me redire ça comme si j'étais un enfant de six ans ?" – ce qui au passage sous-entend que pour Hollywood, le spectateur a six ans. Bon, eh bien, considérez que je suis ce héros qui ne comprend rien. Mais que ça reste entre nous. »

La chirurgienne esquisse un petit sourire, du genre qui se voit surtout au coin des yeux.

« Bien sûr. Alors, comment vous dire ça ?… Il y a eu des saignements qui ont formé une poche, elle a enflé et appuyé sur le cerveau. Dans ce cas-là – je pense que vous le savez quand même –, si on n'opère pas très vite, ça stoppe l'irrigation du cerveau et le patient finit par mourir. Ou en tout cas, il risque des lésions irréparables.

— Oui, en fait je pensais bien que c'était de ça que vous parliez. Mais c'est le "sous-dural" qui m'a fait un peu douter.

— Ça veut dire entre l'os – la dure-mère – et le cerveau. Et ce que j'ai appelé un engagement temporal, ça signifie que le lobe temporal droit – là, sur le côté, autour de l'oreille, voyez – a été poussé par la pression de l'hématome vers le cervelet, c'est-à-dire, grossièrement, à la base du crâne, derrière. »

Elle dit ça en traçant le contour du bout de l'index, non pas sur son propre crâne, mais sur celui de Parrot, qui fait ce qu'il peut pour avoir l'air de trouver ça normal.

« Sauf qu'à cet endroit, eh bien… il y a le cervelet. C'est un peu comme si… comme si… Pardonnez-moi, j'essaie de trouver une analogie et tout ce qui me vient en tête, c'est un tout petit sac à dos dans lequel on voudrait mettre un gros ours en peluche, mais…

— J'ai compris. C'est à éviter. Vous avez tout remis en place ? »

Parrot retrouve sa posture de flic. Froideur, ton cassant. Un bouclier contre les émotions.

« On a fait ce qu'on a pu. On a drainé le sang, on a libéré la pression, ça devrait se replacer tout seul. Mais ce n'est pas ça qui m'inquiète le plus.

— Ah. Et c'est quoi ?

— La boîte crânienne est en miettes. À tel point que quand j'ai ouvert, il y a des bouts qui sont tombés. On a compté que le crâne était cassé en dix-huit morceaux, certains pas plus gros qu'une pièce d'un centime, certains effilés comme des pointes de flèche et qui s'étaient enfoncés dans le cerveau. J'en ai extrait six à la pince, sans savoir ce qu'ils ont abîmé ou pas. Il y a un éclat qui était fiché sur quatre centimètres de profondeur. Je ne suis même pas certaine de les avoir tous enlevés.

— Vous n'avez pas fait de radio ?

— On en a fait une avant, mais c'était tellement le bazar là-dedans qu'on n'a rien vu… Et après j'ai dû lui visser des plaques de métal partout pour tout tenir, et vous n'êtes pas sans savoir que le métal, les rayons X n'aiment pas trop. D'habitude, on évite les plaques, on laisse les os cicatriser tout seuls, mais là… Et je ne vous ai pas parlé de ses mâchoires. Le palais ? Fracturé en quatre. Là aussi j'ai dû mettre une plaque. Et la mandibule aussi est fêlée. Il s'est fait rouler dessus par un tank, ou quoi ?

— Pas loin. Donc pour les empreintes dentaires, c'est non ?

— C'est non. De toute façon, sa bouche a trop changé par rapport à ce que son dentiste connaît. Sinon, pour ce qui est du plomb… vous savez, le plomb que quelqu'un a jugé bon de lui couler dans les yeux ?

— Ah oui, j'avais presque oublié.

— Je ne peux pas l'enlever. Je ne veux pas prendre le risque. Entre parenthèses, ça aussi ça nous a posé un problème pour les radios. D'après ce que j'ai pu voir, je crois que le plomb a colmaté des fissures autour des orbites, ou les a empêchées de s'agrandir. Si je tente quelque chose, j'ai peur de tout aggraver. En fait, je dirais même que c'est ce plombage qui l'a sauvé. C'était une des seules parties encore rigides du crâne quand il est arrivé. Ça maintenait le plancher en place. »

Elle s'arrête. Parrot est presque certain qu'elle a brièvement eu les larmes aux yeux. Que sa voix a vacillé. Après plus de vingt ans de carrière, Birgit Akerholt est encore capable de s'émouvoir des blessures d'un de ses patients. C'est vrai qu'elle n'a pas dû en voir beaucoup des comme lui, mais quand même : Parrot est touché. Il se reconnaît en elle. La carapace est là, mais elle est fendillée de partout.

« Et quand est-ce qu'il va se réveiller ?

— Pas avant une semaine : on préfère le garder dans le coma pour l'instant. On verra ensuite si on peut l'en sortir. Et quand il sera réveillé – s'il se réveille –, je ne suis même pas sûre qu'il pourra vous parler. Je n'ai aucune idée des séquelles qu'il va avoir. Pour ce que j'en sais, il pourrait être aussi coopératif qu'un navet bouilli.

— Bon, merci. Vous me tenez au courant ?

— Je vous tiens au courant. »

En quittant l'hôpital, Parrot sent encore l'index de la chirurgienne glisser derrière son oreille.

***

La *Lettre à Élise* au carillon électronique, en 2010. Pas de doute, c'est bien la musique d'attente de la police technique et scientifique. Les gars de la PTS se disent à la pointe mais, tout arrogants qu'ils soient, ils ont un service téléphonique du siècle dernier. Parrot patiente en feuilletant les photos de la forge. Beaucoup de sang, beaucoup d'objets renversés. Démêler ce puzzle demande un travail de fourmi et c'est la PTS qui en est chargée. Finalement, ça décroche. C'est Bastien Merlin au bout du fil, un petit con de même pas trente ans, mais brillantissime.

« Oui, Serge, excuse-moi, j'étais sur une autre ligne.

— C'est rien. Vous avez trouvé quelque chose ?

— C'est trop tôt pour le dire, mais ça m'étonnerait qu'on ait récupéré quoi que ce soit d'exploitable.

— Laisse-moi deviner : pollution de la scène de crime ? »

Parrot ne devine rien : il n'y a qu'à regarder les photos. Il y a des empreintes de pas partout et la rubalise s'est emmêlée dans des outils en laissant derrière elle des traînées sur la terre battue. Tout prélèvement de surface est perdu.

« Putain, Serge, sans déconner, qui a sécurisé la zone ?

— À ton avis ?

— Toulouze ?

— Lui-même.

— Je ne comprends toujours pas que vous n'ayez pas viré ce branquignol.

— Tu es injuste, il rend des services. Et de toute façon, on ne vire pas un fonctionnaire : on le mute. Vous ne voulez pas le prendre, à la PTS ?

— *Very* drôle.

— Et puis là, ça n'est pas entièrement sa faute. Ce sont les pompiers qui sont arrivés les premiers sur place et comme tu sais, ils ont d'autres priorités que le prélèvement d'indices…

— Je me répète, mais je suis contre les gens qui survivent à leur agression. Avec un cadavre au moins, on peut boucler l'endroit en attendant que des pros viennent faire leur boulot comme des pros.

— Bon alors, qu'est-ce que tu as pour l'instant ?

— Pffff… Honnêtement, je ne sais pas par quoi commencer. On a une cinquantaine de cheveux, une trentaine de traces de chaussures, sept ou huit empreintes de pneus devant l'atelier, on a au moins une cinquantaine de fibres, des prélèvements de sang dans vingt-deux endroits différents, plus de deux cents traces papillaires à analyser… Bon, on a déjà toutes les empreintes du commissariat pour éliminer les fausses pistes, mais il faudrait qu'on fasse les mêmes prélèvements pour la caserne de pompiers. Mais on est dans une forge, chez un artisan : il a des clients tous les jours qui viennent poser leurs doigts partout. Ça va nous prendre des semaines de tout trier. On a même des poils d'animaux ! »

La tâche était colossale et les résultats incertains. Parrot avait aussi des impératifs budgétaires, il ne pouvait pas lancer des centaines d'analyses au hasard en espérant tomber sur quelque chose. Pas sur un cas comme celui-là, il y avait des priorités. Pour un tueur en série ou un acte terroriste – deux types de crimes qui ne se présentaient strictement jamais –, il aurait eu toutes les rallonges possibles. Mais pour un acte de torture isolé…

« J'ai vos nouveaux tarifs sous les yeux, là… cent cinquante euros la fibre… deux cents euros le pneu… deux cents euros la trace papillaire… vous n'y allez pas avec le dos de la main morte.

— Eh oui. Tout augmente…

— Je n'ai pas les moyens de sortir soixante-quinze ou cent mille euros juste sur cette affaire. Alors occupez-vous uniquement du sang – je suppose que c'est toujours celui de la victime, mais on ne sait jamais – et des empreintes sur l'établi, sur le four et sur la louche. Et gardez le reste sous le coude au cas où.

— En urgent ?

— Ouh la, non, non… En normal, ça ira très bien. Le moins cher possible.

— OK, ça m'arrange, on est débordés de toute façon, et la moitié du staff est en vacances. Tu auras tout ça dans deux ou trois semaines.

— Merci. En revanche, je veux bien que tu regardes dans le fichier pour les empreintes de la victime en urgent. Au cas où elle serait connue de nos services…

— Vous n'avez pas ses empreintes ?

— C'est une longue histoire…

— Toulouze again ?

— C'est une longue histoire. »

Coma

J'entends encore la radio.

Un homme et une femme qui discutent. L'homme demande : « Comment vit-on le succès au quotidien ? » La femme répond : « À vous de me le dire. » Ils rient.

Je vois Napoléon, mon chat. Il est assis dans la porte d'un frigo rose et lèche le goulot d'une bouteille de lait. Sur l'étiquette est écrit « interdit aux chats ». Je comprends : il est mort quand j'avais dix ans. Ce n'est pas un chat : c'est un fantôme. Lui, il a le droit de boire ce lait.

De la musique, maintenant.

Du piano, très doux. Je ne connais pas ce morceau. Il me rend triste et joyeux à la fois. Mélancolique, en réalité. C'est ce qui coule en moi : la mélancolie.

Les carottes, c'est bon pour la vue. Et les lentilles aussi. Mais il faut faire attention que les yeux ne grossissent pas trop : s'ils sont trop lourds, ça donne mal à la tête.

Deux femmes.

Ce n'est pas la radio, elles sont réellement là. Elles parlent de moi. « C'est lui », dit l'une. L'autre demande si je peux les entendre. La première répond qu'elle l'ignore, que personne ne peut répondre à cette question.

Je ne suis pas en train de rêver. Je le sais car je me suis demandé si je rêvais et ça ne m'a pas réveillé. Mais je ne dors pas non plus. Je n'ai simplement pas la force nécessaire pour *vouloir*.

Si la vie est vraiment un jeu vidéo, il y a toujours moyen de reprendre une ancienne sauvegarde, me dit ma mère sauf qu'elle a la tête de Vanessa. Je cherche le dossier des sauvegardes dans un tiroir à chaussettes. Où est-ce que je l'ai mis ? Il faut vraiment que je m'organise.

Un parfum de chèvrefeuille.

Je me rappelle Alice. C'était ma voisine. J'avais onze ans, elle en avait dix, nous nous connaissions depuis toujours. Chez elle, ça sentait le chèvrefeuille. Sur la grosse branche du chêne qui séparait nos deux jardins, nous passions des heures à discuter ou à nous taire. Nous préparions des voyages, nous lisions, nous sauvions des insectes, nous imaginions l'an 2000 et ses voitures volantes, nous jouions des vies imaginaires. Nous ne descendions que pour voler des biscuits, enfourcher nos vélos ou faire des blagues à sa grande sœur. Nous étions amoureux, mais nous ne le savions pas.

Un jour, nous avons décidé de nous évader. Nous avons rassemblé au fond du jardin, dans une couverture repliée en baluchon, deux paquets de biscuits, deux pommes, une bouteille d'eau, six sachets de bonbons, un jeu de cartes, une lampe de poche, une carte Michelin de la région parisienne, trois numéros de *Pif Gadget*, un caillou et un coquillage porte-bonheur, des sous-vêtements de rechange et cent vingt-quatre francs soixante-dix. Le billet de cent francs avait été dérobé à la sœur d'Alice. Nous avons gonflé les pneus de nos vélos et nous sommes donné rendez-vous à une heure du matin. La Corse était notre destination, elle y était allée l'été précédent avec ses parents et m'avait dit que c'était le paradis.

Ce soir-là, je n'ai pas réussi à m'endormir, j'attendais l'heure du départ. La lumière verte de ma montre à cristaux liquides indiquait vingt-trois heures quarante-trois quand j'ai vu les lueurs orangées du feu à travers mes volets. La maison d'Alice brûlait. C'est moi qui ai donné l'alerte, mes parents ont appelé les pompiers, trop tard.

Je me rappelle les flammes qui sortaient par toutes les fenêtres de l'étage, le clignotement des gyrophares, les poutres qui craquaient, les lances à incendie, le silence effrayant de la foule. Et je me rappelle les cris de la sœur d'Alice, au milieu du jardin, le visage en sang, qui se débattait pour échapper aux pompiers et retourner dans la maison.

Je n'ai pas eu le droit d'aller à l'enterrement d'Alice et de ses parents : il y avait école.

Je suis sûr que derrière cette porte il y a un squelette. Si j'ai raison, alors je suis dans un cauchemar. J'ouvre la porte. Il y a bien un squelette, mais il est gentil. Ses os sont incrustés de diamants, c'est un roi.

J'entends la radio.

« Ben chuis très content, heu, chpense que c'est le groupe qui a bien fonctionné, on savait qu'y fallait défendre et on a bien défendu, et bon le penalty chais pas y m'paraît valable, tfaçon on va pas refaire le match, on a été les plus réalistes et on a gagné, c'est la loi du sport, dès fois on sait pas pourquoi on perd alors qu'on a dominé, ben là on n'a qu'à dire qu'on sait pas pourquoi on a gagné. »

Plus je monte haut sur cette balançoire, plus elle s'enfonce dans le sol. Je suis trop lourd, il faut que je monte encore plus. Mes pieds accrochent les nuages, il y a trop de vent.

Le chèvrefeuille encore.

Une voix féminine. Elle lit.

« Quand même, continua l'avocat, je voudrais vous demander quelque chose : comment s'appelle l'homme qui a piétiné cet enfant ?

— Ma foi, je ne vois pas de mal à vous le dire. Il répond au nom de Hyde.

— Et quel genre d'homme est-il ?

— Il n'est pas facile à décrire. Il y a quelque chose de bizarre dans son apparence, de déplaisant, et pour tout dire de détestable. Je n'ai jamais rencontré quelqu'un qui m'ait fait autant horreur, mais je ne saurais dire pourquoi. »

Des mains me touchent. On me déshabille, des bras passent sous mon dos, on me soulève, on me repose, j'ai le cul dans l'eau, quelqu'un est payé pour nettoyer ma merde. On retire la bassine. Un tissu tiède et humide frictionne ma peau, sur tout le corps. Ça chauffe. Ça refroidit très vite. On me rhabille.

Suis-je bien certain de ne pas être en train de rêver ?

Empreintes

Le commandant Parrot n'a rien reproché à Toulouze, mais son regard disait tout. Toulouze s'attendait à être sanctionné de manière informelle. Il n'allait pas être puni, tout le monde peut faire des erreurs, mais il se retrouverait peut-être affecté à une tâche dégradante, comme aller ranger la « place de la Concorde ». Il s'agit de la grande pièce où sont stockées les pièces à conviction de toutes les enquêtes en attendant d'être produites au tribunal. La plupart de ces pièces ne servent jamais à rien, les procès passent et les objets prennent la poussière jusqu'à ce que quelqu'un se décide à les mettre à la benne. Il n'y a pas de durée légale de conservation des scellés, c'est au jugé de chacun. Mais personne ne veut prendre la responsabilité de jeter un bonnet mité sur lequel on trouvera peut-être un jour des traces d'ADN cruciales pour une affaire de meurtre. Alors, à Fontainebleau, on garde tout, la moitié du dernier étage du commissariat est mobilisée pour le stockage et c'est un tel bordel qu'il est impossible d'y circuler.

Mais la « place de la Concorde » attendra, la sanction de Parrot est plus retorse : mettre une lieutenante stagiaire dans ses pattes. Elle se nomme Rachel

Kuklinski et elle arrive complètement épuisée pour son premier jour. Probablement une insomnie de rentrée, comme à la veille de tout nouveau job. Au moment même où elle arrive, Toulouze est en route pour aller prélever des empreintes dans une cabine téléphonique. Il emmène sa stagiaire et lui explique en chemin l'affaire du type torturé dans la forge – en omettant les détails embarrassants. Ils arrivent rapidement sur place.

« Nous avons été prévenus par un appel anonyme. Enfin, anonyme pour le forgeron qui l'a reçu, mais pas pour nous. France Télécom nous a donné le numéro, c'est cette cabine téléphonique.

— Mais c'était samedi, non ? On est jeudi, ça fait long pour obtenir ce renseignement. S'il y a des empreintes, elles auront été couvertes par d'autres…

— Alors déjà, on ne dit plus empreintes digitales, on dit traces papillaires.

— Sérieux ? Vous dites vraiment ça en dehors des rapports ? »

Elle le regarde avec un air amusé profondément agaçant. Toulouze ne dit jamais « traces papillaires ». Il prend juste son rôle très au sérieux : il est là pour enseigner le métier à une stagiaire, il faut qu'il soit irréprochable. Il décide de ne pas relever.

« Oui, cinq jours c'est trop long. C'est la paperasse, le début des vacances, demander au procureur… Bref, ça a traîné. Mais ce qui me rassure, c'est le quartier. On n'est pas au pied d'une barre de HLM, les gens du coin ont tous un téléphone portable. Il est très possible que personne n'ait utilisé cette cabine depuis samedi. Ou très peu de monde. »

Toulouze sort de son coffre le kit d'empreintes, que personne n'appelle « kit de traces papillaires ». Il enfile une paire de gants et en donne une à sa stagiaire.

« Puisque tu es là pour apprendre, je te laisse faire le relevé. Tu en as déjà fait ?

— Oui. Enfin, pas sur le terrain, mais à l'école de police, plein de fois.

— Ah, c'est nouveau. Ils n'avaient pas ce genre de matériel quand j'y étais.

— Non, mais là non plus. C'est juste un intervenant qui est venu avec son propre kit pour qu'on teste. Un fabricant. Ils viennent faire la pub de leur matos, ça nous fait des travaux pratiques, c'est *win-win*, je suppose. »

Elle a le petit côté acerbe de celle-qui-a-tout-vu alors qu'elle n'a pas vingt-cinq ans. Toulouze a beaucoup de mal à imaginer la suite de la journée, de la semaine, du mois avec elle. Il va falloir qu'il soit très ferme pour se faire respecter. Il la regarde plonger son pinceau dans la poudre et badigeonner le combiné du téléphone. Des empreintes partout. Elle les recueille avec le film adhésif, le colle sur le papier prévu à cet effet, note leur provenance. Elle fait tout très bien. Elle s'apprête à répéter l'opération sur les touches du clavier quand il l'arrête.

« Attends. On n'a pas besoin de toutes les touches. Juste celles du numéro qu'il a composé. Ça réduit le champ des recherches.

— Mais c'est stupide.

— Comment ça, stupide ? demande Toulouze en sentant un début d'affolement le gagner.

— Si quelqu'un a appuyé sur *toutes* les touches, il aura forcément appuyé aussi sur celles du numéro.

Mais si on relève les empreintes… pardon les traces papillaires sur toutes les touches et qu'on retrouve une empreinte identique uniquement sur celles du numéro, alors on sait qu'on tient notre suspect. »

Toulouze se sent con. Il n'avait pas pensé à ça. Lui qui est toujours tellement soucieux de la procédure, pour une fois qu'il en dévie, il commet une bourde. Il a envie de répondre sèchement à sa stagiaire de juste suivre les ordres, mais elle a raison. Il aurait dû la laisser faire au lieu d'essayer de l'impressionner avec une idée nouvelle. Il a toujours été nul en idées nouvelles.

« Tu as raison, lui dit-il. Finis le boulot et on envoie ça au labo. »

Silence sur le chemin du retour. Toulouze pense que c'est un silence moqueur de la part de sa stagiaire. Il le sent. Elle jubile intérieurement de l'avoir mouché sur un point aussi élémentaire.

Arrivé au commissariat, il lui prend les échantillons d'empreintes et se débarrasse d'elle de la manière la plus efficace qui soit : en l'assignant à l'accueil pour le reste de la journée. Ça la fera redescendre un peu sur terre.

Une visite

Tu es allongé sur ce lit d'hôpital qui semble trop grand pour toi. Ta tête est couverte de bandages, même ta bouche et ton nez sont invisibles. Tu as subi une trachéotomie, et c'est par là qu'on t'alimente et que tu respires. Tu as un autre tuyau dans le bras, raccordé à je ne sais quelles solutions qui tombent au goutte-à-goutte.

L'infirmière m'a expliqué ce qu'il t'a fait. Il t'a torturé, il t'a écrasé la tête dans un étau, il t'a brûlé les yeux avec du plomb fondu. Comment un homme peut-il faire subir ça à un autre ? Il y a donc des gens aussi fous que ça qui se promènent en liberté dans la rue ? Ça existe ? La police manque de pistes, paraît-il. Ils ne savent même pas comment tu t'appelles, alors trouver son identité à lui… Ils sont d'une telle incompétence que parfois j'ai envie de les aider.

« Il peut nous entendre ?

— Je l'ignore. Personne ne peut répondre à cette question. »

Je perçois une pointe d'agacement chez l'infirmière. Chaque fois qu'un patient est dans le coma, on doit lui demander ça. Est-ce que je parlerais différemment si je savais sans l'ombre d'un doute que tu peux m'entendre ? Entrer dans la chambre d'un comateux, c'est comme entrer dans un temple. On n'ose pas faire de bruit. On s'exprime tout bas. Je voudrais rester un peu avec toi. L'infirmière me donne son accord. Je m'assois sur une chaise et pendant de longues minutes, je te regarde respirer. Tu as l'air si paisible. Ils disent qu'ils ne sont pas sûrs que tu vas te réveiller. Ils disent que si tu te réveilles tu auras des lésions irréversibles. Selon certains c'est *peut-être* ; selon d'autres c'est *probablement*. J'en ai les larmes aux yeux.

Mais si, malgré tout, tu sors de ton sommeil et que tu es conscient, je serai là.

Depuis deux ans, j'ai assisté plus d'une dizaine de non-voyants. Je les ai aidés à faire leurs courses, je les ai promenés, je leur ai fait la lecture, j'ai géré leur courrier, j'ai même cuisiné ou choisi leurs vêtements pour eux. Mais c'étaient tous des aveugles de longue date. Avec toi, ce sera la première fois que je prendrai en charge un accidenté dès sa sortie de l'hôpital, un homme qui a perdu la vue du jour au lendemain, psychologiquement atteint et incapable au début de faire quoi que ce soit tout seul.

Ça m'angoisse un peu, mais s'il n'y a que ça, je serai à la hauteur. Je m'y suis préparée. J'attends ce moment depuis si longtemps. Si tu es plus gravement handicapé en revanche, je ne sais pas ce que je ferai. Je suppose qu'il y a des gens qui s'occupent des impotents, mais aurai-je ma place auprès d'eux ? Et si oui, pourrai-je la tenir ? Est-ce que je supporterai de te donner à manger à la cuillère, de te regarder baver toute la journée, est-ce que je saurai faire ta toilette, te porter, te supporter ? Je n'en suis pas sûre. Pas sûre du tout.

Il faut que tu ailles bien.

Je reviendrai demain, avec quelque chose à te lire.

Trente et un mois plus tôt

Extraits de *La République de Seine-et-Marne*.

Édition du 19 novembre 2007

UNE FEMME ENCEINTE POIGNARDÉE EN PLEINE RUE

Dimanche 18 novembre, dans l'après-midi, une jeune femme âgée de trente et un ans et enceinte de sept mois a été trouvée agonisante par les passagers d'un bus, sous un arrêt de bus de la rue Paul-Céramy. Victime de plusieurs coups de couteau, elle avait encore l'arme du crime plantée dans le ventre. Elle est morte avant l'arrivée des secours.

Lors d'une conférence de presse, le commandant Parrot, à la tête du commissariat de Fontainebleau depuis le départ d'Aurèle Bellegarde, a donné des précisions sur les circonstances du drame : « *La victime a été agressée chez elle, à moins de deux cents mètres de l'endroit où elle est décédée. Les traces de lutte ainsi que de nombreuses blessures de défense indiquent qu'elle ne s'est pas laissé faire. Elle a été très courageuse. Bien que déjà grièvement blessée, elle a réussi à attirer son agresseur dans la rue où malheureusement, selon les premiers indices, il se serait acharné sur elle. Pour l'instant, nous ne connaissons pas les mobiles de ce meurtre ni l'identité du meurtrier, mais l'enquête avance vite et nous espérons répondre à toutes les questions le plus rapidement possible.* »

Annick Lepoutre, maire de la ville, a tenu à faire savoir son « *horreur face à cet acte de barbarie. Toutes* [ses] *pensées vont vers la famille et les proches de la victime, et* [elle a] *pris rendez-vous avec le commandant Parrot pour voir où en est l'enquête et comment empêcher ce genre de tragédie à l'avenir* ».

Un appel à témoin a été lancé à toute personne ayant pu voir ou entendre quelque chose en rapport avec cette agression, dimanche 7 octobre, entre seize heures et seize heures trente.

Le compagnon de la jeune femme, très choqué, a été hospitalisé. Une cellule de soutien psychologique a été mise en place pour aider les passagers et le chauffeur du bus qui ont fait la macabre découverte.

Nicole Rousseau

Édition du 26 novembre 2007

MUNICIPALES : LAURELINE
AU CŒUR DE LA CAMPAGNE

Toute la semaine, les réactions politiques se sont succédé à la suite de la plainte des parents de Laureline, tuée de vingt-deux coups de couteau alors qu'elle était enceinte de sept mois et demi.

Le couple a en effet décidé de porter plainte contre la Police nationale, contre la Ville de Fontainebleau et contre l'État pour « défaut de moyens », une procédure rarissime, mais prévue par la loi. On se rappelle qu'une plainte similaire, déposée contre la Ville à la suite de l'épidémie de dysenterie survenue fin 2003, avait abouti à la condamnation de la Ville et de l'Hôpital public à un euro symbolique au profit du Collectif pour la santé des Bellifontains.

« *Notre fille a été tuée en plein jour à deux cents mètres du centre-ville et personne n'a rien vu, personne n'a rien entendu. Nous voulons savoir pourquoi aucun policier n'était à proximité, pourquoi les secours ont mis plus d'un quart d'heure à arriver sur place, et nous voulons provoquer un débat public pour qu'une chose pareille ne puisse plus jamais se reproduire* », a expliqué le père de la victime, avocat à la cour de Melun, lors d'une conférence de presse.

Aurèle Beauregard, commissaire de Fontainebleau actuellement en disponibilité et candidat à la mairie, a été le premier à réagir. « *Ça fait des années que je réclame à la mairie, au département, à la région et même à l'État des moyens de vidéosurveillance. Je peux vous montrer les copies de lettres que j'ai envoyées au ministre de l'Intérieur après le meurtre de Robert Martin, et sa réponse dans laquelle il promettait de financer l'installation de caméras si elles s'avéraient nécessaires. Elles s'avèrent nécessaires, et j'attends toujours. Nous avons aménagé un local pour recevoir le PC des opérations de surveillance, mais nous n'avons pas vu l'ombre d'un euro de la part des collectivités et le bâtiment est actuellement inutilisé. Il y a un vrai problème de sécurité à Fontainebleau, ce n'est pas une cité de banlieue chaude, mais justement : parce que c'est une ville réputée calme, on ne lui donne pas les moyens de lutter contre la délinquance et la criminalité. Ma priorité quand je serai élu sera de renforcer la sécurité des Bellifontains par tous les moyens.* »

La maire sortante, Annick Lepoutre, a immédiatement dénoncé « *l'instrumentalisation par M. Bellegarde de la douleur d'une famille. Je comprends la peine de ces parents, et je comprends même qu'ils aient porté plainte, mais je ne peux pas laisser dire que le meurtre de Laureline est la faute de la mairie. Ce qui s'est passé n'est pas un problème de moyens, mais un problème d'utilisation de ceux-ci. Je vais demander dès cet après-midi un audit sur le fonctionnement du commissariat et nous ferons en sorte d'améliorer ce qui doit l'être* ».

Dans un communiqué, le syndicat Alliance de la Police nationale a mis en cause la politique du gouvernement, « *qui nous demande de faire toujours plus avec toujours moins* ».

Du côté de l'enquête, le compagnon de Laureline a été remis en liberté après une garde à vue de quarante-huit heures. Son avocat, Me Chouanard, a déclaré à la suite de sa libération que « *cette garde à vue a permis d'établir la totale innocence de mon client, aucune charge n'est retenue contre lui et je suis certain que la police fait maintenant tout son possible pour retrouver le vrai coupable* ».

De source policière pourtant, après une semaine de recherches, l'enquête semble être dans une impasse : aucun témoin fiable ne se serait déclaré, et aucun indice ne permettrait à ce jour de remonter jusqu'au meurtrier.

L'inhumation de Laureline est prévue lundi 27 novembre en fin de matinée au cimetière de Fontainebleau. Elle sera précédée d'une cérémonie en l'église Saint-Louis. À la demande de la famille de la jeune femme, la cérémonie se déroulera dans la plus stricte intimité.

José Hamelen et Nicole Rousseau,
avec Frédéric Chardone

Édition du 3 décembre 2007

LE MEURTRE DE LAURELINE DEVIENT UNE AFFAIRE D'ÉTAT

Le ministre de l'Intérieur Henri Le Theil s'est rendu mardi 28 novembre à l'enterrement de Laureline, poignardée en pleine rue par un inconnu, alors qu'elle était enceinte de presque huit mois. La cérémonie, initialement prévue la veille, a été repoussée pour que le ministre ait le temps de rentrer de Guadeloupe, où il inaugurait un nouveau centre de formation de la Police.

Après avoir été personnellement mis en cause par Aurèle Bellegarde sur les questions de sécurité à Fontainebleau, le ministre s'est ensuite rendu au commissariat, où il a tenu à mettre les choses au point. « *L'État n'abandonne personne. S'il est vrai que certains territoires nécessitent moins de présence policière que d'autres, il est vrai également que chaque citoyen doit pouvoir se sentir en sécurité chez lui ou dans la rue. Des moyens existent qui ont fait leurs preuves dans d'autres pays et ils doivent pouvoir s'appliquer sur notre sol. La vidéosurveillance en est un, mais il ne faut pas négliger les autres pistes. J'ai demandé que soit mise en place dès la semaine prochaine une commission de réflexion sur le sujet. Le président de la République et moi-même étudierons avec soin les propositions de cette commission et je m'engage à mettre en œuvre au plus vite les solutions qui s'imposent. Pour ce qui est de Fontainebleau, j'ai fait des promesses et je vais les tenir* », a-t-il déclaré devant les caméras et les micros.

Le ministre a par ailleurs salué le courage de la famille et des proches de Laureline, et a reçu individuellement tous les candidats aux municipales pour des entretiens privés. En marge de la cérémonie, une marche silencieuse a réuni près d'un millier de personnes dans les rues de Fontainebleau. Un grand nombre de commerces sont restés fermés toute la matinée en signe de soutien à la famille de la victime.

José Hamelen,
avec Frédéric Chardone

ERRATUM

Dans notre édition du 26 novembre, en page 2, dans l'article intitulé « Municipales : Laureline au cœur de la campagne », nous avons attribué par erreur une citation à un certain Aurèle Beauregard. Comme nous l'ont fait remarquer plusieurs lecteurs, il fallait évidemment lire Aurèle Bellegarde. Dont acte.

Journal de Rachel Kuklinski

1er juillet 2010. Soir.

Je n'ai pas rencontré que des lumières dans la police, mais le lieutenant William Toulouze bat tous les records d'obscurité. Il n'y a pas la moindre loupiote allumée dans la mousse amorphe qui lui sert de cerveau. Dans le dictionnaire, à « extinction des feux », il devrait y avoir sa photo.

Serge (il faut que je prenne l'habitude de l'appeler « Mon commandant » parce que Serge, ça risque de passer moyen et j'aimerais autant que possible que le piston honteux auquel je dois d'être affectée à Fontainebleau ne soit pas trop visible), le commandant Parrot, donc, m'avait prévenue : « Si tu aimes les saucisses, tu vas aimer Toulouze. » Je doute qu'il y ait eu la moindre connotation sexuelle dans ce délicieux calembour : si une femme hétéro était coincée sur une île déserte, seule avec lui pour le restant de ses jours, elle deviendrait lesbienne dès la première minute. Il a le regard d'un poisson mort par indigestion. Il est trop grand pour son uniforme, mais se débrouille pour donner l'impression que c'est l'uniforme qui est trop grand pour lui ; il flotte dedans alors que ses manches lui arrivent au milieu des avant-bras. Sa dentition est une lutte sans vainqueur entre deux rangées de chicots qui se disputent le premier rang ; il pourrait relancer la franchise des « dents de la mer » à lui tout seul. Il a une haleine trop mentholée pour être honnête, des perles de sueur sur le front et des grumeaux jaunes au coin des yeux.

Il m'a accueillie en se donnant un air important, claironnant. Il m'a dit qu'il allait m'apprendre tout ce qu'il y avait à savoir sur « l'art de représenter l'ordre », quoi que ça puisse signifier.

Et là, coïncidence de ouf, il enquêtait sur le gars que j'ai vu passer sur son brancard l'autre jour. Celui qui avait l'air d'avoir un morceau de métal planté dans la figure. Eh bien c'est exactement ça : un fou furieux lui a fait couler du plomb dans les yeux. Le pauvre est à l'hôpital, apparemment il y a peu de chances qu'il s'en sorte… Mais le fou furieux a passé un coup de fil après son forfait, depuis une cabine téléphonique. Toulouze m'a emmenée sur les lieux et j'ai pu faire ma première prise d'empreintes sur le terrain. C'était plutôt cool, même si la cabine puait le tabac et la pisse.

Moins marrant : après ça, Toulouze m'a collée à l'accueil, en me disant que c'était « le meilleur contact avec la réalité du noble, mais parfois douloureux sacerdoce qu'est le nôtre ». J'ai vérifié dans le dictionnaire : l'utilisation du mot « sacerdoce » indique sans aucun doute possible que ce mec est un illuminé (mais pas une lumière, j'insiste).

À mon poste stratégique, j'ai donc vu défiler : des vols de portefeuilles, de vélos, de téléphones, de GPS, un vol de voiture, un cambriolage, un obèse couvert de tatouages dont le collègue a disparu dans la nature, une femme battue par son fils, quelqu'un qui cherchait la boucherie, une vieille qui m'a tenu la jambe pendant presque une heure à cause des aboiements du chien de son voisin, deux automobilistes furieux qui venaient d'avoir un accident, un jeune homme complètement nu qui m'a dit avec calme : « Bonjour, je suis schizophrène et je suis en pleine crise. Il faut que vous m'aidiez avant que je fasse n'importe quoi », après quoi il s'est mis à m'expliquer que ce soir, à minuit, le soleil allait être remplacé par un autre, de couleur rouge, mais qu'on ne s'en apercevrait pas avant demain puisqu'il ferait nuit au moment de l'échange.

Quand les gens arrivent, je note leur identité, le motif de leur venue, et je leur indique la salle d'attente qui se trouve juste derrière moi. Dans cette pièce d'une quinzaine de mètres carrés, il y a une chaise bancale et un tabouret. C'est là que tout le monde patiente en attendant qu'un flic veuille bien prendre leur plainte. Selon l'affluence et le nombre d'agents présents, ça peut être très long. J'ai demandé à la secrétaire (Zina) s'il n'y avait pas moyen de récupérer quelques chaises pour que les gens puissent s'asseoir. Je ne sais même pas pourquoi sa réponse m'a surprise : l'absence de chaises n'est pas une question de manque de moyens, ou en tout cas pas que. Le gouvernement a besoin que la délinquance baisse. Si on retire les chaises tout en prolongeant l'attente, le nombre de plaintes diminue mathématiquement. Et avec lui, les chiffres de la délinquance. Le fait est qu'aujourd'hui pas mal de gens ont renoncé, et sont juste repartis excédés.

Le seul moment où j'ai vraiment eu l'impression de servir à quelque chose, c'est quand j'ai intercepté le gros tatoué au moment où il quittait le commissariat.

Après deux ou trois heures d'attente, il a perdu patience, mais j'avais comme une petite intuition. Je lui ai demandé quand son copain avait disparu et à quoi il ressemblait… et ça a confirmé mes soupçons. Son copain pourrait très bien être le type dans le coma. Sa description concorde avec celui que j'ai vu à l'hôpital – moyennant un petit effort d'imagination pour me le représenter avant qu'il soit défiguré. En tout cas, sa corpulence et sa couleur de cheveux correspondent. L'obèse n'avait plus le temps, il devait partir bosser, mais je l'ai pris par le coude, je l'ai posé devant un brigadier qui faisait je-ne-sais-pas-quoi pour qu'il prenne sa déposition. On verra à quoi ça mène.

Je me demande encore pourquoi j'ai voulu devenir flic. Je ne me faisais pourtant aucune illusion : Aurèle et Serge ne m'ont rien caché du métier. J'ai toujours refusé de faire un stage d'observation au commissariat comme ils me l'ont proposé, mais je savais à quoi m'attendre. Ça les ferait peut-être frémir d'entendre ça, mais il est bien possible que ce soit leur exemple qui m'ait donné envie. À mes yeux, ils faisaient quelque chose d'utile.

Quand Aurèle a voulu devenir mon tuteur à la mort de mes parents, alors qu'il me restait moins d'un an avant ma majorité, j'ai été touchée, bien sûr, et je ne me suis pas senti le courage de refuser. Je le voyais toutes les semaines, il tournait en rond dans l'enquête, chaque fois il s'excusait de ne pas avoir avancé, il était mortifié, il semblait en souffrir plus que moi. On s'est attachés. En quelque sorte, ça nous a rapprochés. Je sais (même s'il ne l'admet jamais) que s'il m'a prise sous son aile c'est en partie pour compenser le fiasco de cette affaire. Il se sent responsable : le maire massacré en pleine rue, le soir de Noël, dans la ville dont il était le commissaire ! Et sa femme soi-disant suicidée le même jour !

Ne pas parvenir à assurer la sécurité du maire et de son épouse, et surtout ne pas élucider une affaire aussi énorme a été pour lui un échec personnel et je vois bien parfois qu'il ne s'en est toujours pas remis. Il veut réparer les choses. De toute façon, je pense que c'est clair pour tout le monde : non seulement il est devenu mon père par intérim, mais en plus, il le remplace à la mairie ! Les conversations qu'il a avec son psy doivent être passionnantes…

J'ai pu voir Serge – pardon, le commandant Parrot – dans l'exercice de ses fonctions et je crois qu'il a raison : personne au commissariat ne se doute qu'il est homo… et encore moins que son mec n'est autre que le maire de Fontainebleau, anciennement commissaire dans la même ville, et par ailleurs mon père adoptif ! Je les trouve tous les deux assez attendrissants de se cacher comme ça, mais d'après Aurèle, pour être élu ici, il faut être hétéro. Je n'en suis pas certaine : on est au XXIe siècle, quand même ! Pourtant, je ne suis pas certaine non plus du contraire : j'ai encore le souvenir d'une conversation entre mes parents et leurs amis un soir de réveillon, durant laquelle une dinde autre que celle qui était dans nos assiettes a dit quelque chose comme « Oh non, surtout pas Delanoë à la mairie de Paris ! Il nous faut un vrai homme à la tête de la ville ! », et tout le monde avait l'air d'accord. Sur le moment, c'est surtout le « nous » qui m'avait étonnée : comme si Paris était Fontainebleau. Ce n'est que plus tard, en apprenant que Delanoë était homo, que j'ai compris que j'avais manqué l'essentiel…

Pour Serge, en tout cas, ça ne fait aucun doute : il faut qu'il reste discret. Les flics sont homophobes, je m'en doutais avant, mais maintenant j'en ai la certitude. Homophobes, lesbophobes, xénophobes, jeunophobes, bref : phobes. J'ai du mal avec ça, ce qui renforce mon doute quant au choix de ma carrière. Mais maintenant que j'arrive à la fin de ma formation, je suis engagée pour cinq ans : il va falloir que je m'y fasse. Et puis j'ai aussi croisé des flics qui sortent des clichés ; il suffit de taper dans les gradés, on y trouve des personnes à peu près normales, à condition de ne pas faire attention à leurs yeux fatigués, leur consommation de cigarettes, leur dépression chronique et leur penchant pour la bouteille. Le tout, c'est de choisir le cliché qu'on préfère, finalement ! Même Serge, qui s'en sort pourtant pas mal, est souvent cassé en deux par le boulot. Aurèle n'arrête pas de lui dire de trouver un autre job (alors que lui-même est toujours officiellement commissaire, « en disponibilité », certes, mais commissaire quand même. S'il n'est pas réélu aux prochaines municipales, son fauteuil l'attend. Et ça m'étonnerait qu'il hésite longtemps avant de s'y rasseoir). Même dans une petite ville bourgeoise comme Fontainebleau – qu'on peut globalement considérer comme une bonne planque, encore plus depuis l'installation des caméras de surveillance –, c'est difficile d'être flic. Parce qu'il ne faut pas rêver, on ne côtoie pas la bourgeoisie dans les commissariats : c'est moche, vieux, pas entretenu, parfois ça pue la pisse ou le vomi, presque toujours la crasse humaine et la sueur rance. Il y a régulièrement des gens qui crient ou qui pleurent, et si l'on a la chance de visiter les trois cellules aux murs tachés de sang et de merde séchés, on aura droit à tout ça à la fois. Que viendraient faire des « gens bien » dans un lieu pareil ? Aujourd'hui, il y avait un gardé à vue qui a broyé la main de son voisin à coups de marteau pour une histoire de place de parking. Il faut croire que le mec a son permis de conduire, mais il sait à peine lire ou même parler. Quand il est arrivé au commissariat, il était tellement en rage qu'ils ont dû s'y mettre à trois pour l'encager. Tout ce qu'il a dit de l'après-midi, c'est « faut donner manger mon chien ». Et il a dû le dire au moins cent fois, sans jamais corriger sa phrase.

La démarche civique de Conrad Pampin

ATTESTATION DE DÉCLARATION D'UNE DISPARITION DE PERSONNE

Le jeudi 1er juillet 2010 à 19 heures 15 minutes, nous soussigné Brigadier Jérôme LEHARDY avons reçu la déclaration de

Nom	**Prénom**	**Sexe**	**Situation familiale**
Pampin	Conrad	M	Célibataire
Né le	**Commune de naissance**	**Insee**	**Validité état civil**
14 novembre 1977	SAINTES 17100 (France)	17 415	Identité déclarée
Adresse	**Commune et CP**		**Insee**
92, rue de France, Fontainebleau 77300 (France)			77 186
n° de téléphone	**Profession**	**Nationalité**	
06 78 91 01 11	Agent de surveillance	Française	
Qui nous a déclaré les faits en tant que PROCHE			

DATE OU PÉRIODE ET LIEU DE LA DISPARITION
Période du 26 juin 2010 à 01 h 30 au 28 juin 2010 à 06 h 00. Lieu de la disparition inconnu.
ÉTAT CIVIL DE LA PERSONNE DISPARUE (NOM, Prénom, sexe, date et lieu de naissance)
BOURRIOL, Thomas, M, né le 6 août 1975, lieu inconnu
LIEU DE RÉSIDENCE HABITUEL DE LA PERSONNE DISPARUE
18, rue de la Chancellerie, Fontainebleau 77300 (France)
CONSTATATIONS
Lundi matin, en prenant mon service à 06 h 00, j'ai constaté que mon collègue Thomas Bourriol qui devait prendre son service avec moi n'était pas là. Il ne s'est pas présenté de la journée. Je l'ai appelé plusieurs fois chez lui et sur son portable, il n'a pas répondu. Le soir, je suis passé chez lui, mais il n'a pas répondu non plus. J'ai tenté de le contacter plusieurs fois depuis, mais il n'a pas donné signe de vie.
Il n'a jamais fait état devant moi de son intention de partir ni de mettre fin à ses jours. Il n'était pas déprimé, ou agité, ou anxieux. Son comportement était tout à fait normal avant sa disparition. Je n'ai pas connaissance d'un fait qui aurait pu le pousser à partir. La dernière fois que je l'ai vu, c'était samedi matin vers 01 h 30, sur le trottoir devant le bar Le Repaire, sis au 2, rue de la Paroisse à Fontainebleau, où nous avons passé la soirée. Il vit seul et je ne sais pas s'il a de la famille.
DESCRIPTION DE LA PERSONNE DISPARUE (allure générale, signes particuliers)
Thomas Bourriol mesure environ 1,90 m pour 85 kg. Il a les cheveux noirs, ni courts ni longs, il a les yeux noirs. Il est assez musclé. Il porte souvent un costume noir avec une chemise blanche et une cravate noire. Il ressemble à Nicky Larson.
RENSEIGNEMENTS COMPLÉMENTAIRES

Je déclare la réalité des faits énoncés ci-dessus.

Information à l'intéressé(e).

Les informations vous concernant collectées dans le présent procès-verbal peuvent être enregistrées et utilisées dans un traitement de données à caractère personnel de la police judiciaire.

Vous pouvez obtenir communication de ces données, ainsi que, en cas d'erreur, leur rectification ou suppression. Ces droits s'exercent indirectement par l'intermédiaire de la Commission nationale de l'informatique et des libertés (CNIL), 3, place de Fontenoy, 75334 Paris cedex 07.

Signature du déclarant | Cachet de l'unité

Identification d'un homme

La voix de Conrad… Concon pour les proches. Une voix familière, ça faisait longtemps. C'est délicieux, ça me fait un frisson qui remonte l'échine.

« C'est une blague ? »

Un autre homme.

« Vous croyez que la police s'amuse à faire des blagues ? »

C'est un flic, donc.

« Excusez-moi, mais je pensais que j'aurais vu au moins un bout de son visage, sa bouche, ses yeux, son nez, même un lobe d'oreille. Comment vous voulez que je l'identifie sous ses bandages ?

— Peut-être que sa carrure vous est familière ?

— "Peut-être que *sa carrure* m'est familière ?" Alors premièrement, j'ai pas vraiment l'habitude de le voir allongé en pyjama sous un drap, d'accord ? Nos rapports sont strictement habillés et verticaux. Deuxièmement, même si j'avais l'habitude de le fréquenter comme ça, on peut pas dire qu'il soit hyper remarquable, voyez. Si c'était moi qui étais à sa place, je dis pas : un gonze de cent quatre-vingts kilos, ça donne un indice… Vous ajoutez à ça mes tatouages, et vous avez pas besoin de mon visage pour m'identifier.

Mais là, sans vous vexer, si vous étiez couché à côté de lui, ça m'étonnerait que j'arrive à voir la différence.

— Et ses mains ? Vous connaissez ses mains, non ?

— Hmmm… Chais pas. Vous savez, maintenant que j'y pense, depuis deux ans qu'on se connaît, on a très peu parlé manucure. On peut pas dire que j'ai eu le regard braqué sur ses mains, si vous voyez ce que je veux dire. Attendez… J'essaie de me représenter… Ce serait peut-être plus facile si on lui mettait une part de pizza entre les doigts. Ou alors une manette comme celle qu'on utilise pour piloter les caméras au boulot. Peut-être que ça m'aiderait… Écoutez, ça *pourrait* être ses mains, mais je garantis rien. Par contre, si vous me faites sentir ses dessous de bras…

— Vous voulez sentir ses dessous de bras ?

— Non mais vous m'avez bien regardé ? Je déconnais ! »

J'éclate de rire. C'est du Concon à 100 %, il n'y a que lui pour me sortir de mon état, ils vont me voir me gondoler, tout le monde va s'agiter, je…

« Bon. Donc vous ne pouvez pas nous dire si cette personne est bien Thomas Bourriol. »

Personne ne m'a vu rire ou entendu rire. Tout ça se passe dans ma tête ? Je rêve ? Est-ce que Conrad est vraiment là ?

« C'est 50-50. Ou 60-40. Allez, 63 % de chances que ce soit lui, mais j'irai pas plus loin.

— Bien. Merci, monsieur Pampin. On va vous raccompagner.

— Vous avez essayé de lui passer du Duran Duran ?

— Pardon ?

— C'est son groupe préféré. Ouais, je sais, moi aussi ça me fait halluciner, je savais même pas qu'ils existaient encore avant de le rencontrer. Mais c'est un gros ouf, hein ! Le gonze, y va à *tous* leurs concerts. Tous. Il prend des congés pour suivre leurs tournées. Pas pour aller se griller la couenne sur une plage des Caraïbes : pour aller voir vingt fois le même concert partout en Europe ! À force, les mecs ils ont fini par le reconnaître, vous pensez bien : ils doivent pas en avoir des tonnes comme lui. Déjà, *un* fan de Duran Duran en 2010, ça tient du malentendu, mais un comme ça, c'est carrément un miracle ! Quand je pense qu'il se fout de ma gueule avec John Williams… Du coup, maintenant, c'est leur pote. Accès backstage, invitations à des concerts privés, la totale. Moi, j'y vois une morale : "Si tu donnes de l'amour, tu reçois de l'amour." Et vice versa. Plus ou moins. Enfin, j'me comprends. Bref, tout ça pour dire que si vous voulez vraiment savoir si c'est lui, vous risquez rien à lui mettre du Duran Duran dans les oreilles. S'il se réveille, c'est lui. Sinon, c'est pas lui. Ou alors, c'est lui, mais il se réveillera jamais. »

Bonne idée, Conrad. Une idée de conte de fées, le baiser du prince remplacé par la musique du plus grand groupe du monde. Ça ne marchera jamais, mais au moins j'écouterai de la bonne musique. Ça, c'est un vrai pote.

Un peu de paperasse

Affaire nº 112-06-2010

Homme torturé et rendu aveugle. Identité inconnue.

Affaire suivie par le commandant Serge Parrot en délégation du procureur de la République de Melun.

Pièce nº 010

RAPPORT D'ENQUÊTE DU 02/07/2010

Enquête menée par le lieutenant William Toulouze et le lieutenant stagiaire Rachel Kuklinski, assistés du brigadier Valérie Frot.

Témoins :

M. Alexandre Chamoison, né le 18 février 1964 à Levallois-Perret.

Mme Giselle Dujardin, voisine de Thomas Bourriol, née le 14 septembre 1940 à Paris, domiciliée au 16, rue de la Chancellerie à Fontainebleau.

Suite au témoignage de M. Conrad Pampin (*cf.* pièces 008 et 009), le commandant ordonne la perquisition du domicile de Thomas Bourriol, situé au 18, rue de la Chancellerie, rez-de-chaussée, à Fontainebleau, afin de trouver des indices permettant de confirmer ou d'infirmer le fait qu'il soit la victime de l'affaire en cours.

Après avoir tenté de joindre Thomas Bourriol par téléphone ainsi qu'en sonnant à son domicile, décision est prise de forcer la porte d'entrée.

Porte ouverte par M. Alexandre Chamoison, serrurier.

Constatations :

Le perquisitionné était absent de son domicile. Personne d'autre n'y était présent. Nous avons trouvé deux jeux de clés comportant chacun les clés des deux verrous de la porte d'entrée, la clé de la boîte aux lettres, et deux clés dont l'utilité n'a pas été découverte. L'un de ces jeux de clés était dans la serrure du verrou principal de la porte d'entrée, côté intérieur. L'autre était dans un tiroir de bureau.

Il n'y a aucune trace d'effraction, de violence, ou de vol.

Saisies :

Les deux jeux de clés,

Un ordinateur portable de marque Sony VAIO,

Un téléphone portable de marque Samsung,

Un portefeuille contenant la carte d'identité, le permis de conduire et la carte bancaire du perquisitionné, ainsi que d'autres papiers et cartes et vingt et un euros et cinquante-quatre centimes (un billet de vingt euros, le reste en monnaie),

Un carnet de chèques avec quatorze chèques restants,

Deux classeurs en carton contenant du courrier,

Un classeur en carton contenant des relevés bancaires,

Une boîte en plastique bleu contenant des photos,

Un relevé de traces papillaires a été fait sur et autour de la porte d'entrée, côté intérieur et extérieur.

Quarante photos des lieux ont été prises par le brigadier Valérie Frot.

Des scellés ont été posés sur la porte et les fenêtres du domicile.

Les photos des papiers d'identité ont été montrées aux pompiers, aux policiers et au personnel médical de l'hôpital qui ont vu la victime avant son opération. La majorité pense que les photos pourraient correspondre, mais ne peut le certifier (*cf.* Témoignages).

L'enquête de voisinage n'a pas permis de recueillir de témoignage visuel ou auditif permettant de savoir quand ou comment le perquisitionné a quitté son domicile.

Conclusion à ce jour :

Il n'est pas possible de confirmer avec certitude que le perquisitionné et la victime de la présente affaire sont bien la même personne, mais une forte présomption se dégage dans ce sens.

La présence des clés sur la serrure de la porte, du portefeuille et du téléphone portable, ainsi que d'une tasse de café pleine encore en place sur la machine à café semblent indiquer un départ précipité ou imprévu.

En conséquence, le commandant demande :

L'analyse du contenu du téléphone portable et de l'ordinateur portable,

Le détail des derniers appels téléphoniques,

L'interrogation des dernières personnes appelées sur les lignes du perquisitionné,

La prise de contact avec la famille de Thomas Bourriol,

L'analyse des traces papillaires prélevées sur la porte d'entrée,

L'examen des comptes bancaires.

Toutes les pièces citées dans le présent rapport, ainsi que les témoignages, sont joints au dossier.

Rapport rédigé par le lieutenant stagiaire Rachel Kuklinski, sous la supervision du lieutenant William Toulouze, le 02/07/2010.

« Voilà, *ça,* c'est ce que j'appelle un rapport détaillé ! Allez, maintenant tu tamponnes et tu signes.

— Mais on n'est pas obligés de faire ça à chaque étape, quand même ?

— Normalement, si.

— Dans mon autre stage, on n'était pas aussi précis. Tous les noms, là : qui donne les ordres, qui ouvre la porte, et tous les détails de ce qu'on a fait, genre on a sonné avant d'entrer…

— Tu fais comme tu veux, mais là on montre qu'on a suivi les procédures. Et "tous ces noms", comme tu dis, c'est la chaîne des responsabilités. Moi je fais toujours comme ça. Si quelque chose tourne mal, il est marqué ici que nous avons respecté les règles et que nous agissons sous les ordres du commandant, lui-même délégué par le procureur de la République. Et si les photos sont ratées, on sait qui les a prises. Je me couvre, c'est ma politique.

— Et chaque enquête a droit à un rapport quotidien ? Vous ne faites pas un gros rapport en fin de semaine, par exemple ?

— Dans les faits, on n'a pas toujours le temps d'être à jour, c'est vrai. On rattrape comme on peut dès qu'on a un moment de libre ; mais forcément, c'est moins précis, on oublie des détails. Et dans une enquête de police, le moindre détail compte. C'est pour ça que tu dois toujours avoir ton petit carnet sur toi, pour tout noter en direct. Ton carnet, c'est ta mémoire.

— J'ai un iPhone. Je prends mes notes dessus, et je peux faire des photos géolocalisées, et des vidéos, et ça fait aussi dictaphone.

— Ça ne vaut pas un carnet. Il te faut un carnet. Tiens, prends celui-là, il est vierge. Normalement, il est à moi, tu vois, je le sors de ma réserve personnelle, mais je te le donne.

— OK, merci… Aucun rapport, mais euh… Comment on a pu entrer dans l'appartement si la clé était sur la porte, à l'intérieur ?

— La porte n'était pas verrouillée, rappelle-toi.

— Il ne faudrait pas le préciser dans le rapport ?

— Ah, merde.

— C'est bon, je m'en occupe.

— Je peux te demander quelque chose ?

— Oui. Vous pouvez même me demander quelque chose sans me demander si vous pouvez me demander quelque chose.

— Où est-ce que tu as appris à taper ? Tu tapes plus vite que n'importe qui ici…

— J'ai vingt-quatre ans. Je n'ai pas *appris* à taper. Je tape depuis toujours, c'est tout.

— Oui. Ben, ne le fais pas trop savoir, sinon tu vas te retrouver à taper les rapports de tout le monde. D'ailleurs, tu peux commencer par les miens. »

Renseignements pris

La vocation de Toulouze est née durant son enfance, devant les séries policières de la télévision. En grandissant, il a vu toutes celles qui se présentaient, les américaines et les françaises. Pas les allemandes, enfin surtout pas *Inspecteur Derrick*, toute vocation a ses limites. Sa série préférée est sans doute *Columbo*. Il en a gardé un amour presque fétichiste pour les petits carnets noirs, dans lesquels il prend des notes au crayon de bois comme Peter Falk à l'écran. Toulouze a très tôt compris que le travail de police est avant tout un travail de minutie, de rédaction de rapports et d'attente. Un travail de fourmi qui avance pas à pas, sans spectaculaire, avec de très rares montées d'adrénaline. Dès l'enfance, il se doutait que les poursuites en voiture et les fusillades seraient l'exception. Et de fait : en douze ans de carrière, il n'avait jamais pourchassé quiconque à bord du moindre véhicule ni sorti son arme de service ailleurs que sur le stand de tir. Ça lui convient très bien. Ce qu'il n'avait pas prévu en revanche, c'était qu'une grande partie du boulot se passerait au téléphone. Et le téléphone, Toulouze n'aime pas ça. Composer un numéro lui fait les mains moites, entendre la tonalité l'angoisse et il a toujours une minuscule attaque de panique quand son interlocuteur décroche. L'impression qu'il dérange et qu'il va se faire engueuler. Et comme il a peur, il hésite, bégaie, bute sur les mots, n'arrive pas à se faire entendre. Sans le soutien de l'uniforme et l'autorité immédiate que celui-ci inspire, Toulouze se sentirait comme un gamin qui n'a pas appris sa leçon.

Normalement, on interroge les proches, les parents par exemple, et on procède ensuite par cercles excentriques jusqu'aux connaissances éloignées. Mais les parents de Thomas Bourriol sont décédés il y a deux ans dans un accident de la route, sur le trajet qui les ramenait à Paris après avoir passé la soirée chez lui. Les freins ont lâché alors qu'ils étaient sur une bretelle de sortie d'autoroute. Leur voiture a pris la rambarde de face et s'est retournée comme une crêpe. Soit ils sont morts sur le coup, soit ils sont morts brûlés vifs. Dans tous les cas, il a fallu trouver d'autres proches à contacter pour « l'enquête de proximité ». Et force est de constater que des proches, Thomas Bourriol ne semble pas en avoir beaucoup. La mémoire de son portable montre qu'il n'appelle à peu près personne. Sa ligne fixe, quant à elle, ne lui sert qu'à recevoir des coups de fil d'employés de télémarketing, auxquels il ne laisse pas même pas le temps de finir une phrase avant de leur raccrocher au nez. Quant aux SMS, en dehors des nombreux échanges qu'il a avec Conrad Pampin, il n'en envoie pour ainsi dire jamais.

Toulouze va donc devoir contacter par téléphone des gens pour qui Bourriol est au mieux un ami lointain, au pire une vague connaissance. Il n'en tirera aucune information. Il va encore se ridiculiser, il le sait. Mais la procédure est la procédure. Toulouze est très tenté de laisser Rachel, sa stagiaire, passer les coups de fil à sa place. Mais probablement qu'il aurait encore plus peur en se tenant à côté d'elle. Peur qu'elle gaffe et qu'elle lui demande de l'aide et qu'il soit incapable de sauver la situation. Il l'a donc renvoyée à l'accueil, où elle ne risque pas de le voir couler à pic. Exceptionnellement, l'open space du commissariat est vide. La liste des personnes à appeler est devant lui. Son rythme cardiaque accélère. Il prend une grande inspiration et le combiné du téléphone.

Deux heures plus tard, tremblant, en sueur, le lieutenant Toulouze raccroche de son dernier coup de fil. Que s'est-il encore passé ? Pourquoi est-ce si compliqué ? Comment font les autres pour obtenir des réponses ? Pourquoi personne ne le respecte ? Ces deux heures ont été un échec de bout en bout. Une perte de temps et une humiliation permanente. Il passe un long moment à reprendre son souffle. Inspirer, expirer. Lentement. Calmement. Surtout ne pas sangloter.

Trente mois plus tôt

Extraits de *La République de Seine-et-Marne*.

Édition du 10 décembre 2007

NEUF BELLIFONTAINS SUR DIX FAVORABLES À LA VIDÉOSURVEILLANCE

À la suite de l'intervention du ministre de l'Intérieur Henri Le Theil sur la vidéosurveillance à Fontainebleau, un sondage Opinion sur rue pour *Le Parisien-Aujourd'hui en France* révèle que près de 89 % des Bellifontains sont favorables à la vidéosurveillance, contre 71 % de moyenne nationale (dernière enquête IFOP pour la CNIL, datée de septembre 2007).

Dans ce sondage effectué entre le 29 novembre et le 4 décembre 2010 auprès de 841 Bellifontains, 85 % des interrogés (contre 65 % au niveau national) estiment en outre que la multiplication des caméras de surveillance dans les lieux publics permettra de lutter contre la délinquance et le terrorisme. Enfin, 80 % des habitants de Fontainebleau (79 % au niveau national) pensent qu'il est important que ces systèmes soient gérés par un organisme indépendant.

Du côté des candidats aux municipales, après la publication de ce sondage, aussi bien Aurèle Bellegarde (sans étiquette), qui a été le premier à mettre le sujet au centre de la campagne, qu'Annick Lepoutre (PUD) se sont prononcés pour l'installation de caméras dans la ville. Seul Gaëtan Challande (Verts) est plus réservé : « *Il ne faudrait pas croire que les caméras seront la solution pour tout. Une caméra ne remplacera jamais une présence humaine sur le terrain. On est tous en train de se diriger vers* Big Brother, *et le pire c'est qu'on y va avec le sourire…* »

L'éclosion de caméras dans les rues de Fontainebleau ne devrait toutefois pas avoir lieu avant le printemps : le budget pour 2008 est bouclé, et toute proposition de rectification devra attendre la fin des élections.

José Hamelen

Édition du 17 mars 2008

FONTAINEBLEAU : VICTOIRE DE LA LISTE BELLEGARDE

Avec 58,6 % des voix, c'est la liste d'Aurèle Bellegarde qui l'emporte au deuxième tour à Fontainebleau, signant le premier changement à la mairie depuis 1983. Très tôt dans la soirée, la maire sortante Annick Lepoutre a reconnu sa défaite. Avec 41,4 % des voix, elle n'a progressé que de 0,9 % entre le premier et le second tour.

« *J'ai conscience de faire les frais des errements de mon prédécesseur, mais je ne me cacherai pas derrière mon petit doigt : oui, nous avons perdu, et nous avons perdu non seulement l'élection, mais aussi la confiance de nos électeurs. C'est une leçon que nous devons tous méditer. Je tiens à féliciter M. Bellegarde pour sa victoire, mais qu'il sache que je ne disparais pas pour autant de la scène bellifontaine. Je siégerai au conseil municipal, dans l'opposition, et je serai très vigilante et très engagée à défendre mes concitoyens.* »

Aurèle Bellegarde, de son côté, s'est félicité de son résultat. « *Nous avons gagné parce que les Bellifontains ont cru dans le programme de cette liste. Nous ne les décevrons pas. J'ai la ferme intention dès demain, dès la nomination du conseil municipal, de me mettre au travail. Mes promesses, je les tiendrai : audit des comptes de la ville, plus de sécurité, réhabilitation des anciennes casernes en logements sociaux, rénovation des écoles, tout ce que j'ai promis, je le ferai. Je vous le dis : une nouvelle ère s'ouvre pour Fontainebleau. Plus sûre, avec des élus intègres et proches de leurs administrés, et un véritable esprit d'ouverture.* »

La fête a été perturbée par des échauffourées entre jeunes alcoolisés et forces de sécurité devant la mairie. Quatre blessés du côté des jeunes et deux du côté de la sécurité sont à déplorer, sans gravité cependant. Il y a eu une dizaine d'interpellations.

José Hamelen, avec Frédéric Chardone

Frustrations

« Et si c'était le premier essai d'un nouveau tueur en série ? »

La stagiaire pose cette question avec un air excédé. Elle a passé deux jours à chercher dans les fichiers nationaux des cas qui se rapprochent de ce qui s'est passé dans cette forge. C'est elle qui a insisté. Elle a trouvé le mode opératoire suffisamment atypique pour penser qu'il pouvait s'agir d'un rituel, quelque chose qui pourrait déjà avoir eu lieu. Pas la peine d'être fin psychologue pour voir qu'elle a fait chou blanc.

« Qu'est-ce que tu veux dire ?

— Je veux dire qu'il y a bien une première fois à tout. J'ai épluché tout ce qu'on a de crimes non élucidés sur les cinq dernières années, j'ai aussi demandé à nos collègues des départements voisins de me faire un premier tri dans leurs propres affaires et de m'indiquer leurs meilleurs candidats… Résultat : il n'y en a aucun qui ressemble de près ou de loin à notre affaire.

— D'accord, mais si c'est une première fois, par définition ça ne peut pas être un tueur en série. Il faudrait qu'il y ait… une série. De plus, la victime n'a pas été tuée. Le coupable n'est donc ni un tueur, ni en série. »

La stagiaire est encore plus agacée, si possible. Toulouze jubile doucement. Pour une fois que c'est lui qui l'irrite… Elle montre l'écran de son ordinateur pour appuyer son propos.

« Il faut bien commencer un jour ! Regardez Guy Georges ! Il a raté combien de fois avant de gagner son badge de serial killer ? Je vais vous le dire, parce que j'ai étudié le cas : ça a commencé durant son adolescence où, à deux ans d'écart, il a tenté d'étrangler deux de ses sœurs. Puis à 17 ans, il agresse une fille à la sortie d'un bus. Il la rackette, puis tente de l'étrangler. La fille s'échappe. À ce moment-là, personne ne va dire "oh, ce type est un tueur en série", pas vrai ? Un an plus tard, il récidive sur deux autres femmes, qui s'en sortent aussi – l'une d'elles restera défigurée à vie parce qu'il l'a poignardée au visage. Il fait un an de taule, mais toujours pas de badge : on le laisse sortir sans aucun suivi. Neuf mois plus tard, il viole et poignarde une nouvelle victime, qui s'en sort par miracle. Sept mois plus tard, re-viol, re-coups de couteau et strangulation. Là encore, la victime en réchappe. Cette fois, c'est la prison. Condamné à dix-huit mois, il n'ira même pas au bout. Il a une permission pour bonne conduite et le soir même, viole et poignarde une nouvelle femme qui, elle aussi, parvient à s'échapper. Cette fois, la police est sur le coup, il se fait coffrer et prend dix ans de prison. Il y a un dossier épais comme ça sur lui, mais est-ce qu'il a son badge ? Absolument pas. Huit victimes, toujours le même scénario ou à peu près, mais le mec n'est pas un tueur en série. Pourquoi ? Parce qu'elles ont toutes survécu ? OK, alors on va dire que ça ne compte pour rien et on lui accorde tranquillement un régime de semi-liberté. Forcément, un soir, il ne rentre pas à la maison d'arrêt… Et c'est sur sa neuvième victime qu'il commet son premier meurtre. Pendant les sept années qui suivent, il agresse douze autres femmes de la même manière, dont six n'en réchapperont pas. »

Toulouze connaît très bien l'affaire aussi. Un fiasco de bout en bout qui a traumatisé la police et entraîné une refonte complète de l'organisation des services de la brigade criminelle et des procédures, ainsi que la création du Fichier national automatisé des empreintes génétiques. Sa stagiaire a raison d'être énervée, mais elle arrive dix ans après tout le monde.

« Le type qu'on cherche n'a rien à voir avec Guy Georges.

— Avec le Guy Georges qui est en prison, non ! Mais peut-être avec celui de 1980, celui qui n'avait agressé que ses sœurs et trois autres filles ! Ce que je dis, c'est que le coup du plomb dans les yeux, c'est vraiment un truc de tordu et je serais très étonnée que celui qui a inventé ça n'y ait pas pris du plaisir. Et si c'est le cas, il y a toutes les chances pour qu'il ait envie de regoûter à ce plaisir un jour ou l'autre. Peut-être même de perfectionner un peu sa technique, d'essayer des variations. Ou juste de revivre le même rush d'adrénaline.

— Je t'entends, mais tu n'as aucune preuve. C'est juste une intuition. Ça peut aussi être une vengeance personnelle. Ce plomb signifie peut-être quelque chose pour lui et la victime, et pour eux seuls.

— Pourquoi pas. Mais alors, comment explique-t-on que le mec ait tenu à signer son crime ? Quand il appelle le forgeron, ce n'est pas uniquement pour lui indiquer où se trouve la victime. C'est pour lui dire avec sa grosse voix mystérieuse "je suis le Monstre" ! Il s'est carrément inventé un pseudo super cool et il ne va plus jamais s'en servir ? Qui peut croire ça ? »

Toulouze garde le silence un long moment. Il voudrait trouver une faille dans l'argumentaire de sa stagiaire, mais cette petite sait se montrer convaincante.

« D'accord. Peut-être que tu as raison…

— Ah ben quand même ! Merci !

— … Mais premièrement, ce n'est pas une raison pour m'interrompre. Et deuxièmement, ça ne change rien à l'enquête. Si on ne trouve aucun autre crime qui partage son mode opératoire, alors il faut procéder sur la base de ce qu'on a, c'est tout.

— Oui, à ce sujet, on a quoi ? Elles arrivent quand, les empreintes de la cabine téléphonique ?

— On les a reçues.

— Ah bon ? Quand ? Pourquoi vous ne m'avez rien dit ?

— Je venais justement t'en parler. On n'a pas encore le rapport officiel, mais on a eu un coup de fil, c'est la standardiste qui a pris le message. Il y a plein de traces, mais surtout certaines dont on est presque sûrs que ce sont les siennes. Sur les touches et sur le combiné, elles recouvrent les autres et, sur le clavier, on en trouve une qui se répète uniquement sur les touches du numéro.

— Donc j'avais raison !

Qu'est-ce qu'elle peut être agaçante…

— On a donc ce doigt, on pense que c'est le majeur ou l'index de la main gauche, parce que sur le combiné on a trois doigts et le pouce de la main droite. Pas l'auriculaire.

— Le suspect n'a pas d'auriculaire ? C'est pas vrai ! Comme dans les films !

— Non, non. Il tenait le combiné par le bas. »

Toulouze illustre en décrochant le téléphone et en calant la partie microphone dans sa paume.

« Comme ça, tu vois. Le bout de l'auriculaire peut très bien ne pas toucher le plastique.

— Ah, d'accord. Dommage.

— Mais ça ne nous aidera pas à le trouver. On n'a aucune correspondance dans le fichier national.

— Et dans la forge ?

— On ne sait pas encore. Il y avait tellement d'empreintes, le commandant a préféré faire des économies, on est en "pas urgent". On aura les résultats la semaine prochaine, normalement.

— Ah, ça marche comme ça la police ?

— Tout marche comme ça.

— Je peux vous faire remarquer quelque chose ? »

Toulouze acquiesce avec méfiance.

« Vous venez de dire empreinte au lieu de trace papillaire. »

Toulouze ne dit rien et sort de la pièce, avec ce qu'il espère être le dédain de l'autorité. Arrivé dans le couloir, il réalise qu'il a oublié le plus important. Il hésite un moment. Sa sortie dramatique va être complètement gâchée s'il y retourne maintenant.

Il prend une inspiration et revient sur ses pas. La stagiaire le regarde comme si elle attendait son retour.

« Le labo a aussi confirmé que les traces… que les empreintes de la victime sont bien celles de Thomas Bourriol. Lui, ils l'ont dans le fichier.

— C'est un criminel ?

— Non, simple garde à vue, je ne sais pas pourquoi. Ajoute ça dans la liste des trucs à voir. »

Subclaquant

Une femme et un homme.

« Je ne suis pas très optimiste. On a arrêté la sédation il y a quatre jours, il aurait dû montrer des signes de réveil dès le lendemain.

— Vous voulez dire qu'il pourrait ne jamais revenir à lui ?

— Oui. Quand il est arrivé, il avait un GCS entre 5 et 7. Il est passé à 4 ou 5. Peut-être 5, mais ça m'étonnerait.

— Un GCS ?

— L'échelle du coma. Si vous descendez à 3, en général vous n'en sortez pas. Je ne suis pas plus précise pour lui parce que l'échelle de Glasgow tient compte entre autres de l'ouverture – consciente ou non – des yeux du patient ; ce qui est ici hors sujet. Mais sur le reste – réponse verbale et réponse motrice –, il ne donne rien. Enfin, il a encore un peu de réponses motrices, mais il a baissé. »

De qui parlent-ils ?

« Mes hommes sont complètement largués sur cette affaire. Pas de suspect, pas de témoin, on n'est même pas sûrs à 100 % de connaître son identité.

— Si ça peut vous aider, je vais faire retirer les bandages aujourd'hui, vous verrez le bas de son visage. On va lui laisser le crâne bandé et des pansements sur les yeux – enfin, sur les blessures, mais je peux vous laisser voir ses oreilles avant de remettre les bandages…

— Ses oreilles ? Whou, c'est torride ! Pardon, excusez-moi, c'est déplacé…

— Mais non, commandant. L'humour noir a été inventé pour surmonter ce genre de situations. C'est le bouclier numéro un des gens comme nous. Et qui sait, s'il nous entend, il trouve peut-être ça drôle. »

Et pourquoi d'abord une fourmi de dix-huit mètres avec un chapeau sur la tête n'existerait pas ? Il y a bien eu des lézards de vingt-cinq mètres.

« Gaffe au radar sur la nationale en sortie de Fontainebleau.

— Hé, Loulou ! Je savais pas que t'étais dans le coin ! Ça fait plaisir d'entendre ta voix !

— Salut, Gertie ! Alors qu'est-ce que tu racontes ? Toujours pas virée ?

— Eeeeh non ! Le patron ne peut rien face à mon décolleté !

— Tu m'étonnes !

— Je vais m'arrêter au routier d'Étampes pour ma récup. J'y suis dans une demi-heure. Ça te dit de me rejoindre ?

— Allez, on fait ça ! »

La forêt se referme sur moi. Il n'y a plus de sol, juste des racines qui bougent. Je trébuche, je me rattrape : les branches sont molles comme des sangsues. Je suis en train de rêver, en train de rêver, de rêver. Non, ça continue.

Chèvrefeuille. Une voix féminine.

« Rester Jekyll, c'était renoncer à tous ces appétits auxquels je cédais secrètement depuis si longtemps maintenant, et auxquels j'avais fini par prendre goût. Me rallier à Hyde, c'était abandonner toutes mes aspirations et devenir, d'un seul coup et pour toujours, un être méprisé et sans amis.

— Bon, d'accord, mais vous savez quand même que vous êtes un chanteur culte pour toute une génération, non ?

— Si vous le dites. Moi tout ce que je fais, c'est écouter ma voix intérieure. Parfois, je me lève le matin avec quelques notes en tête, je prends ma guitare, et en quinze minutes je compose un truc. Après, si les gens ont envie de l'écouter, de l'acheter par centaines de milliers d'exemplaires, de venir au concert, de remplir le Stade de France ou de m'interviewer comme vous, qu'est-ce que vous voulez que j'y fasse ? »

Je suis assis sur une plateforme rouge qui tombe dans le vide. Partout autour de moi, des bulles gigantesques montent. Je dois les éviter. Je me penche à gauche, à droite, en avant, en arrière. Chaque fois que je touche une bulle, ma plateforme est projetée en l'air. Et chaque fois, la bulle explose et un panneau POLICE apparaît à la place.

« Il ne se réveillera jamais, c'est moi qui te le dis.

— Oh, on ne peut pas savoir, pourquoi tu dis ça ?

— Crois-moi, j'ai l'habitude, ça fait trente ans que j'en vois des comme lui. Ils ne se réveillent jamais.

— Et on va le garder combien de temps ?

— C'est Akerholt qui décide. Ça peut durer longtemps, hein… Mais je l'ai entendue parler avec les autres : elle pense pas qu'il va s'en sortir. Moi je dis qu'on devrait abréger ses souffrances. On débranche le respirateur. Regarde, c'est la nuit, on est toutes seules de garde à l'étage. Personne ne pourra nous soupçonner. On le débranche, on descend prendre un café, on remonte dans cinq minutes, on le rebranche et on dit qu'on l'a trouvé comme ça.

— T'as déjà fait ça ?

— Bien sûr ! J'ai un cœur, kess tu crois ? Tu l'as jamais fait ?

— Ben non.

— Moi je considère que ça fait partie du métier d'infirmière.

— Oui mais ça me dérange, quand même. C'est un peu tôt, je trouve, il est là depuis combien ? Deux, trois semaines ? En plus, on n'a pas le droit de descendre à la cafèt' toutes les deux en même temps.

— D'accord, on attend une semaine. Et si ça ne va pas mieux… »

Duran Duran. La guitare cristalline de Warren. La voix de Simon, légèrement réverbérée, les cordes synthétiques et aériennes. La chanson qui a rappelé au monde que le groupe n'était pas mort. Plus que ça : qu'il était le poumon de la pop britannique.

Came in from a rainy Thursday
On the Avenue
Thought I heard you talking softly

I turned on the Lights, the TV
And the Radio
Still I can't escape the ghost of you

Vanessa. Ma première amoureuse. Son air toujours sérieux. Sa voix grave. Sa robe fleurie quand elle est montée dans la voiture. Je peux presque la toucher.

What has happened to it all ?
Crazy, some are saying
Where is the Life that I recognize ?
Gone away

Et le refrain. Ce putain de refrain qui me fout les poils à chaque fois.

But I won't cry for Yesterday
There's an ordinary World
Somehow I have to find
And as I try to make my way
To the ordinary World
I will learn to survive

Je suis réveillé.

Je ne vois rien, je n'arrive pas à bouger. Mais je suis réveillé, je le sais. La chanson continue et je suis réveillé.

« Monsieur ? Monsieur, vous m'entendez ? Oh ! là là… Christine ! Le monsieur de la 414 est en train de fredonner !

— *I will learn to churviiiiive !* »

Retour

À la qualité du silence qui se fait, je comprends que quelqu'un d'important vient d'entrer dans la pièce. Les deux infirmières qui tournent autour de moi depuis dix minutes se sont comme volatilisées. Je ne vais pas m'en plaindre : tout ce qu'elles ont trouvé à me dire, c'est que le docteur allait arriver, après quoi elles ont piaillé. Je suppose que c'est le docteur en question qui me prend la main.

« Bonjour, je suis le Dr Birgit Akerholt, vous m'entendez ? »

C'est donc une femme.

« Eh ben putain ch'est pas trop tôt, grognasse. »

Je ne sais pas pourquoi j'ai dit ça. Ça m'a échappé. Elle reste silencieuse un moment, je peux sentir sa gêne.

« Echkujez-moi, ch'est pas che que je voulais dire. Je vouj entends merde, ch'est cha que je voulais dire. Je vouj entends. »

Je suis incapable de desserrer la mâchoire. Je parle uniquement avec les lèvres.

« Comment vous sentez-vous ?

— Moyen.

— Est-ce que vous avez mal quelque part ?

— J'ai un peu mal au crâne. Et j'arrive pas à bouger les bras.

— Vous venez d'essayer de les lever ?

— Oui, pute. Pardon.

— Heu, hum. Ce n'est rien. Ils sont levés. »

Je ne sais pas si ça doit m'inquiéter ou me rassurer. J'envoie une nouvelle instruction : baisser les bras.

« Et là je les poje ?

— Et là vous les posez. Ce n'est pas grave. Les sensations devraient revenir. Essayez de remuer les doigts. »

Le signal part de mon cerveau, j'imagine très bien mes doigts en train de remuer, mais je sens qu'ils restent immobiles.

« C'est bien.

— Je les remue, là ?

— Oui.

— Je chens rien du tout.

— Ça va revenir, c'est bien. Est-ce que vous pouvez me dire votre nom ?

— Echque vous pouvez me dire votre nom ? Echque vous pouvez me dire votre nom ? Echque vous pouvez me dire votre nom ? Echque vous pouvez me dire votre nom ?

— Je vous l'ai dit. Birgit Akerholt. Je suis neurochirurgienne. C'est moi qui vous ai opéré.

— T-t-T-Thomas Bourriol. Echque vous pouvez me dire votre nom ?

— Vous savez pourquoi vous êtes ici ?

— Je chais même pas où chuis, connasse. »

Il faut que je me maîtrise, pourquoi je suis agressif comme ça ? La vérité, c'est que je me doute bien que je suis dans un hôpital. Et je me doute aussi que beaucoup de temps s'est passé depuis que je me suis endormi. Peut-être un coma.

« J'étais dans le coma ?

— Oui.

— Pendant combien de temps ?

— Pendant douze jours.

— Putain de bordel de chiotte à bite ! »

Douze jours de coma. Douze jours de noir complet. Aucun souvenir. Qu'est-ce qu'il s'est passé ? Je m'en souviens presque, il suffirait que je me concentre. Ma douleur est ma mémoire. Ma tête qui bourdonne, la peau de mon visage qui tire autour des yeux et du nez, ma mâchoire paralysée. J'y suis presque.

« Quelle est la dernière chose dont vous vous souveniez avant aujourd'hui ?

— Ch'est egjactement ch'que j'echaie de retrouver, ta gueule. »

Je suis en train de me faire un café dans la cuisine. Il n'y a plus d'eau dans la machine, je remplis le réservoir. Je mets la dosette en place, j'appuie sur le bouton. L'eau chauffe, le bouton clignote. Quelqu'un toque à la porte. Je traverse le salon, il faudrait que je range l'aspirateur, j'ouvre la porte et…

Le pistolet, le coffre de la voiture, le bâillon, la cagoule, les mains liées, le trajet, Vivaldi sur l'autoradio, je me contorsionne, je me défais de mes liens, je retire la cagoule, les cahots sur la route, la trappe du cric ouverte, la voiture s'arrête, la portière claque, je serre les doigts autour du démonte-pneu, le coffre s'ouvre, je frappe au hasard, j'atteins sa main, il crie, il recule, je me redresse d'un bond, j'enjambe, je me coince le pied, je tombe, il est sur moi, il me relève, j'ai un flingue contre le front, je recule, l'établi, le four, l'étau, le plomb…

Je sens l'inquiétude du Dr Akerholt quand elle me demande si ça va. J'éclate en sanglots, je crie, je hoquette, et ça ne me soulage pas : ça empire tout, je crève de douleur, j'ai les sinus obturés, j'étouffe, je n'arrive plus à respirer.

Des mains sur moi, on me tient en place, on me pique. Ça n'a aucun eff…

***

« Echque je vais retrouver la vue ? »

C'est la première question que je pose quand je suis à nouveau en mesure de parler, mais il n'y a personne avec moi dans la chambre. Est-ce que j'ai dormi ? J'ai retrouvé la sensation dans mes bras. Je sens aussi mon visage, qui me démange doucement. Je le tâte. Seuls le menton et la bouche sont accessibles. Je les sens sous mes doigts, mais mon menton et ma bouche sont insensibles comme après une anesthésie chez le dentiste. Au-dessus, je suis emmailloté. Je glisse mon index entre mes lèvres : ma mâchoire est toujours bloquée et il y a des fils qui sortent de mes gencives, des points de suture on dirait ; je ne me rappelle pas avoir été blessé à la bouche. Je passe mes doigts sur les bandages. Je sens une certaine épaisseur de compresses, j'appuie, c'est sensible au niveau du nez et des joues, mais pas vraiment douloureux, je dois avoir des plaies en voie de cicatrisation. Il y a quelque chose de dur devant mes yeux, je pense à une sorte de coque de protection, peut-être pour éviter que les compresses ne collent aux paupières. Pourtant, la forme me paraît très anarchique pour un dispositif médical ; on dirait même que du côté gauche c'est *trop creux* – est-ce que je pouvais enfoncer mon doigt aussi loin, auparavant ? Je longe le contour de cet objet qui me couvre les yeux ainsi qu'une partie du front, la pommette gauche et la racine du nez. Avec la froide inéluctabilité d'une loi physique, une certitude se fait jour : *ce n'est pas normal.* Il faut que je sache. Je repousse mes bandages vers le front, comme un bonnet ; c'est serré, il faut insister et je réalise qu'en vingt-quatre jours j'ai perdu de la force. Mais, en m'y reprenant à plusieurs fois, je viens à bout de ce masque.

Je palpe mon visage désormais nu et ce que je touche est monstrueux. C'est solide et froid, plein d'irrégularités, de trous et de bosses, comme un grotesque loup de carnaval incrusté dans ma peau ; je donnerais tout ce que j'ai pour que ce ne soit pas du plomb. Mais c'est bel et bien du plomb, je le sais. Mes yeux ont brûlé, ils n'existent plus. Dès la première seconde, alors même que je me sentais cramer jusqu'au centre de mon âme, j'ai voulu croire que le métal était resté à l'extérieur, que cette chaleur était *dehors*. Bien sûr, j'avais tort, c'est évident aujourd'hui, c'était évident sur le moment, mais j'ai voulu le croire.

Et maintenant, à quel nouveau mensonge vais-je m'accrocher pour surmonter ça ?

Préliminaires

Le commandant Parrot ne se l'avoue pas, mais il attend que le Dr Ackerholt sorte de chirurgie. *La* docteure. Il a apporté ses dossiers sur le cas Bourriol, ce miraculé qui vient de sortir du coma, il relit ses notes, il s'occupe dans la salle d'attente. Il faut qu'il ait l'air d'avoir un motif professionnel pour être là.

« C'est vous qui allez l'interroger ? Je croyais qu'un commandant de police passait son temps derrière son bureau !

— Oui, c'est vrai. Mais je ne suis pas entré dans la police pour faire des tableaux Excel et des présentations PowerPoint. J'aime bien me rappeler que je suis flic, de temps en temps.

— Vous pouvez le voir, mais ne restez pas trop longtemps, il est encore fatigué. Et s'il vous plaît, évitez de le perturber.

— Qu'est-ce que vous voulez dire ? Éviter de lui parler de ce qui lui est arrivé ? De lui poser des questions sur son agresseur ?

— Non, non, bien sûr. Mais si vous voyez qu'il réagit mal… Il sort d'un coma et d'une épreuve traumatisante pour n'importe qui, et il a certainement des lésions cérébrales autres que celles qu'on connaît déjà.

Je crois qu'il se souvient de tout, mais jusqu'à présent j'ai soigneusement évité d'entrer dans les détails. Il peut se mettre à pleurer soudainement, ou à s'agiter. Dans ce cas-là, vous arrêtez.

— Quelles sont ses lésions ?

— Il s'en sort plutôt bien, pour l'instant. Il a parfois des problèmes de sensibilité dans les membres et de coordination des gestes, il est très émotif, il lui arrive d'avoir des hallucinations auditives – il dit qu'il entend la radio, ou la télé, ou des conversations. Et puis… il semble bien qu'il ait développé la maladie de Gilles de La Tourette.

— Le syndrome de La Tourette ?

— Oui.

— C'est pas vrai ! Il passe son temps à dire des gros mots, c'est ça ?

— Ça, et parfois il répète ce que vous dites comme un perroquet.

— J'ai toujours cru que c'était une blague, cette maladie.

— Non, c'est une affection neurologique assez fréquente, en fait. Et finalement pas si drôle que ça, vous verrez.

— Bon, eh bien je verrai. Autre chose ?

— Non, je crois que je vous ai tout dit… Ah non, vous aurez peut-être un peu de mal à comprendre son articulation : il a encore les mâchoires fermées par un câble, il ne peut pas les ouvrir.

— Vous lui avez fermé la mâchoire avec un câble ?

— Pour maintenir les os en place le temps que ça cicatrise bien. Je lui retire ça la semaine prochaine.

— C'est barbare, la médecine.

— Et encore, vous n'en connaissez pas le dixième.

— Ah bon ? Par exemple quoi ?

— Dans mon domaine ?

— Oui, votre domaine ou un autre. Juste un truc choquant à raconter dans les dîners.

— Bon, eh bien par exemple, pour traiter certains cas d'épilepsie, vous savez qu'on opère le cerveau.

— Oui. Donc vous enlevez le sommet de la boîte crânienne vous mettez le cerveau à nu – déjà ça on a du mal à l'imaginer – et vous allez tripatouiller dedans.

— Dans ce cas précis, on ne fait pas que tripatouiller : on enlève un bout, et selon les cas, c'est un bout qui peut avoir la taille d'un pamplemousse.

— La taille d'un pamplemousse ?

— Oui.

— Et le patient survit ?

— Oui.

— Mais il n'a pas de séquelles ?

— La plupart du temps, non. La partie du cerveau responsable de l'épilepsie a déjà été abîmée par la maladie, les fonctions qui y étaient attachées ont migré ailleurs.

— Donc, quand on dit qu'on utilise seulement 10 % de notre cerveau…

— C'est des conneries, exkiouze my french. On utilise tout notre cerveau, l'imagerie médicale l'a prouvé depuis longtemps. Mais on n'utilise pas toutes les parties en même temps, on se ménage, si vous voulez. Et si demain je vous enlève la moitié du cerveau, eh bien la moitié qui reste sera deux fois plus sollicitée, voilà tout.

— Vous pouvez m'enlever la moitié de mon cerveau et je continuerai à avoir une vie normale ?

— Je peux vous retirer tout un hémisphère, et avec un peu de chance, à part une hémiplégie latérale, vous pourriez avoir conservé l'essentiel de vos capacités.

— OK, merci, c'est parfait pour les dîners en ville… Bien sûr, personne ne voudra me croire, mais c'est parfait.

— Attendez ! Vous voulez une anecdote pour vos dîners ? Une fois, pendant que j'opérais une patiente, je venais de lui extraire le lobe temporal gauche, je le tenais encore dans ma main, et juste comme ça, sans prévenir, alors qu'elle était sous anesthésie générale, elle s'est redressée d'un coup. Elle a sorti sa tête du carcan de maintien, elle s'est levée et elle s'est mise à courir en rond partout dans le bloc opératoire.

— Non !

— Elle s'est débranchée, elle a renversé les plateaux, les machines, ça a duré, je ne sais pas, peut-être une minute ; après quoi elle s'est arrêtée, elle nous a tous regardés, elle a éclaté de rire, et elle est sagement retournée sur la table d'opération, où elle s'est rendormie. À son réveil, elle ne se souvenait de rien.

— J'aurais dû être médecin.

— Allez, à vous : racontez-moi un truc horrible de votre métier.

— OK. Voyons… Ah oui ! Mon premier stage. C'était en banlieue parisienne. La Seine était en crue, j'étais avec un collègue, on était en train de patrouiller sur les quais, et on voit un type torse nu – un clochard, on pensait – qui se traîne hors de l'eau et s'effondre devant nous. Il avait encore les jambes dans la rivière et le courant était très fort, alors on le prend par les bras pour le mettre au sec, moi je tenais le bras gauche, on tire… et j'entends un craquement, comme un tissu qui se déchire, et avant que je réalise ce qui se passe, je me retrouve le cul par terre avec son bras dans les mains, détaché de son corps au niveau de l'épaule.

— Houuuuuu...

— Alors là, panique, mon collègue pareil... On appelle le SAMU, on se dit qu'il va perdre tout son sang, mais en fait non : il saignait à peine. Ils l'ont emmené à l'hôpital avec son bras, je suis rentré chez moi, mon job est fini, normalement c'est la fin de l'histoire. Mais quand même, ça me turlupinait. Donc le lendemain, je vais à l'hôpital. Le chirurgien m'explique qu'ils n'ont pas pu le recoudre parce que tous les tissus du gars étaient nécrosés. Il était en train de se décomposer, exactement comme un cadavre à ce détail près qu'il n'était pas mort. Et je ne parle pas seulement du bras : tout son corps était comme ça.

— Et comment il s'en est sorti ?

— Il ne s'en est pas sorti. Il a fini par mourir. Mais quand il est mort, c'était trois semaines plus tard. Et pendant ces trois semaines, il a continué à pourrir comme un macchabée. Exactement comme un macchabée, vous prenez un manuel de médecine légale, il a suivi toutes les étapes à la lettre. La seule différence, c'est qu'il respirait. Il lui arrivait de sortir de son inconscience et de parler aux médecins.

— Vous me faites marcher !

— Pas du tout, je vous jure que c'est vrai. Est-ce que c'était un zombie ? Je n'en sais rien. Ce que je sais, c'est qu'on l'a identifié grâce à son dossier dentaire, et au moment où on l'a trouvé ce type était mort depuis deux semaines ; il avait été enterré au cimetière de Passy, à moins de cinq cents mètres de la Seine.

Ce n'était pas du tout un clochard : c'était un jeune homme de la haute, avec particule. On est allés voir sa tombe ; elle était vide.

— Vous seriez libre pour dîner un soir ?

— Pour dîner, je préfère toujours le soir. »

Chambre sans vue

Je regagne mon lit en tâtonnant, je devrais rayonner d'une si belle victoire : j'ai réussi à aller aux toilettes tout seul. Je n'ai pas eu à m'humilier en appelant l'infirmière, elle n'a pas attendu derrière la porte, je me suis débrouillé comme un grand. Un triomphe. Mais je ne rayonne pas. Je me recroqueville dans mon désespoir. Comment le simple fait d'aller pisser peut-il être une victoire ? Ce sera ça désormais, ma vie ? Celle d'un enfant de deux ans ? Il sait marcher tout seul ! Il est propre ! Il tient ses couverts correctement ! Il mange sans tout renverser !

J'ai passé ma vie à grandir, à apprendre. J'ai appris à parler, à lire, à dire Bonjour, madame et Au revoir, monsieur. J'ai appris à écouter et à couper la parole, à me battre, à prendre des coups, à négocier, à résoudre des équations, à tenir mes comptes, je me suis forgé des goûts, fabriqué une culture. J'ai appris à encaisser les chagrins d'amour. J'ai appris comment me faire des amis, les garder, m'en séparer ; je sais comment me comporter aux enterrements, à la banque, sur un bateau, dans un lit avec une femme, je sais communiquer avec les enfants, les ados, les vieux, les SDF. J'ai mon permis de conduire, mon permis moto, j'ai fait de la plongée, du surf, du vélo, de l'escalade, du ski, des crêpes, des lasagnes et des tiramisus. Je sais m'occuper de mon yucca et de mon cochon d'Inde, choisir un vin et raconter des blagues, jouer aux échecs et au tennis, m'habiller, me raser, me coiffer, je maîtrise au moins sept ou huit intensités de regard différentes. Je sais lire les émotions sur un visage, je peux distinguer une photocopie d'un original. Je sais que le pain, le croissant, la pomme, la viande, la pizza seront bons ou mauvais avant même de les goûter, de les toucher, de les sentir. Juste en les voyant. Mais maintenant, je suis aveugle. Je dois tout recommencer à zéro. Presque tous mes savoirs sont caducs. Je n'aurai jamais le courage, la force, la patience, l'envie.

La porte s'ouvre, l'infirmière – ou peut-être la neurologue, je n'ai pas encore bien identifié leurs voix – m'annonce que le commandant Parrot-du-commissariat est là et voudrait me poser quelques questions. Elle me demande si ça ne me dérange pas, mais ma réponse ne compte pas, je ne réponds donc pas. Elle dit « je vous laisse », et il s'assoit sur la chaise à côté de moi. J'entends le froissement de ses vêtements tandis qu'il prend place. Il m'explique que la conversation qui va suivre tiendra lieu de première déposition et aura une valeur légale, il me dit qu'on peut arrêter l'entretien quand je veux si je suis fatigué. Il m'indique qu'il va tout enregistrer sur un dictaphone, j'entends un clic, il dit « c'est parti ».

« Ceci est la première déposition de Thomas Bourriol suite à sa sortie du coma. Elle est enregistrée le 10 juillet 2010 à l'hôpital de Fontainebleau. Monsieur Bourriol, me donnez-vous l'autorisation d'enregistrer cette déposition ?

— Je dois répondre ?
— Oui.
— Je chuis d'accord. Enculé.
— Heu, donc c'est d'accord ?
— Pardon, ch'est chorti tout cheul, je ne peux pas m'en empêcher. Oui, je chuis d'accord.
— Bien... Est-ce que vous vous rappelez ce qu'il vous est arrivé avant votre coma ?
— Oui, très bien.
— Vous vous souvenez de tout ?
— Oui, je crois.
— Pas d'amnésie, pas de trou noir ?
— Trou noir, trou noir, trou noir, un trou, le t-t-t-ttrou... Non pédé, je me s-s-s-s-souviens de tout. Pas de trou noir, de trou noir. De troutrou.
— Bon... Heu, mais je peux revenir plus tard si vous préférez. »

Je viens de lui dire que je ne pouvais pas m'empêcher de parler comme ça, il ne me croit pas, c'est évident. J'ai l'air d'un fou, je le sais, il ne va jamais me prendre au sérieux. Et il m'agace avec son ton condescendant. Pourquoi je suis comme ça ? Pourquoi je n'arrive pas à choisir ce que je vais dire ? Est-ce que c'est ça la folie ? Peut-être que je n'ai pas seulement *l'air d'un fou* : peut-être que je le suis vraiment.

« Non, allez-j-y. Je préfère vous raconter maintenant, je chais pas combien de temps je vais me rappeler, j'ai l'imprechion de perdre la tête. Bite, bite, bite, b-b-b-bite. Et merde, déjolé.
— D'accord. Alors, allez-y, je vous écoute.
— J'étais chez moi, je...
— C'était quel jour ?
— PUTAIN ! »

Les pieds de sa chaise raclent le sol, je crois qu'il a reculé d'un coup. Quelque part au fond de moi, ça me fait plaisir.

« Pardon. Putain. Je chais plus la date. Un dimanche. Après-midi. Quatorze heures, par là. Je me revois très bien, je venais de mettre un café en route quand on a frappé à ma porte. Et couille de bite sans poil. Chuis allé ouvrir. Y avait un homme en churvêtement noir, entre trente et quarante ans, je dirais. Entre trente et quarante ans. Entre ttt-trente et quarante ans. Et quarante-quarante ans.

— Et qu'est-ce qu'il s'est passé ensuite ?

— Il m'a dit, je chais plus egjactement, mais il m'a dit “Bonjour, vous me reconnaichez ?”, quelque choje comme cha. »

Je revois son sourire. J'ai pensé que c'était un commercial. Il avait l'air sympa, ouvert, je ne sais pas si je dois dire ça au commandant, il veut des faits, pas des impressions.

« Et vous le connaissiez ?

— Non. Ch'est che que je lui ai dit. Je l'avais jamais vu.

— Vous êtes sûr ?

— Je chuis putain de putain de putain de chûr. J'ai eu le temps d'y réfléchir, croyez-moi, et je chuis chûr, chûr que je n'avais jamais vu che type de ma vie avant.

— Et qu'est-ce qu'il s'est passé ensuite ?

— Et qu'est-che qui ch'est paché enchuite, et qu'est-che qui ch'est paché enchuite, et qu'est-che qui ch'est paché enchuite, et qu'est-che qui ch'est p-p-p-p-paché enchuite, et qu'es…

— Il est entré chez vous ?

— Oui, pardon gueule de con. T'as vu comme tu pues en plus ?… Pardon, pardon, je… Quand je lui ai dit que je le connaichais pas, il est entré, il m'a pouché très fort, je chuis tombé en arrière, il a fermé la porte derrière lui et il a chorti un pichtolet.

— Et qu'est-ce qui s'est… Il vous a menacé ?

— Il m'a dit de le chuivre dehors et de ne pas echayer de m'enfuir chinon il me tuerait. J'ai obéi. On a un peu marché chur le trottoir, il m'a emmené à cha voiture, qui était garée chur le petit parking chous léj arbres vous voyez ?

— …

— Vous voyez ?

— Oui, pardon, j'ai hoché la tête, j'ai oublié que vous étiez… que vous ne pouviez pas me voir. C'était quoi comme voiture ?

— Une Citroën noire. Je chuis nul en voitures, je pourrais pas vous dire le modèle, mais une grosse.

— Une C5 ? C6 ? Comme les voitures de président ?

— Je chais pas. Oui, je crois. Chuis nul en voitures.

— Et donc vous êtes entré dans la voiture ?

— Dans le coffre.

— Il vous a mis dans le coffre de la voiture et personne ne vous a vu ?

— Il faut croire qu'il a eu de la chanche. Ou que je n'en ai pas eu. »

Et je lui raconte tout, il n'a plus besoin de poser de questions, je déroule cette après-midi exactement telle qu'elle s'est passée, mais c'est comme si je racontais un film, c'est à quelqu'un d'autre que tout arrive et même les mots que j'emploie ne sont pas les miens ; je ne savais pas que je connaissais autant de jurons.

Je suis froid comme une pierre, je ne ressens rien, je sais très bien quelle question il va me poser maintenant et je sais que ma réponse va enterrer l'affaire pour toujours.

« Vous pourriez me le décrire ? »

La voilà. C'est *cette question-là*.

« Plutôt brun, environ un mètre choichante-diche, choichante-quinje, corpulenche moyenne, pas d'acchent particulier, pas de chigne dichtinctif. »

Le commandant garde un silence éloquent : tout le monde correspond à cette description. Si ça se trouve, lui-même ressemble à mon portrait-robot.

« Et vous chavez le plus drôle ? Chi je le voyais en photo ou dans la rue, je le reconnaîtrais auchitôt. J'ai chon vijage imprimé dans ma mémoire. Mais je ne le verrai jamais en photo ni dans la rue. Cooo-oonnard. C-c-c-connard. Connarconnarconnarconnard. Je ne verrai plus jamais rien. »

Il ne répond rien pendant un moment. Pour ce que j'en sais, il pourrait aussi bien être en train de dormir ou de se curer le nez. Ou même parti.

« Vous vous rappelez ses vêtements ?

— Churvêtement noir, je vous l'ai pas déjà dit ?

— Si, c'est possible.

— De toute fachon, cha va pas vous aider beaucoup.

— On ne sait jamais. On reviendra aux faits un peu plus tard. Ce que je voudrais maintenant, c'est que vous essayiez d'imaginer pourquoi on vous a fait ça, à vous.

— Je chais pas. »

Quelqu'un allume la radio, le son à fond. La fin d'un jingle pub, et c'est le début d'une chanson sentimentale bramée par une chanteuse à voix. Aucune raison de torturer les enceintes d'une installation hi-fi pour ça. Je suis obligé de crier pour me faire comprendre.

« Vouj entendez ?

Heu… non, quoi ?

— Ch'est comme cha toute la journée ! Vous pouvez pas demander auj infirmières de baicher le chon ? Elles refujent de m'écouter ! Elles dijent que ch'est dans ma tête ! Connasses ! Connasses de pétasses de putes de connasses !

— Heu… Je vais aller leur parler après. Promis. Mais réfléchissez bien. Prenez votre temps pour répondre. Est-ce que quelqu'un pourrait vous vouloir du mal ? Même quelqu'un d'éloigné ?

— QUOI ? PARLEZ PLUS FORT !

— EST-CE QUE QUELQU'UN POURRAIT VOUS EN VOULOIR ? »

La radio s'arrête comme elle a commencé, d'un coup.

« Ah, cha fait du bien quand cha ch'arrête, merchi ! Non, je vous dis, je chais pas pourquoi ce type m'a torturé comme cha. À mon avis, ch'est juchte un fou, je vois pas d'autre ekchplicachion.

— Vous travaillez chez Secutek, c'est bien ça ?

— Oui. Enfin, je travaillais. Je vais devoir trouver un autre job, pas vrai ? On ch'est peut-être déjà vus, la police vient chouvent nous voir. Enfin, churtout au début. Maintenant, on se fait chier pour rien, j'ai l'imprechion.

— Votre travail, c'est… c'était les caméras de surveillance.

— Oui. J'étais achis devant une vingtaine d'écrans à regarder tout che qui che pachait dans la ville.

— Peut-être que vous avez vu quelque chose que vous n'auriez pas dû.

— Je pache mon temps à voir des chojes que je ne devrais pas, ch'est mon métier, chuis payé pour cha, et pour appeler les flics quand ch'est illégal.

— Et grâce à vous, nous avons procédé à plusieurs arrestations. Vous n'avez pas souvenir d'une personne que ça aurait particulièrement mise en colère ? Du proche de quelqu'un ? Pas forcément une personne en infraction, peut-être juste quelqu'un qui voit les caméras comme une intrusion dans sa vie privée ?

— Écoutez, je vois che que vouj echayez de me faire dire, mais prechque perchonne ne connaît mon boulot, je ne le crie pas sur tous les toits, vous comprenez ? Putain ! Merde ! Putain ! Putain ! P-p-p-putain ! Pardon… Merde. Et chi ch'est che que vous dites, cha n'ekchplique pas pourquoi ch'est tombé chur moi… On est une quarantaine à faire che boulot. Ch'est du 24/24, vous chavez. »

On continue un moment, il gravite toujours autour des mêmes questions et plus on parle, moins je suis capable de répondre. On peut tourner le problème dans tous les sens, l'essentiel a déjà été dit : je ne sais pas qui, je ne sais pas pourquoi, et je n'ai aucun moyen d'aider la police. À un moment, je réalise que le commandant pourrait être mon tortionnaire. Que ce pourrait être un des médecins de l'hôpital, un chauffeur de bus de la ville, un caissier, un agent de la poste, un prof… N'importe quelle personne que je croiserais dans la rue, et je n'en saurais rien.

Nous finissons l'entretien. Ses derniers mots sont « ne vous en faites pas : on va le retrouver », mais le ton de sa voix ne laisse aucun doute : il n'y croit pas. Il me laisse seul. Une infirmière me demande si j'ai besoin de quelque chose, je lui réponds que non, juste de réfléchir.

Ma vie était globalement merdique jusqu'à présent, mais au moins c'était une vie. Et maintenant ? Je suis un impotent. Qui va s'occuper de moi ? Mes amis ? Quels amis ? Les Parisiens que j'appelle une fois par mois ? Conrad, éternellement bloqué à quatorze ans et demi ? Qui d'autre ? Et de toute façon, est-ce que j'ai envie de ça ? Quand on parle de sa propre vieillesse pendant un apéro ou autour d'une raclette, le consensus général, entre deux verres, c'est d'affirmer qu'il vaut mieux mettre fin à ses jours que de passer les cinq ou dix dernières années de sa vie dans la dépendance. Et les cinquante dernières années de sa vie ?

Je me redresse sur mon lit. La fenêtre est sur la droite. Le matin, le soleil me chauffe la tête, puis, successivement au cours de la journée, le torse, les jambes, et enfin les pieds. Je peux deviner l'heure en fonction de la partie de mon corps qui cuit. Quand j'avais encore mes yeux, même lorsqu'ils étaient fermés, je voyais la lumière à travers mes paupières. Je m'assois au bord du matelas, selon toute vraisemblance j'ai le visage baigné de lumière. Mais je pourrais tout à fait être face à un radiateur en fonte, ça ne ferait aucune différence.

Je me lève, ou plutôt je pose les pieds au sol, le haut du corps penché en avant, les mains brassant devant moi pour trouver un appui quelque part. Ma main touche un objet râpeux qui se dérobe aussitôt.

Je tâtonne dans le vide, mon poignet est heurté par une chose en mouvement que je parviens à immobiliser. C'est l'objet râpeux : le dossier d'un fauteuil pivotant tapissé d'une toile grossière ; je le tire vers moi et mon petit orteil fait douloureusement connaissance avec une de ses roulettes.

J'avance de quelques pas en m'appuyant sur ce déambulateur providentiel, je rencontre vite le mur. Je touche le vitrage. Il est tiède, presque réconfortant. Je trouve la poignée de la fenêtre, elle est en PVC, je l'imagine blanche. Je la fais tourner. Le battant ouvre de lui-même, poussé par un courant d'air. Derrière moi, la porte de la chambre claque. Dehors, j'entends le vent dans les feuillages, les voitures sur la route, le pépiement d'un merle et d'autres oiseaux, une tondeuse à gazon dans le lointain, les pleurs d'un bébé… Il y a dans l'atmosphère les odeurs mélangées du gazon coupé, du goudron chaud, d'un plat en sauce, le parfum discret d'une fleur ou d'un détergent. L'air chaud m'enveloppe. Je sors le bras. Une légère brise glisse dessus. Toutes ces sensations devraient être douces et agréables, mais elles ne font que convoquer une irrémissible nostalgie qui me tord les entrailles.

Je ne peux pas vivre dans un monde sans lumière.

Je cale le fauteuil sous la fenêtre, je me hisse dessus, m'accroche à l'huisserie, pose un pied sur le rebord. J'inspire, j'expire, je sais que ce sont mes dernières goulées d'air. Mon cœur bat tranquillement dans sa cage, jusqu'au bout il fera son travail. Il pompe le sang de mes veines, le distribue dans mes artères, il irrigue mon corps jusque dans ses moindres recoins. Il y a tant de vie dans ces muscles, j'aurais pu encore rire, manger, courir, nager, peut-être même aimer ;

j'aurais pu relire tous les *Tintin*, voyager, écrire un livre, faire quelque chose de grand… Quel gâchis que ce corps mutilé, ce cerveau détraqué. Je ne pourrai pas supporter ça, je ne veux pas passer le restant de mon existence à regretter un paradis perdu. J'amène mon deuxième pied sur la bordure, mes mains lâchent l'encadrement, je reste en équilibre un moment. Je n'ai pas peur. Je plie les genoux et je m'élance.

De vie ou de mort

Je cours presque dans le corridor du quatrième étage. Je ne suis pas venue depuis trois jours, j'ai le sentiment d'une trahison, de t'avoir abandonné. Mais quand je pousse la porte de ta chambre, la première chose que je vois c'est ton lit vide. Est-ce que tu es mort ou sorti du coma ? Personne n'a pensé à m'informer de ton réveil. Où es-tu ? Mon regard est attiré vers la fenêtre. Le contre-jour me fait d'abord croire à un oiseau, un oiseau fabuleux et malade, gigantesque et décharné. Puis je comprends qu'il s'agit d'un homme, malade et décharné lui aussi. Qu'il s'agit de toi. En te voyant debout, flottant dans ta blouse d'hôpital, je réalise soudain comme ces jours de coma t'ont fait maigrir. Je ne parviens pas à deviner ce que tu fais là. Je te vois plier les genoux comme pour prendre de l'élan et, dans la seconde qui précède ton geste, tout devient clair : tu as décidé d'en finir. Je suis tétanisée, muette, immobile, je voudrais t'appeler, te retenir, t'empêcher, te prévenir…

Mais je ne peux que te regarder quand tu te jettes sur les barreaux de la fenêtre.

Tu pousses un petit cri de surprise et de détresse mêlées, peut-être aussi de douleur. La scène serait comique si elle n'était totalement désespérante, te voilà accroché aux barreaux, tu pousses, tu tires, tu ahanes en vain. En quelques pas, je suis derrière toi et me voilà qui hésite : faut-il que je te touche ou que je te parle ? Quelle est la moins mauvaise façon de te faire savoir que j'ai été témoin de ce moment ? Le choix se fait tout seul : tu t'effondres sur toi-même avec un long gémissement, tu te laisses tomber en arrière, et je t'attrape dans mes bras. Dieu que tu es léger. On dirait un épouvantail, tout en paille et en bois sec. Tu n'essaies pas de te débattre ou de te dégager, tu es comme un bébé, les membres rassemblés, et tu pleures. Un filet de salive s'étire de ta bouche à ta poitrine. Jamais je n'ai vu un homme pleurer comme ça, aussi profondément ; c'est bouleversant. Je te porte jusqu'à ta couche, je te pose sur le matelas, mais quand je retire mes mains, tu passes tes bras autour de mon cou et tu refuses de desserrer ton étreinte. Tu cesses de pleurer. Nous restons ainsi en respirant l'un sur l'autre pendant un temps que je n'ose pas interrompre. Tu respires fort, comme si tu me flairais. Tu marmonnes, la bouche perdue dans mon épaule, je ne comprends pas ce que tu dis.

« Pardon ? »

Tu dégages un peu ton visage.

« Vous chentez le chèvrefeuille. »

Et tu enfouis à nouveau ton nez mouillé dans le lin froissé de ma chemise. Je te réponds la vérité.

« C'est le parfum de ma mère. Je l'ai toujours aimé. »

Tu humes, tu inspires, tu expires. La chaleur humide de ton souffle traverse le tissu jusqu'à ma peau. Tu relèves la tête et tu m'offres ton visage comme pour me regarder. Ton visage qui, d'aussi près, n'est qu'une balafre argentée.

« Qui êtes-vous ?

— Je suis Marilou.

— Marilou, aidez-moi à mourir. »

Mon cœur se serre dans ma poitrine. C'est le moment. C'est le moment auquel je me suis préparée toute ma vie, ce à quoi je me suis formée en théorie sachant qu'un jour ou l'autre j'aurais à faire face réellement à cette situation. *Votre attention s'il vous plaît : ceci n'est pas un exercice.* Il faut que je sois à la hauteur. Le moindre mot de travers et tu m'échappes, la moindre maladresse de ma part et tu es fini pour le monde des vivants. Il faut que je te persuade que ta vie, même après ce que tu as subi, vaut d'être vécue. Je ne peux compter que sur moi, tu ne peux compter que sur moi.

« Je suis ici pour vous aider à retrouver votre vie.

— Bordel à queue. Vouj êtes une de ches connes d'infirmières.

— Non. Je suis une auxiliaire de vie. C'est moi qui vais vous aider à surmonter votre handicap. »

Ton rire est amer. Tu ne crois pas qu'il soit possible de surmonter la perte de ta vue. Personne ne le croit au début. Tu charges :

« Aukchiliaire, hein ? Vous voyez pas que ch'est cha, le problème ? Qu'avoir bejoin d'une aukchiliaire pour vivre, che n'est plus la vie ?

— Mais vous n'aurez pas besoin de cette auxiliaire tout le temps. Et il arrivera un jour où vous n'aurez plus besoin de moi du tout. Je suis là pour ça : pour vous apprendre à vous passer de moi. »

Tu protestes. Tu utilises tous les arguments pour me démontrer que je ne peux rien pour toi et que ta vie est foutue. Je dois faire preuve de compassion sans tomber dans l'apitoiement, je ne dois pas te laisser comparer ton état à celui d'autres mieux lotis que toi. Je ne dois pas non plus relativiser dans l'autre sens : il y a des situations pires que les tiennes, mais tu ne voudras pas le savoir. Il me faut juste tenir cette ligne « je suis avec vous ». Tu m'agresses, tu te lamentes, tu te moques de moi. Plus tu argumentes, plus tu me rassures. Car je sais qu'en réalité si tu parles autant, c'est que tu ne souhaites qu'une chose : que je te convainque. Tu espères que je te donne un espoir, tu veux que je te persuade qu'il est envisageable d'exister et d'être heureux sans plus jamais voir le monde. C'est ce que je te dis, ce que je te répète de toutes les manières possibles : oui, vous allez vous en sortir, oui, les aveugles sont aussi indépendants et autonomes que les voyants, non, votre avenir n'est pas derrière vous. Je te mens un peu bien sûr, par omission ou par exagération. En réalité, rien ne sera plus comme avant, et il te faudra abandonner la plupart de tes projets, changer la plupart de tes habitudes, trouver des plaisirs de substitution et apprendre la lenteur ; mais tu en as déjà trop conscience et l'important n'est pas la vérité : l'important est que tu choisisses de me croire.

Notre joute dure une dizaine de minutes, de cris, de plaintes, de dénégations, de révolte, de résignation, d'attaques, de négociations, d'insultes. Enfin, à bout d'objections, tu finis par détacher tes bras de mon cou et te laisser tomber sur l'oreiller. Tu pousses un soupir fatigué, tu n'as plus envie de discuter. Un silence s'installe. Je suis tendue, en sueur, le combat m'a cassée. Ma nuque est endolorie, mes lombaires aussi. Je me redresse en retenant un gémissement. Je ne sais pas encore si j'ai gagné ou si je t'ai perdu.

« Combien de temps cha prendra ?

— Quoi donc ?

— Mon autonomie.

— Ça ne dépend que de vous. »

Tu ne dis rien.

« Je vous ai fait la lecture pendant votre coma. Vous vous en souvenez ?

— Non. Je me chouviens de rien.

— J'ai apporté un nouveau livre. Vous voulez que je vous le lise ? »

Tu serres les lèvres. Je lis sur ton visage un débat intérieur. Accepter reviendrait à accepter de vivre encore un peu, à accepter ton handicap. Tu ouvres la bouche.

« Ch'est quoi ?

— *Lettre d'une inconnue*, de Stefan Zweig. »

Tu hoches doucement la tête.

Dix-huit mois plus tôt

Extraits de *La République de Seine-et-Marne*.

Édition du 5 janvier 2009

FONTAINEBLEAU : LA VILLE LA PLUS FILMÉE DE FRANCE

« *Avec cent soixante-dix caméras installées, le réseau de vidéoprotection de Fontainebleau est maintenant le plus dense de France* », s'est félicité le maire Aurèle Bellegarde lors de ses vœux aux forces de l'ordre, vendredi 2 janvier. Les chiffres communiqués sont en effet impressionnants : si l'on prend en compte le seul réseau public (cent soixante-dix caméras), il y a aujourd'hui dans la ville plus d'une caméra pour cent habitants, ce qui est un record. Mais à ce chiffre s'ajoute la cinquantaine de caméras privées de la ville, désormais interconnectées avec le réseau public opéré par Secutek. Il s'agit des caméras situées à l'intérieur des commerces, dans les parkings, les salles de sport ou de spectacle, etc. La grande majorité des propriétaires de ces lieux ont accepté de mettre leurs images en réseau, les rendant ainsi accessibles en direct 24 heures sur 24 aux opérateurs de Secutek. « *C'est rassurant, et ça augmente l'efficacité de mon installation*, explique Monique Mercier, qui tient la bijouterie Éclats, rue de France. *Il y a deux ans, je me suis fait cambrioler en pleine nuit. S'il y avait eu quelqu'un pour voir les images en direct, on aurait pu attraper les voleurs sur le fait. Mais là, j'ai juste vu les images le lendemain et comme les voleurs étaient masqués, on ne les a jamais retrouvés.* »

Le collectif Fontainebleau sans caméras, dirigé par l'élu vert Gaëtan Challande et qui regroupe soixante-sept membres, fait savoir son indignation devant « *la* big-brotherisation *de la ville* » et appelle à une manifestation devant la mairie samedi 10 janvier à 14 heures.

Nicole Rousseau et Frédéric Chardone

Questions d'images

De par sa fonction de maire de Fontainebleau, Aurèle Bellegarde bénéficie d'un certain nombre de pouvoirs de police. Il peut autoriser un camion de déménagement à stationner dans une rue piétonne. Il peut réquisitionner l'espace public pour organiser une fête – publique elle aussi – ou pour laisser passer un cortège, une manif, un convoi exceptionnel. Il peut demander des fermetures administratives de restaurants ou de boutiques pour cause d'insalubrité. Il pourrait même, si l'envie lui en prenait, changer les règles en vigueur pour les enterrements. Tout ceci l'emmerde profondément et il délègue la totalité de ces besognes à ses subordonnés.

Il n'y a pas si longtemps, il était commissaire. Il l'est toujours d'ailleurs, mais « en disponibilité », selon les termes de l'administration. Ça signifie qu'il a provisoirement laissé son poste disponible et qu'il le récupérera si un jour il cesse d'être maire. Il retrouvera alors la capacité d'enquêter sur les crimes, de diriger ses hommes, de suivre les affaires au plus près, de se rendre sur le terrain. Il retrouvera l'excitation, les interrogatoires, la bonne fatigue, les cafés froids. Tout ça lui manque. Même la puanteur des cellules de garde à vue lui manque.

Le fait de partager le lit du commandant Serge Parrot, qui a pris son siège au commissariat, lui permet quand même de se tenir au courant. Il fait de son mieux pour ne pas donner à Serge l'impression qu'il le manipule comme une marionnette, mais quand une affaire sort de l'ordinaire, il ne peut pas s'empêcher de s'impliquer un peu plus qu'il ne devrait. Or, cette affaire sort de l'ordinaire, et plus que ça : elle concerne directement son bilan en tant que maire.

« Il dit qu'il a été enlevé en pleine rue.

— Et personne n'a rien vu ?

— Non.

— Et les caméras ? À quoi elles servent ? J'ai fait toute ma campagne sur la vidéosurveillance, et pas seulement pour gagner les élections, mais justement pour éviter que ce genre de chose arrive ! Ils n'ont rien vu non plus, chez Secutek ?

— Faut croire que non.

— Et on peut visionner les bandes ?

— J'ai envoyé Toulouze et Rachel. »

Bellegarde sait qu'il est sur un siège éjectable. Auprès d'une bonne partie des électeurs, il passe pour un populiste. La mise en place des caméras a divisé la population. À cause de leur coût, de l'atteinte à la vie privée qu'elles représentent, d'un parfum désagréable d'espionnage des citoyens par la ville. C'est pourtant cette promesse qui a valu au commissaire d'être élu : les caméras rendraient les rues plus sûres. Si elles échouent, si on peut kidnapper des citoyens en plein jour, alors effectivement Bellegarde a dilapidé l'argent de la commune.

« Il ne faut pas que cet enlèvement s'ébruite, hein. Pas un mot dans la presse.

— Pour l'instant, personne ne pose de questions. Personne n'est au courant.

— Il y a de plus en plus de gens qui pensent qu'on gaspille l'argent du contribuable avec ces caméras. Si cette affaire sort, ça peut faire vraiment toute une histoire. Torture, mutilation, c'est du gros titre assuré. On va se prendre Challande en pleine face et il s'arrangera pour faire le plus de bruit possible. »

Challande, c'est le caillou dans la chaussure. L'écolo sympathique et rêveur, qui a été élu au conseil municipal sur un malentendu, une vingtaine d'années auparavant. Ce zozo inoffensif était la caution verte du maire précédent, mais en vingt ans il a eu le temps d'étayer ses convictions et de muscler ses argumentaires. Celui qui n'avait de son côté que les illuminés et les fumeurs de pétards a vu ses rangs grossir d'année en année. Il est devenu, sans que personne le formule officiellement, le leader de la gauche bellifontaine.

« Et si on arrive à attraper le coupable grâce aux images enregistrées ?

— C'est délicat. Tout le message de la vidéosur… de la vidéoprotection repose sur la prévention. C'est même écrit dans la loi. Les caméras sont là pour protéger les citoyens, pour empêcher les passages à l'acte, pas pour arrêter les coupables une fois que le mal est fait.

— Mais si on a une belle arrestation sur une affaire comme ça, on peut en sortir gagnant. Il y a toujours plus de retombées sur une grosse arrestation que sur une bonne prévention.

— On verra. C'est une question de dosage. Et de *timing*. Mais de toute façon, le plus important c'est de retrouver le taré qui a fait ça. Et en attendant, motus…

— Je fais passer le message.

— J'aimerais vraiment que tout ça se passe dans la discrétion. Vraiment.

— Oui. »

Ce n'est pas tant l'idée de perdre son siège qui tracasse Bellegarde, il sait qu'il retrouverait avec plaisir son commissariat. Il n'est d'ailleurs même pas sûr de se représenter. Ce qu'il ne veut pas, c'est perdre toute crédibilité en matière de maintien de l'ordre et finir son mandat sous les huées de ses administrés. Or, l'un d'entre eux vient de perdre la vue dans des circonstances horribles. Son histoire pourrait mettre le feu aux poudres.

« Au fait, comment s'appelle-t-il ? Juste au cas où son nom me serait jeté au visage par Challande ou un journaliste, ou les deux. »

Serge tourne les pages de son carnet pour retrouver le nom.

« Qu'est-ce que j'ai écrit ? Bourriol. Thomas Bourriol.

— Thomas Bourriol ? On le connaît, non ?

— Ah bon ?

— Mais si, ça ne te dit rien ? Thomas Bourriol ! Pourquoi ce nom me rappelle quelque chose ? »

Serge le regarde sans comprendre. Mais Aurèle en est sûr, ce nom ne lui est pas inconnu. Il était même devenu une blague à une époque. Thomas Bourriol. Tom Bourriol… Le souvenir lui revient comme une chanson oubliée.

« Tom B ! “Je suis tommmbé dans l’escalier” ! Remember ?

— Tom B ! Putain ! J’avais pas fait le lien ! »

Les deux hommes se regardent. Le dossier Bourriol n’a jamais été classé. Tous ceux qui ont travaillé sur cette affaire savent qu’il y a quelque chose de pas net qui n’a jamais été éclairci. Une femme est morte, massacrée en pleine rue, et personne n’est en prison.

« Je n’aime pas ça. Je n’aime pas ça du tout. Il y a forcément un rapport. Et quand les journalistes vont s’intéresser à son cas – parce que maintenant c’est sûr, ils vont s’y intéresser – je veux qu’on ait toutes les réponses. Qui s’est occupé de l’enquête à l’époque ?

— Heu… Pastorino, je crois. Mais…

— Mais tu le sors de sa retraite, voilà. Et tu…

— Il ne voudra jamais me parler. Il considère que c’est moi qui l’ai mis en préretraite. Il me déteste. Et je crois qu’il est devenu alcoolique au dernier degré.

— Bon, eh bien, tu ressors les rapports d’enquête, toute la procédure, et tu décortiques la garde à vue, Tom B nous a déjà baisés une fois, pas deux.

— C’est peut-être une coïncidence.

— Tu sais, parfois je me dis que t’aurais dû être flic chez les Bisounours.

— Oui, je sais. Tu me le dis assez.

— Oooh, allez, ne le prends pas mal.

— Je le prends pas mal, je note juste que c’est toi qui as abandonné ton boulot de flic, mais que tu ne peux pas t’empêcher de juger ceux qui sont restés sur le terrain.

— Bon, on ne va pas recommencer, je m’excuse, je te demande pardon, je ne le referai plus, j’ai eu tort, voilà, t’es content ?

— Et ne me demande pas si je suis content ! Qu'est-ce que tu veux que je réponde ? C'est comme une obligation à répondre oui !

— OK ! Ça va ! D'accord !… Je peux te donner juste un dernier conseil ? Une dernière minuscule suggestion ? Sans vouloir empiéter sur ton travail, bien sûr…

— Quoi ?

— Tu devrais contacter Nicole Rousseau. D'une manière ou d'une autre, ça va fuiter, alors autant prendre les devants, tu vois, lui demander de garder le truc sous le coude jusqu'à ce qu'on ait plus d'infos.

— Ce n'est plus elle qui s'occupe des faits divers. Elle est en arrêt. Cancer. Elle est remplacée par un jeune. Chardone, je crois. Quelque chose Chardone.

— Et il est comment ?

— Je ne sais pas. Je ne l'ai vu qu'une fois. Un petit journaliste aux dents longues. Un peu méprisant. Il doit voir *La République* comme un marchepied pour le vingt heures. Dans cinq ans, il sera aigri, dans dix ans, alcoolique, on en a vu d'autres. En attendant, je suppose que je peux lui parler. Si je fais mousser l'affaire, il verra ça comme le scoop qui va faire décoller sa carrière. Il sera prêt à attendre d'avoir tous les éléments en main. »

***

Les images prises par les caméras de vidéosurveillance sont centralisées dans le sous-sol d'un bâtiment qui jouxte le commissariat. Quarante-huit écrans les diffusent en direct 24 heures sur 24, sous l'œil d'opérateurs assermentés et payés une misère. Chaque opérateur travaille en binôme, le binôme a en permanence douze écrans sous les yeux. Chaque écran reçoit l'image de deux, trois ou quatre caméras, et passe de l'une à l'autre toutes les cinq secondes. Si un opérateur aperçoit quelque chose qui mérite son attention, il peut garder une caméra en particulier à l'image et en prendre contrôle : zoomer ou faire des panoramiques verticaux et horizontaux. Les capacités d'attention d'un être humain étant ce qu'elles sont, toutes les heures, il y a une pause obligatoire de dix minutes pendant laquelle l'un des deux opérateurs reste seul. Dit autrement : le travail est déjà abrutissant à deux mais, un tiers du temps, il n'y a qu'un seul opérateur pour surveiller entre trente et quarante caméras. De l'avis de Conrad Pampin, qui regarde tous les jours les écrans zapper devant ses yeux, la ville la plus vidéosurveillée de France est en fait surveillée par des zombies.

Conrad est tiré de son apathie par l'arrivée de son nouveau patron, un Chinois qui l'a pris en grippe dès le premier jour à cause de ses tatouages ou de son poids, il ne le sait pas vraiment. Mais Conrad était là en premier et le nouveau patron n'a pas eu d'autre choix que de le garder. Le patron est accompagné de deux flics en uniforme. Un qu'il a déjà vu, l'autre pas.

« Voilà, c'est Conrad Pampin, c'était le binôme de Thomas », dit le patron.

Pampin ne fait pas de remarque, mais pense que depuis le temps que Thomas est parti, il aurait bien aimé avoir un nouveau binôme. Un qui ne sent pas trop mauvais, de préférence.

« Oui, on se connaît, dit le flic qu'il connaît. Bonjour, monsieur Pampin, vous vous souvenez de moi ? Lieutenant Toulouze.

— Oui, bonjour. C'est avec vous que je suis allé à l'hôpital.

— Monsieur Pampin, je vous présente le lieutenant stagiaire Kuklinski.

— Bienvenue dans ma tanière.

— Donc c'est là que vous travaillez. En binôme avec Thomas Bourriol, c'est bien ça ?

— Oui, comme mon patron vient de vous le dire.

— Vous avez appris que c'était bien Thomas Bourriol, dans le coma ?

— Ah non, on ne m'a rien dit.

— Bon, eh bien c'était lui, et il s'est réveillé hier. »

Conrad Pampin est complètement sorti de son apathie maintenant. C'est bien Tom qui a été mutilé ! Mais pourquoi ? Et par qui ?

« Alors qu'est-ce qu'il lui est arrivé ?

— Allez lui rendre visite, je suis certain qu'il vous expliquera tout ça.

— Mais vous, vous ne me direz rien.

— Non. Si nous sommes ici, c'est pour visionner les bandes du jour de son enlèvement. »

Les flics et leur manie ridicule du secret. Chaque fois qu'ils viennent demander des images, ils jouent aux mystérieux. Pampin soupire bruyamment.

« Vous ne voulez rien me dire, mais vous venez de m'apprendre qu'il a été enlevé… Bref. C'est plus des bandes, hein, pour info, on est au XXIe siècle. Tout est sur disque dur.

— Heu, ah, bon, heu… D'accord. Mais on veut voir les images.

— Ça ne va pas être possible.

— Comment ça ? On a l'autorisation du procureur, heu… comment ça ? »

Bien sûr qu'ils ont l'autorisation. Conrad ignore si c'est le procureur ou quelqu'un d'autre qui la leur a donnée, mais ce qui est sûr c'est que l'autorisation est permanente. Les images sont recueillies pour la police, elle y a accès quand elle veut, sans préavis. Cependant, dans le cas présent, il y a un os.

« Je vous rappelle au cas où ça vous aurait échappé qu'on doit effacer les images après dix jours. Tom a été enlevé le 27 juin, je m'en souviens, c'est moi qui vous ai signalé sa disparition. On est le 11 juillet, ça nous fait… regardez le calendrier… Treize jours. Vous avez trois jours de retard. »

La déception du lieutenant fait peine à voir.

« Vous voulez dire qu'on n'a plus aucune image ?

— Non. Et si vous êtes en train de penser à embarquer le disque dur pour le filer à la police scientifique ou un truc de cette sauce, vous fatiguez pas. Tout est effacé en trois passes, après on formate le disque et il est réutilisé tout de suite. »

La stagiaire intervient. Elle a une voix agréable et un physique dans la moyenne. Conrad lui donne douze sur vingt.

« Je croyais que la loi prévoyait de conserver les images un mois.

— Ouais, mademoiselle, j'ai entendu dire ça. Mais ici, on fait du zèle. Ici, on ne veut pas donner au citoyen l'impression qu'on se méfie de lui, même s'il y a des caméras à tous les coins de rue. Ici, faudrait pas que les gens s'imaginent qu'on va se faire des petits *best of* du mois entre collègues autour d'une bière. Ici, on ne garde les images que dix jours, c'est marqué dans la CHarte d'Éthique, avec un CH majuscule et un É majuscule. Et ça a été signé par le maire et par tout un tas de gonzes et de gonzesses super officiels. Alors si vous avez un problème avec ça, c'est à eux qu'il faut aller causer.

— Et personne n'a rien vu ce jour-là ?

— Où ça ? Et quel jour, d'abord ? Vous avez une date ? »

Les deux flics échangent un rapide regard embarrassé et ne répondent rien. Pampin est plus qu'agacé.

« Bon, on peut arrêter de jouer au Cluedo deux minutes ? Si vous voulez que je vous aide, il va falloir m'en dire un tout petit peu plus, parce que là, voyez, je manque d'éléments. Quelle rue ? Quelle caméra ? Quel jour ? Quelle heure ? Il me faut un minimum d'informations, sinon on ne saura jamais si c'est le colonel Moutarde dans la bibliothèque avec le chandelier ou le Dr Olive dans la cave avec la tronçonneuse.

— Je suis presque sûre qu'il n'y a pas de tronçonneuse dans le Cluedo. Ni de cave. »

La stagiaire dit ça avec sérieux. Conrad ne sait pas si elle plaisante, mais si elle plaisante, sa note monte d'un point. Treize sur vingt. Si elle est vraiment sérieuse, elle descend à dix. Le lieutenant non stagiaire finit par cracher le morceau.

« C'était le 27 juin, dans l'après-midi, devant son domicile, rue de la Chancellerie.

— Ah, ben, voyez, quand vous voulez… Je regarde tout de suite dans les rapports.

— Vous avez des rapports ?

— On note tout ce qui sort du normal dans ce logiciel. Et ça, on le garde *ad vitam*. Rien dans les textes ne dit qu'on doit garder les notes, mais rien ne dit qu'on doit les balancer. Alors, dans le doute…

— Mais c'est légal ?

— Aucune idée, Miss Cluedo. »

Le lieutenant avance d'un pas, il tente de se faire menaçant, mais sa voix est un peu trop fébrile pour y parvenir tout à fait.

« Monsieur, vous parlez à un officier de police stagiaire, je vous demanderai de faire preuve d'un peu plus de respect.

— Laissez, Toulouze, c'est pas grave. »

Le lieutenant avale bruyamment sa salive, Conrad voit sa pomme d'Adam monter et descendre avec effort et le rouge qui lui monte au front. Conrad ne dit rien, il s'est retourné vers l'ordinateur et a déjà trouvé ce qu'il cherchait. Le lieu de l'enlèvement et ses alentours sont couverts par trois caméras.

« Voilà, rue de la Chancellerie. On a une caméra à l'angle de la rue Paul-Céramy, une caméra dans une épicerie et une caméra sur le parking en face.

— Vous avez accès à la caméra du parking ?

— Oui. Mais comme je vous ai dit, on n'a plus les images. »

Conrad n'ajoute rien de plus, pourtant ça le démange. Il aimerait juste qu'on lui pose la bonne question.

« Et il y a des notes ? »

Conrad entre dans le fichier.

« 'Ttendez… 27 juin… Rien à l'angle, rien dans l'épicerie, rien à l'arrêt de bus… Ah, sur le parking, oui, à 14 h 28 : *"H1 monte ds coffre voiture, H2 se met au volant. Voiture part."*

— C'est ça ! »

Conrad précise.

« H1 et H2 ça veut dire Homme 1 et Homme 2. »

La stagiaire intervient. Elle s'est penchée en avant, pour voir l'écran, comme si lire elle-même ce que Conrad vient de leur dire pouvait donner plus de sens.

« Et qu'est-ce que vous avez fait de cette info ?

— Alors déjà, c'est pas moi, c'est Lætitia Morel qui était dans la salle 4 ce jour-là. Et… elle a pas coché la case, donc elle a rien fait. »

La stagiaire continue. Conrad capte un petit coup d'œil approbateur de son supérieur.

« Elle ne nous a pas signalé qu'un homme en mettait un autre dans un coffre de voiture ?

— Ce n'est pas ce qui est marqué : il est marqué que H1 monte dans le coffre. Pas que quelqu'un l'y a mis. Lætitia n'est pas là aujourd'hui, mais je sais ce qu'elle va vous dire : il n'y avait pas de violence, le mec ne s'est pas débattu et elle n'a pas vu les visages. C'est pour ça qu'elle ne vous a rien signalé. Vous vous seriez déplacés pour si peu ? Vous savez le nombre d'images carrément plus dingues que ça qui nous passent sous les yeux tous les jours ? Je sais pas si vous vous souvenez, mais au début on vous envoyait tout. Ça faisait quoi, cinq cents événements à traiter par jour ? La mère qui frappe son gniard devant la boulangerie, le type qui emboutit la voiture de derrière en ratant son créneau, la fille qui traverse hors des clous… »

Le lieutenant objecte.

« Oui, mais là c'est quelqu'un qui monte dans le coffre d'une voiture. Ça n'arrive pas tous les jours.

— On peut vérifier, mais à mon avis, ça arrive plusieurs fois par mois. »

Le lieutenant et sa stagiaire ne cachent pas leur surprise. Ils s'imaginent quoi, dans la police ?

« ’Ttendez. Je tape “coffre + voiture”. Bim. Cent seize occurrences sur les douze derniers mois. Regardez : “*Entre dans coffre, monte dans coffre, sort de coffre, retourne dans coffre, poussé dans coffre, s’entassent dans coffre, allume-feu dans coffre, remplit coffre avec détritus, font l’amour dans coffre, enferme chat dans coffre…*” On en a plein. La plupart du temps, c’est des gens qui déconnent, ou ils manquent de place dans l’habitacle, ou ils veulent faire une surprise, ou je sais pas, échapper aux flics peut-être. Le feu dans le coffre, je m’en souviens, c’était pour faire un barbecue, on avait prévenu les pompiers. Mais venez pas me faire croire que si on vous appelle pour tous ces trucs bizarres qui se passent avec des coffres de voiture, vous allez vous jeter illico dans une voiture et partir toutes sirènes hurlantes en faisant crisser les pneus !… Putain, j’ai jamais autant prononcé le mot “coffre” de ma vie, je suis à *ça* de l’overdose. »

La stagiaire regarde un moment le tout petit écart que Pampin a figuré avec son pouce et son index, puis reprend.

« Où est-ce qu’on peut contacter cette Lætitia ?

— Voyez avec San Ku Kaï.

— Qui ça ?

— Mon patron. »

La stagiaire lève les yeux au ciel. Conrad a un petit pincement de honte, sa blague était raciste, il n’a pas pu s’en empêcher, il s’est dit que devant la police ça devrait passer… Mais apparemment pas, c’est même comme si cette phrase avait motivé les deux flics à clore l’entretien. Ils quittent les lieux sans avoir posé la question qu’il attendait. Ou redoutait. S’ils l’avaient posée, aurait-il répondu ? Et si oui, quelles conséquences pour lui ? Le licenciement ? La taule ? Conrad Pampin se tient à la croisée des chemins. Qu'il parle ou ne parle pas, sa vie ne sera plus jamais la même. Reste à savoir quel chemin prendre.

***

De retour au commissariat, le lieutenant William Toulouze est de très bonne humeur. Certes, ils n'avaient pas obtenu les images, mais ils avaient peut-être une piste à explorer. Surtout : il ne s'était pas ridiculisé devant la stagiaire, il avait su faire preuve d'autorité et le témoin n'avait pas opposé de résistance. Il se sent en confiance, c'est le moment de procéder au débriefing avec Rachel.

« Alors, montre-moi ce que tu as écrit dans ton petit carnet.

— Quoi ? Mais pourquoi ? »

Il n'a pas prévu cette réticence, il pourrait se vexer, faire valoir son rang, lui donner l'ordre de lui montrer son carnet. Mais il bafouillerait, rougirait et s'humilierait tout seul. Et puis il veut qu'elle se considère comme son équipière, pas sa subalterne.

« J'ai vu que tu prenais des notes, c'est bien, ça m'intéresse de savoir ce que tu as noté.

— Non non non, je ne peux pas vous montrer ça, c'est trop la honte. »

C'est elle qui rougit, finalement. Toulouze ne sait jamais quoi faire devant une fille qui rougit.

« Heu, bon, alors pardon, heu… Bon, heu… d'accord… heu…

— Désolée.

— Ce… ce n'est pas grave… Qu'est-ce que tu penses de ce qu'il a dit ?

— Heuuuu… Il m'a l'air honnête. Plutôt marrant. »

Elle a tant à apprendre, c'est attendrissant.

« Tu ne peux pas laisser les gens te parler comme ça. Ils doivent respecter l'uniforme. Tu dois faire un peu peur.

— Oh, c'était pas méchant… »

Il comprend très bien ce qu'elle a pu ressentir et elle a raison : Conrad Pampin n'est pas méchant. Cynique, sexiste et raciste, mais pas méchant. C'est surtout de la provoc. Mais Toulouze a passé sa carrière à se faire marcher sur les pieds parce qu'il ne voulait pas être désagréable, qu'il ne voulait pas « faire toute une histoire ». Résultat : personne ne le respecte. Ni ses collègues, ni les témoins, ni les suspects, ni même les victimes. Même sa tortue chie régulièrement dans ses chaussures.

« Ce n'est pas le problème. On ne parle pas à un représentant des forces de l'ordre comme à une copine. Et autre chose : tu ne dois pas me contredire devant un civil ni m'appeler Toulouze. Tu m'appelles lieutenant. Je ne dis pas que tu dois toujours être d'accord avec moi. Je dis juste que devant un tiers, nous devons représenter une seule entité, montrer une apparence d'unité. Nous ne sommes pas Rachel et William, nous sommes la police.

— Rachel et William… On dirait des chanteurs pour communions et bar-mitsva. »

Il faut se rendre à l'évidence : sa stagiaire non plus ne le respecte pas.

« Tu comprends ce que je te dis ?

— Oui, oui, j'ai compris : me faire respecter et suivre la ligne du parti. D'accord, désolée. Désolée.

— Bon.

— Mais alors le truc classique du gentil flic-méchant flic ?

— Du quoi ?

— Gentil flic-méchant flic. Comme dans les films. »

Toulouze connaît ce cliché. D'après son expérience, personne ne l'utilise. Mais il ne veut pas aller sur le terrain de la connivence avec sa stagiaire. S'il commence à partager des références culturelles avec elle, elle va le considérer comme un « pote ». Il faut empêcher ça tout de suite.

« Je ne vais jamais au cinéma.

— Vous lui faites peur, je le rassure, du coup il se confie à moi en pensant qu'il peut avoir confiance. »

« Je rêve ou ma stagiaire entreprend d'inverser les rôles et de m'apprendre mon métier ? » Cette pensée fait monter une sourde angoisse chez Toulouze. Il faut qu'il reprenne les rênes.

« On peut toujours avoir confiance en la police.

— Ah, oui, bien sûr. J'oubliais. »

Toulouze pourrait la remettre à sa place, mais décide de ne pas la relever. Ne pas la prendre à rebrousse-poil. L'encourager. En faire son alliée et peut-être, à terme, une bonne policière.

« Tu as posé de bonnes questions.

— Ah bon ? Merci…

— Oui. Quand tu as dit que la loi prévoyait de garder les images un mois.

— Ah ?

— Oui. C'était bien pensé. Il s'est senti attaqué, il a tenu à se défendre, il a insisté pour qu'on ne pense pas que c'était sa faute si les images avaient été effacées, et dans le ton qu'il avait, on a pu comprendre qu'il n'était pas d'accord avec le fait de ne pas les conserver plus longtemps.

— Mais qu'est-ce que ça nous apporte ? »

Toulouze sait que son hypothèse était fragile. Mais il a comme une intuition. Quelque chose ne tournait pas rond chez Conrad Pampin. Il faut suivre cette intuition, ne pas la laisser s'échapper. Il lance la balle à Rachel.

« Qu'est-ce qu'on sait de Conrad Pampin ?

— En dehors du fait qu'il pèse un quintal et qu'il a plein de tatouages ? »

Continuer. Se servir de la stagiaire comme un mur d'entraînement au tennis. Que sait-on de Conrad Pampin ?

« On sait qu'il n'aime pas trop l'autorité : il se permet d'être ironique avec la police et de t'appeler Miss Cluedo. D'après son look, je parierais qu'il fume de l'herbe, donc il se tient éloigné de la police. On sait que c'est un ami de Thomas Bourriol. Assez pour s'inquiéter de sa disparition et venir faire une déposition au commissariat, alors que c'est sûrement le dernier endroit où il a envie d'aller. Il avait donc des raisons de s'inquiéter.

— Tu crois que Bourriol lui avait parlé de quelque chose ?

— Heu… ah, je n'y avais pas pensé. Je ne sais pas, c'est possible. »

Toulouze est pris par surprise, mais non, ce n'est pas ça. Il le sent. Il ne faut pas se laisser distraire.

« Mais mets-toi à sa place : tu travailles à Secutek, c'est-à-dire que tu as accès à toutes les images de la ville, 24 heures sur 24. Ton ami disparaît. Qu'est-ce que tu fais ? »

Les yeux de la stagiaire s'allument. Il sait qu'il tient quelque chose et elle le sait aussi.

« Je regarde les images pour le retrouver !

— Exactement. Et tu te rappelles quand tu lui as demandé pourquoi personne n'avait signalé qu'un homme était monté dans un coffre de voiture ?

— Oui.

— C'était une bonne question aussi. Il n'a pas vu les images, mais il a dit… c'est dans mon petit carnet, il a dit en parlant de sa collègue "je sais ce qu'elle va vous dire : il n'y avait pas de violence, le mec ne s'est pas débattu, et elle n'a pas vu les visages". Comment pouvait-il en être certain ?

— Question d'habitude, non ? Apparemment, c'est toujours la même chose.

— Peut-être. Mais avant ça, quand il nous a appris que les images avaient été effacées, il nous a tout de suite parlé du 27 juin, sans le moindre doute, alors que selon sa déposition au commissariat, la dernière fois qu'il a vu Bourriol, c'était dans la nuit du 25 au 26. L'enlèvement aurait donc pu avoir lieu le 26. On sait qu'il n'est pas allé voir Bourriol depuis qu'il est sorti de son coma. Il n'y a donc aucun moyen pour qu'il ait eu l'information. Et il a dû s'en rendre compte parce que juste après, il nous a demandé quel jour Bourriol a été enlevé. Comme pour se rattraper. Conclusion ? »

Toulouze sait que l'excitation qui se lit sur le visage de Rachel se lit aussi sur le sien. C'est pour ce frisson qu'il est entré dans la police. Pour ce moment eurêka où des pièces disparates s'assemblent.

« Il a vu les images, il connaissait la date et l'heure, répond Rachel.

— C'est ce que je pense. Et je pense qu'il est venu faire sa déposition au commissariat juste après.

— Mais pourquoi il ne les a pas montrées à l'époque ?

— C'est ce que j'aimerais bien savoir.

— Tu penses qu'il est suspect ? Tu penses qu'il était sur les images ?

— Je ne sais pas. Il avait l'air frustré qu'on n'ait pas demandé à les voir plus tôt. Et qu'on ne puisse pas identifier le kidnappeur dessus.

— Mais peut-être aussi qu'il était présent dessus. Lui, on pourrait l'identifier, même de dos, même de loin. Il pourrait avoir supprimé lui-même la vidéo pour ça.

— Tu crois ?… Je n'y avais pas pensé… »

Elle est maligne, cette stagiaire. Elle voit toujours plus loin.

« Il faut aller lui demander, ajoute-t-elle.

— Rien ne l'empêchera de mentir.

— Si j'y vais toute seule, sans mon uniforme.

— Non, c'est contre toutes les procédures.

— Je pourrais essayer de lui faire dire la vérité, il serait moins impressionné, moins méfiant.

— Tu ne feras rien de tout ça.

— Je ferai le gentil flic.

— C'est hors de question. »

Toulouze sait qu'il a déjà perdu : Rachel fera ce qu'elle veut. Il a lui aussi envie de savoir, mais la procédure, c'est la procédure. Un flic reste un flic. Il n'est pas question de faire usage de charme pour obtenir des informations. C'est la nature de ce qu'il est sur le point de dire à Rachel quand le commandant débarque.

« Kuklinski, vous êtes occupée ?

— Oui, on est en train de réfléchir avec le lieutenant Toulouze.

— Laissez tomber la réflexion, j'ai du travail pour vous.

— Non, mais je…

— Non, mais je quoi ? » demande le commandant.

Toulouze intervient. Il ne veut pas que sa stagiaire fasse preuve d'insubordination. Il ne veut pas non plus que le commandant s'imagine qu'il est laxiste avec elle.

« Rachel, fais ce que le commandant te demande. On reprendra plus tard. »

Rachel soupire, comme l'ado qu'elle est encore parfois. Elle se lève et suit le commandant dans son bureau.

***

Le commandant Serge Parrot s'assoit à son bureau, fait signe à Rachel de prendre le siège en face de lui.

« Ça se passe bien avec Toulouze ?

— Ça se passe. On s'entend bien, je crois.

— C'est pas une flèche, hein. Mais il est gentil, on peut au moins lui accorder ça.

— Je ne le trouve pas si nul que ça. Qu'est-ce que vous avez tous contre lui ?

— Une longue pratique. »

Rachel a un moment de pause. Elle est prête à contester, brûle de dire à son père adoptif qu'elle et

Toulouze sont sur une piste, mais c'est sans doute trop tôt. Et peut-être que ce n'est rien, peut-être qu'elle est simplement naïve, que tout ressemble à une piste quand on commence le métier.

« Pourquoi tu voulais me voir ? T'as vraiment du travail pour moi ou c'était d'ordre privé ?

— Le type aux yeux fondus. Thomas Bourriol.

— Ouais, celui sur qui on enquête avec Toulouze.

— Il est connu des services de police, comme on dit.

— Je sais, il y a ses empreintes dans le fichier. Il a fait une garde à vue, c'est ça ?

— Toulouze ne t'en a pas dit plus ?

— On n'a pas trop eu le temps. On devait s'y pencher aujourd'hui ou demain.

— Ce sera aujourd'hui. Ce n'était pas une garde à vue pour tapage nocturne. C'est une affaire globalement atroce qu'on n'a jamais tirée au clair. Thomas Bourriol est peut-être victime aujourd'hui, mais il était lourdement suspect à l'époque, sauf qu'on n'a jamais rien pu prouver contre lui. On a besoin de savoir si les deux affaires sont liées. Peut-être que quelqu'un connaît la vérité et a voulu faire justice lui-même.

— Qu'est-ce qu'il s'est passé ?

— Tu vas avoir le plaisir de le découvrir dans tous les détails. Je veux que tu ailles dans les archives, que tu retrouves toute la procédure, les auditions, les témoignages, l'autopsie, tout. Je te préviens tout de suite : ce sera un bordel exemplaire. On ne prend jamais le temps de tout classer correctement, la plupart des pièces n'ont pas été informatisées et, comme on stocke tout dans la cave faute de mieux, ça risque d'être bouffé par l'humidité et le salpêtre.

Normalement, c'est le genre de travail qu'on confie à un stagiaire.

— Je suis stagiaire, je te rappelle. »

Parrot a un petit sourire.

« Je sais », répond-il.

Journal de Rachel Kuklinski

11 juillet 2010. Soir.

J'ai dû sous-estimer Toulouze. Il m'a bluffée. Sur l'audition du gros tatoué, alors que je pensais qu'on avait perdu notre temps, il a compris qu'il y avait une piste à suivre. Il avait tout noté sur son carnet, son « petit » carnet, comme il dit. Il me l'a montré : totalité de l'entretien, avec des flèches, des points d'interrogation, des points d'exclamation, des trucs entourés… Il écrit en sténographie, je ne savais même pas que ça se pratiquait encore. Mais je me rends compte qu'il n'y a pas plus efficace. En matière de prises de notes, la technologie de 2010 n'est pas capable de rivaliser avec un crayon et un bout de papier. Même un enregistrement audio est inférieur : avec la sténo, il a tout sous les yeux et, selon lui, ça rend les connexions entre les différents éléments du discours plus évidentes. La version audio obligerait à passer l'enregistrement en avant, en arrière, à isoler des bouts… Impossible d'englober l'ensemble. Mais apprendre la sténo me paraît hors d'atteinte. Déjà que je galère avec les codes typographiques pour les smileys… Il faudra que je me débrouille avec mes enregistrements. J'ai fait mon possible pour ne pas lui montrer que j'étais impressionnée, bien entendu. Mais je l'étais. Heureusement qu'il n'a pas regardé mon carnet : pendant que le gros causait, je n'ai fait que des dessins de fœtus mutilés et d'instruments tranchants. Je pense que Toulouze m'aurait prise pour une timbrée.

Cette nuit, j'ai encore rêvé de bébés morts. Cette fois-ci, ils étaient rangés dans un frigo, bien serrés les uns contre les autres, tous bleus. J'en prenais un, que je mettais dans un plat en inox, je l'enduisais d'huile avec un pinceau, je le saupoudrais d'épingles comme si c'était des herbes de Provence, et je le mettais au four. Sur les parois du four, ça grouillait de coccinelles. Le point positif de ce rêve, c'est qu'il s'est arrêté à temps. Pour une fois, je ne me suis pas vue manger mon enfant.

Depuis cette après-midi, je ne saigne plus. Je n'ose espérer que ce soit enfin terminé pour de bon, mais en fait si : j'espère. Et j'espère aussi que la fin de ces règles de presque un mois s'accompagnera de la fin de mes cauchemars.

Après que Toulouze m'a convaincue que le gros cachait quelque chose, je me suis proposée pour aller l'interroger à nouveau, mais seule. Évidemment, il me l'a interdit, évidemment, je ne l'ai pas écouté. Je ne peux pas dire que je me sentais particulièrement sûre de moi, mais le ton condescendant de Toulouze m'énerve depuis le début. Il fallait que je lui prouve que je ne suis pas aussi cloche qu'il l'imagine.

Et puis Serge-Mon-Commandant m'a coupée dans mon élan. J'ai passé le reste de la journée dans la cave du commissariat, et c'est largement pire que ce que j'imaginais. Au sol, c'est encore de la terre battue.

Les murs sont en pierre, couverts de salpêtre. À tous les coups, le commissariat est classé aux monuments historiques, il doit avoir le même âge que le château, au moins. Une partie du mur est carrément sous verre, avec un petit éclairage de musée pour faire bien. On y voit des ferrures vissées dans les pierres, des chaînes et des menottes. Des gens étaient réellement accrochés là, les bras en l'air, à attendre qu'on veuille bien s'occuper d'eux. L'emprisonnement et la torture en même temps. Tout est rouillé, mais semble en état de fonctionnement. Tout le monde se plaint des cellules de garde à vue, mais j'imagine la face du p'tit délinquant de quartier si on l'enchaînait dans la cave comme ça. Peut-être que ça le calmerait définitivement, qu'il arrêterait de voler des voitures et qu'il monterait une start-up. Les cachots sont encore en place. Rien de plus que des alcôves fermées par de lourdes grilles. Aujourd'hui, la plupart servent d'espaces de stockage – de décharge, plutôt. Les chaises à trois pieds côtoient un cadavre de photocopieuse et des ordinateurs encore plus vieux que ceux qu'on utilise au quotidien. Des meubles, des lampes, un vélo, des chaussures, un distributeur de sodas, une dizaine de machines à café, une planche de ouija, des pots de peinture, des sacs de ciment, un climatiseur, une cage à oiseaux, des piles de vaisselle… Un jour, un stagiaire sera chargé de trier tout ça et n'en sortira qu'à sa retraite.

Dans la partie centrale de la cave se trouvent des rangées d'étagères en aluminium sur lesquelles sont rangés des dossiers. J'espérais un ordre alphabétique et je pense que c'était le projet de départ, mais il y a eu un moment où c'est parti en couilles : les dossiers sont entassés là où il y a de la place. J'ai passé au moins deux heures sous la lumière vacillante du seul néon encore en fonctionnement avant de trouver le dossier. Des centaines de pages. Des rapports, des extraits de journaux, des photos, des comptes rendus d'audition, même des cassettes vidéo. Le tout dans un état assez convenable étant donné l'humidité ambiante. J'ai compris que j'en aurais pour des jours. Mais pour commencer : remonter tous ces documents au rez-de-chaussée, là où l'air est pur et le soleil brille. Sauf que la porte s'était refermée derrière moi. C'est une vieille porte en bois, avec un loquet qui tombe tout seul dans un bidule, un genre de crochet qui dépasse du mur (une clenche ?) afin que ce soit toujours verrouillé de l'extérieur. Bon, pour résumer : j'étais enfermée dans une prison vieille de plusieurs siècles. J'ai secoué la porte, tapé dedans, et pendant une minute j'ai cru pouvoir garder mon sang-froid et ma bienséance, mais la minute suivante j'étais en train de gueuler comme une vache. Sauf que hey, ils étaient bien conçus les cachots à l'époque : personne n'entendait les cris des prisonniers. Les miens non plus, par conséquent. Et bien entendu, à cette profondeur, avec ces bons gros murs en pierre, pas de réseau.

C'est dans ces cas-là que j'ai soudain très envie de faire pipi. C'est aussi dans ces cas-là que je me mets à pleurer. J'ai vraiment paniqué, j'ai vraiment cru, contre toute logique, que personne jamais ne s'inquiéterait de ma disparition, ou que la porte était irrémédiablement bloquée. J'ai cru que des rats allaient sortir des murs pour me bouffer ou me filer la peste. J'ai cru que j'allais mourir là…

Au bout d'un moment, j'ai fini par me calmer. Je me suis concentrée sur la lecture des dossiers pour oublier ma vessie et les recoins sombres de la cave. Trois heures plus tard, Toulouze est venu me sortir de là. Je ne l'ai même pas remercié, j'ai juste couru dans l'escalier et j'ai traversé le commissariat comme une fusée pour aller m'asseoir sur les chiottes. Qu'est-ce que c'était bon, putain. Ce double sentiment de libération : enfin respirer l'air frais tout en vidangeant des hectolitres d'urine. Je suis extrêmement fière de ne pas avoir mouillé ma culotte, ça s'est joué à quelques secondes.

Pendant les trois heures que j'ai passées au sous-sol, j'ai quand même eu le temps de commencer à feuilleter l'épais dossier de l'affaire Bourriol. Je ne m'attendais pas à un truc pareil.

Neuf cent soixante-trois jours plus tôt

GARDE À VUE TRANSCRIPTION D'AUDITION FILMÉE

Audition du : 21 novembre 2007

Menée par : Capitaine Antonin Pastorino, ci-après nommé Cpt et le lieutenant Judith Moricet, en charge de la caméra

Gardé à vue : Thomas Sébastien Bourriol, ci-après nommé TB

Né le 6 août 1975

À Bagnolet

Domicile : 16, rue de la Chancellerie, 77300 Fontainebleau

Cpt : Ça va ? Vous avez passé une bonne nuit ? (Pas de réponse de TB.) Vous avez passé une bonne nuit ?

TB : Je n'ai pas dormi.

Cpt : Vous avez eu un café ? Un petit déjeuner ?

TB : J'ai eu un café.

Cpt : Vous voulez quelque chose à manger ?

TB : Non, merci.

Cpt : Bon, on va commencer. Si vous avez faim ou soif, n'hésitez pas à demander. Où étiez-vous dimanche après-midi pendant que votre compagne se faisait tuer ?

TB : Je vous ai déjà répondu hier, je vous l'ai dit au moins trois ou quatre fois.

Cpt : J'aimerais le réentendre.

TB : Je vous ai dit au parc du château.

Cpt : Comment le savez-vous ?

TB : Mais parce que j'y étais ! C'est quoi cette question ? Comment savez-vous où vous étiez hier ?

Cpt : Vous connaissez l'heure à laquelle Laureline a été tuée ?

TB : Vous n'avez pas voulu me la donner.

Cpt : Alors, comment pouvez-vous me dire où vous étiez quand elle a été tuée, puisque vous ne savez pas précisément quand elle a été tuée ? (Pas de réponse de TB.) Vous comprenez ma question ?

TB : Ce que je veux dire, c'est que j'étais… Je suis sorti me promener dans le parc du château, et quand je suis revenu elle était… Vous le savez bien puisque vous étiez là quand je suis arrivé !

Cpt : Un capitaine de police comme témoin, c'est pratique.

TB : Vous essayez de me piéger. Vous voulez me faire dire des choses qui vont me compromettre.

Cpt : Comment est-ce que vous pourriez vous compromettre si vous n'avez rien fait ? J'essaie juste d'être précis dans l'établissement des faits. Vous m'avez dit que vous êtes passé à la boulangerie à l'aller, que vous avez flâné devant les vitrines des magasins, qu'une fois dans le parc vous vous êtes assis sur un banc pour manger votre pâtisserie, qu'ensuite, après le petit incident de l'escalier – nous y reviendrons –, vous avez cherché une pharmacie de garde sans en trouver, et c'est seulement après tout ça que vous êtes rentré. Elle aurait pu être agressée n'importe quand, vous n'étiez pas forcément dans le parc. Vous dites « j'étais dans le parc » comme si c'était la phrase que vous aviez préparée d'avance : « mon alibi, ce sera que j'étais dans le parc ».

TB : Dites-moi l'heure à laquelle c'est arrivé, si vous voulez que je sois plus précis.

Cpt : Baissez d'un ton, s'il vous plaît.

TB : C'est vous qui… (Il ne continue pas.)

Cpt : La boulangère ne se souvient pas de vous.

TB : Il y avait du monde. Elle ne se souvient pas de qui, d'abord ? Vous lui avez montré une photo ? Celle que vous avez prise hier ? Avec mes bleus sur le visage et tout ?

Cpt : Et on n'a pas de témoin de votre chute dans l'escalier.

TB : Il y a des témoins. Il y avait des gens. Une dame m'a aidé à me relever. Mais comment voulez-vous retrouver une dame et une poignée de touristes parmi tous ceux qui étaient dans le parc ?

Cpt : Vous savez quelle est la règle numéro un concernant les coïncidences dans mon métier ? (Pas de réponse.) La règle numéro un, c'est qu'il n'y en a pas, des coïncidences.

TB : Je veux un avocat.

Cpt : Vous en aurez un en temps voulu.

TB : Vous n'avez pas le droit de me garder ici sans avocat !

Cpt : Si, nous en avons le droit.

TB : Je vous crois pas.

Cpt : Eh bien, ne me croyez pas. Qu'est-ce que ça change ?

TB : De toute façon, j'ai le droit de me taire. Je ne parle plus, je n'écoute plus, jusqu'à ce que j'aie un avocat.

Cpt : Ma question est la suivante : s'il n'y a pas de coïncidences, comment expliquez-vous qu'au moment même où votre compagne se fait sauvagement poignarder vous vous débrouillez pour tomber, non, pour littéralement vous éclater la gueule dans un escalier en pierre ? Et vous présenter ensuite chez vous avec justement toutes les traces, les ecchymoses, les coupures et les vêtements déchirés que l'agresseur de Laureline aurait eus si elle s'était défendue ? (Pas de réponse.) Vous savez ce que je pense ? Je pense que vous avez tué Laureline et qu'elle ne s'est pas laissé faire. Je pense que vous vous êtes battu avec elle. Je pense qu'elle a vendu chèrement sa peau et que la dérouillée qu'elle vous a mise était son dernier message aux vivants. Un message qui disait quoi ? Un message qui disait : « Voici mon assassin ! Capturez-le et punissez-le, et qu'il passe le reste de sa vie entouré de murs. »

Crise de nerfs de TB. Il crie et pleure et répète quatorze fois « je suis tombé dans l'escalier » en hurlant.

Cpt : C'est ça votre nom ? Tom B ? Tom Bédanlescalier ?

TB : Je vous dis merde.

Le Cpt pose sur le bureau devant lui l'arme du crime.

Cpt : Vous reconnaissez ça ?

TB a un mouvement de recul.

TB : Oh, putain.

Cpt : Ah ben, on dirait que vous savez ce que c'est.

TB : Putain, vous avez même pas enlevé les traces de sang.

Cpt : Où est-ce que vous l'avez acheté ?

TB : Je vais porter plainte. Je vais porter plainte pour harcèlement moral, ou je ne sais quoi, mais vous allez entendre parler de moi. Vous n'avez pas le droit de me faire ça !

Cpt : Vous feriez aussi bien d'avouer tout de suite, vous savez. Le mensonge aggrave votre cas. Si vous coopérez, vous vous en sortirez avec moins de dix ans. Crime passionnel, femme insupportable. A reconnu les faits tout de suite. Tout ça, ça compte, aux yeux d'un jury. Vous sortez au bout de cinq ans pour bon comportement.

TB : Je l'aimais, elle portait mon enfant.

TB éclate en sanglots. Après deux minutes trente-quatre secondes de pleurs, il est mis fin à l'audition.

Premiers pas

La canne blanche est plus légère que je l'aurais cru. Elle ne pèse presque rien. D'un geste du poignet, je la soulève et j'entends Marilou étouffer un petit cri au moment où je rencontre un obstacle : l'obstacle, c'est son nez.

« Vous n'aurez jamais besoin de la lever aussi haut. Elle doit rester pointée vers le sol. »

Je laisse retomber l'extrémité de la canne devant moi. Elle rebondit de travers sur quelque chose et Marilou émet un petit rire nerveux.

« Ça, c'était mon pied ! Sortons dans le couloir, vous aurez plus de place. »

Elle me prend la canne des mains, saisit mon coude et me dirige. Elle ouvre la porte devant nous, me pousse dans le couloir.

« Je suis en pyjama. »

Depuis qu'on a retiré le câble qui tenait ma mâchoire fermée, j'ai l'impression que j'ouvre la bouche trop grand quand je parle, que mon menton va toucher ma pomme d'Adam à chaque voyelle.

« Tout le monde est en pyjama ici : c'est un hôpital. Et il vous va très bien. Venez. »

Elle entreprend de me faire marcher jusqu'au bout du couloir. Les bruits autour de nous sont feutrés : nos pas sur le lino, le murmure étouffé d'une télévision dans une chambre, un téléphone qui sonne au loin, le tintement qui signale l'arrivée d'un ascenseur. Une porte s'ouvre à ma gauche, une femme dit « voilà, je reviens vous voir cet après-midi », puis « oh, pardon ! » en s'adressant à Marilou, je crois. Je distingue les giclées d'air d'un respirateur artificiel avant que la femme ne referme la porte.

« Essayez de vous détendre. C'est un couloir rectiligne, il n'y a aucun piège sur le chemin et je vous tiens. Vous ne risquez rien. »

Je le sais. Mais ça ne m'empêche pas de retenir chacun de mes pas, comme si je risquais à tout instant de percuter quelque chose, de trébucher, de rater une marche, d'écraser un orteil étranger ou, bien sûr, de ne pas trouver de sol sous mon pied, de tomber dans un vortex sans fin. Je tends mon bras libre devant moi, doigts écartés, je ne peux pas m'en empêcher et ma tête est tournée sur le côté, pour éviter de prendre un obstacle de face. Ma tête qui est plus lourde qu'avant. À cause du plomb, m'a dit la chirurgienne. Mon cou et ma nuque fatiguent vite, je suis régulièrement pris de crampes, et j'ai des courbatures dans tout le dos. Les infirmières me disent qu'elles ne peuvent pas me donner davantage d'antidouleurs. Ce matin, Marilou m'a massé les épaules et le dos. Ça m'a soulagé.

Elle me fait pivoter sur moi-même en me rendant la canne blanche – ou soi-disant blanche, elle pourrait être rose à pois verts que je ne m'en apercevrais pas. Elle lâche mon coude. Ça crée un vide, j'oscille un peu. La tiède présence de sa main sur mon bras me manque : elle était rassurante.

« Voilà, vous êtes face à un couloir vide. »

La phrase est bien choisie, je ne sais pas si elle s'en rend compte. Un couloir vide. Ma vie.

« Il y a deux façons d'utiliser la canne. Soit vous la faites glisser sur le sol, soit vous la maintenez juste au-dessus et ne touchez terre qu'à droite et à gauche. Dans les deux cas, il faut balayer devant vous en arc de cercle. Vous avez sûrement déjà vu ça. Passez votre poignet dans la sangle. »

Je m'exécute. La voix grave de Marilou est apaisante. Elle parvient à me faire croire que tout va bien se passer.

« En général, c'est plus facile au début de faire glisser la canne au sol. Ça fatigue moins le bras et ça renseigne par rapport au relief du terrain. »

Je pose le bout de la canne sur le sol. Je balaie.

« Et ça rassure quant à l'existence du plancher des vaches. Souvent, on a peur qu'il se soit volatilisé. »

Je ne suis donc pas le seul. Elle a encore son petit rire, pas moqueur, juste joyeux. Ça semble tellement naturel de rire.

« Allez, on y va. Lentement. Ne craignez rien, je suis là. »

Je n'ai donc rien à craindre, puisqu'elle le dit. Je balaie, j'avance de deux pas, je balaie, j'avance, je balaie, j'avance… La canne achoppe régulièrement sur le lino, avance par à-coups, par petits rebondissements.

« C'est bien, mais il faut arriver à faire les deux en même temps : marcher et balayer. Le mouvement doit être continu. La canne est assez longue pour vous prévenir à temps en cas d'obstacle, vous n'avez pas besoin de vous arrêter. »

Je visualise le couloir. Il ne faut pas que j'aie peur. Il ne peut rien m'arriver, il n'y a pas de trappe susceptible de s'ouvrir, pas de porte au milieu du passage, il n'y a pas d'animaux sauvages, de flaque d'huile ou de peau de banane. C'est blanc, c'est propre, c'est sécurisé. C'est un hôpital. Et Marilou est à mes côtés.

Je balaie, gauche, droite, gauche, droite, gauche, droite… J'avance. C'est presque facile. C'est comme apprendre un nouveau pas de danse.

« Voilà, c'est bien. Il suffit de prendre le rythme, c'est comme apprendre un nouveau pas de danse. »

Est-ce que j'ai parlé tout haut ou est-ce qu'elle a lu dans mes pensées ?

« Ne vous arrêtez pas, voiiilà. »

Sur la droite, ma canne bute contre quelque chose.

« C'est le mur, ne vous inquiétez pas, vous avez un peu dévié, c'est normal, et votre canne est là pour vous avertir. »

Je continue d'avancer. La canne tape à chaque fois contre le mur. Ça me donne un repère pour marcher droit.

« C'est bien, vous prenez déjà le pli. »

Je ne me presse pas, je commence presque à apprécier le simple fait de pouvoir me déplacer dans un environnement inconnu. Il y a quelque chose de grisant. La canne tape sur le plâtre du mur, sur le bois des portes, encore sur le mur, puis sur le métal des portes d'ascenseur, puis rencontre le vide. Je m'arrête.

« Il n'y a plus de mur. Vous êtes au croisement de deux couloirs. Continuez, continuez. »

Je continue. De façon indéfinissable, je sens l'espace s'élargir autour de moi tandis que je traverse ce petit carrefour. Des sons plus lointains me parviennent des deux côtés, et l'air semble avoir une densité différente. Est-ce que c'est moi qui décide de percevoir des choses différentes parce que je sais qu'elles le sont ? Ou est-ce que tout ceci devient vraiment perceptible quand on n'a plus d'yeux pour nous renseigner ? J'avance de quelques pas, ma canne racle devant moi sans rien rencontrer. Et l'ambiance change à nouveau, il y a comme un confinement subtil, les bruits ont une matière autre.

« On a passé le croisement ?

— Oui. Vous sentez la différence ?

— Putain… Je veux dire : oui. Pardon. Putain. »

Je suis totalement impuissant à maîtriser ces mots qui sortent. *Je n'ai pas le choix de ce que je dis.* C'est effrayant. Dès que je parle, les injures montent comme des bulles, et il faut que je les rote, que je les éructe, que je m'en débarrasse à tout prix. Sur l'instant, ça me soulage, et l'instant d'après ça me mortifie. C'est pourquoi je me tais, le plus souvent.

La canne heurte le mur de gauche, cette fois. J'ai encore dérivé. Je commence à comprendre que le plus difficile est de suivre une trajectoire rectiligne. La solution est de suivre un mur. Mais quand il n'y a pas de mur ? Je peux penser à un million de situations où il n'y a pas de mur. Mon cœur bondit soudain dans ma poitrine, il y a un problème, la canne est coincée, piégée dans une boîte, on dirait. Un véritable affolement monte en moi. C'est comme si j'étais moi-même enfermé.

« Marilou ? »

Ma voix flageole, je m'en rends compte.

« C'est une chaise adossée au mur. Vous êtes dessous. Reculez d'un ou deux pas. »

J'obéis, la canne se dégage. Je suis devant cette chaise invisible comme devant un serpent, j'ai presque peur qu'elle me saute à la gorge. Marilou pose sa main sur mon épaule, son coude appuyé contre mon dos. Tant de douceur.

« Ce n'est qu'une chaise, me dit-elle. Votre canne a fait son travail : elle vous a prévenu de la présence d'un obstacle. Ce n'est pas un danger, c'est une information. Il vous suffit maintenant de le contourner.

— D'accord. D'accord. »

Je prononce ces mots presque à bout de souffle. Je reprends ma progression. La canne fait à nouveau tinter le pied de la chaise, je sursaute presque, mais je ne m'arrête pas.

« C'est normal quand on débute de vouloir longer les murs parce que ça paraît plus confortable. Mais vous verrez à l'usage que c'est là qu'il y a le plus d'imprévus. Les gens y rangent ou y abandonnent des choses. En intérieur, il y a des meubles. En extérieur, des portes ou des volets peuvent s'ouvrir soudainement, il y a des conduits qui dépassent, des marches sur les seuils, des avancées, des bancs, des poubelles, toutes sortes de choses… Vous apprendrez à marcher droit sans toucher les parois autour de vous. »

Elle retire sa main de mon épaule ; comme la première fois, j'ai un sentiment fugace de vertige et d'abandon. Ma canne rencontre un barrage infranchissable : c'est le mur du fond. Marilou me demande d'avancer jusqu'à le toucher de la main ; il faut que j'éprouve la distance réelle qu'il y a entre l'extrémité de la canne et moi. C'est plus loin que ce que je pensais, et à la fois terriblement proche. Si mes enjambées étaient plus assurées, aurais-je eu le temps de m'arrêter avant de percuter le papier peint ? Car le mur est tapissé de papier peint, un papier peint gaufré et rugueux. Ce sont mes doigts seuls qui me l'ont révélé, et pourtant je l'imagine avec une telle acuité que c'est comme si je pouvais le voir. Un revêtement blanc jauni, qui n'a pas été changé depuis au moins vingt ans, une sorte de faux crépi en papier épais. Typique de la déco des administrations dans les années 1980. Il y a le même dans la salle d'attente de la Sécu.

« C'est un tableau, me dit Marilou. Il représente un voilier sur la mer, on dirait le petit matin. C'est peint au couteau, je crois que c'est de la gouache. Les couleurs dominantes sont le bleu et le violet, et la coque du bateau est noire. Il n'y a pas de voile sur le bateau : juste un mât, avec une mouette accrochée au sommet. C'est beau et triste à la fois. Il est écrit ici qu'il a été peint par Sébastien Vautier, un enfant qui a séjourné dans cet hôpital de sa naissance à sa mort, de 1988 à 2003. Ils ne disent pas de quoi il souffrait. »

J'ai envie de pleurer de rage. Pourquoi me casse-t-elle mon imaginaire ? Quel besoin ai-je de la réalité ? Je sens une colère acide qui gronde en moi, qui va déborder, éclater, je ne peux pas la contenir, et de toute façon je ne le veux pas.

« CONNASSE ! ESPÈCE DE CONNASSE DE PUTAIN DE GARAGE À BITE DE MERDE ! TA GUEUUULE ! TAAAA GUEUUUULE, VIEILLE PUTE DE PÉRIPH ! JE TE CRACHE À LA GUEULE, JE TE CHIE À LA GUEULE ! MERDE, MERDE, MEEERDEUUUU ! »

Je m'arrête d'un coup, terrassé par un chapelet de crampes qui va de l'aine au thorax et aux épaules. Je ne peux plus respirer, je me laisse tomber, dur comme une pierre. Une voix masculine demande si tout va bien, je n'entends pas la réponse, s'il y en a une. Je reste au pied du mur, bloc de souffrance brute, contracté comme un poing fermé, mon corps ne se détendra plus jamais, je le sais. Je parviens pourtant à faire passer un mince ruban d'air dans ma gorge. Encore une fois, je risque bien de survivre. Au cœur de ma douleur, je réalise que mes mains saignent et que je serre entre mes doigts les lambeaux du tableau de cet enfant. Au bout d'un temps que je ne saurais mesurer, je sens une main se poser sur mon bras, une autre sur mon épaule. Marilou est accroupie à mes côtés. Elle m'attire à elle et me serre, m'enveloppe dans son parfum de chèvrefeuille. Elle qui devrait me haïr.

« Ça va aller, me dit-elle, ça va aller. »

Et je peux entendre qu'elle pleure.

Journal de Rachel Kuklinski

12 juillet 2010. Soir.

J'en avais un peu plein le cul de tous ces papiers moisis, l'odeur me montait au nez, j'avais un début de mal de tête. J'ai demandé à Toulouze si je pouvais sortir, m'aérer un peu. Je lui ai dit que j'allais voir Conrad Pampin, il a fait « mh-mh », je suis sûre qu'il ne m'a pas vraiment écoutée, il était plongé dans la relecture d'un de ses rapports chéris, et dans ces cas-là, plus rien n'existe pour lui. Mais je ne mentirai pas quand je dirai qu'il m'a donné son accord : il a fait « mh-mh », ça compte, non ?

Sur le chemin, je me demandais comment faire cracher le morceau à Pampin. Comment lui faire avouer qu'il avait vu les images de l'enlèvement de son ami ? J'ai quitté Toulouze hyper convaincue que le mec nous avait caché la vérité, mais plus j'avançais, plus je commençais à douter de la validité de nos soupçons. Après tout, ce n'était qu'une interprétation parmi d'autres, et pas la plus évidente. Et pour avoir parlé à plusieurs personnes au commissariat depuis mon arrivée, Toulouze est quand même connu pour avoir un taux d'élucidations assez ridicule. Ça fait douze ans qu'il est lieutenant et la plupart pensent qu'il le sera à vie. Personne ne voit comment il pourrait être promu. D'ailleurs, jusqu'à hier, il m'avait toujours paru con comme un fer à souder. Pourquoi est-ce que j'aurais suivi son intuition ? Mais je m'étais promis d'interroger Pampin et j'avais beau tourner le problème dans tous les sens, je ne trouvais pas d'excuse valable pour ne pas le faire. Mais comment amener le gros à avouer ? Je n'en savais toujours rien au moment de me présenter à l'accueil de Secutek. Ni quand le patron m'a reçue. Ni quand je me suis retrouvée seule face à Pampin.

Il m'a demandé : « Qu'est-ce que je peux faire pour vous, Miss Cluedo ? » (c'est le surnom qu'il m'a donné, longue histoire pas super passionnante, je m'épargne donc la peine de la raconter ici) et ça m'a juste donné envie de foncer dans le (gros) tas. Je réalise qu'il ne faut pas se la jouer condescendant avec moi, ça me pousse à sortir de ma légendaire réserve de violette effarouchée. Je lui suis donc rentrée dans le lard, et je lui ai demandé direct pourquoi il ne nous avait pas montré les vidéos quand il est venu porter plainte, et ce qu'il avait vu dessus. Je m'attendais à moitié à ce qu'il m'invente une excuse bidon du genre « Moi ? Regarder les vidéos ? Mais vous n'y pensez pas ! », mais il m'a surprise : il m'a répondu qu'il se demandait quand quelqu'un allait se décider à lui poser la question.

J'ai immédiatement senti l'importance qu'il y avait pour moi à ne pas avoir l'air stupéfaite, et l'envie qu'il avait de se confier.

« Eh bien, je vous la pose maintenant.

— Ça fait une éternité que j'attends qu'on me demande les vidéos.

— Mais vous auriez pu nous en parler par vous-même ! »

Et là, il m'explique que dans la CHarte Éthique « avec un grand CH et un grand É », il est marqué que les opérateurs n'ont pas le droit de revenir sur une vidéo qu'ils auraient négligé de signaler, à moins que ce soit à la demande d'un officier de police judiciaire. En gros : avant, ils signalaient tout et le commissariat était engorgé, et maintenant ils ne signalent que les grosses infractions évidentes ou les flagrants délits ; tout ce qui est mineur est enterré à jamais à moins que, pour les besoins d'une enquête, la police demande à ressortir des images qui semblaient anodines.

Je lui dis que c'est absurde, que s'il avait vu quelque chose, il aurait dû nous en parler avant que les images soient détruites, mais il n'en démord pas : tout écart – même motivé – par rapport à la règle est puni de licenciement. Il me raconte l'histoire d'un dénommé Farid qui travaillait là depuis le début et qui en lisant le journal s'est rendu compte qu'il avait assisté en direct sur ses caméras au vol d'un camion de pizzas trois jours auparavant. Il ressort l'enregistrement, trouve les images et appelle les flics. Images nickel, le voleur est arrêté deux jours plus tard et le camion retrouvé à Marseille. Le miracle : les caméras ne chopent pratiquement jamais de flag. Mais l'avocat du voleur plaide le vice de procédure puisque les images n'ont pas été livrées à la police dans les règles : c'était à elle de demander à les consulter. Moralité : le voleur est acquitté, et Farid viré par son patron pour avoir fait perdre la face à l'antenne bellifontaine de Secutek et, partant, à Secutek à travers le monde et à la Glorieuse Chine tout entière (si j'avais le moindre doute sur son racisme, il est maintenant passé, je suis sûre que jamais son patron n'a parlé de « perdre la face », c'est tellement cliché…). « Et vous comprenez bien qu'avec mon look c'est grave un exploit de trouver du boulot. Alors quand j'en ai un, je le garde. Coup de pot, ici, ils sont pas très regardants sur le CV ou le physique. » J'avais pourtant entendu dire que la sélection était drastique, mais il m'affirme que non : « Ils m'ont juste demandé combien de temps je passais devant un écran par jour en moyenne. Comme je suis *gamer* et cinéphage, ça tourne facile autour des dix à douze heures. Ça leur a convenu. »

Je lui ai demandé s'il pouvait au moins me décrire les images, et il m'a répondu par une question : « Vous voulez les voir ? » (Ne-pas-avoir-l'air-stupéfaite-Ne-pas-avoir-l'air-stupéfaite-Ne-pas-avoir-l'air-stupéfaite-Ne-pas-avoir-l'air-stupéfaite.)

« Oui, c'est pour ça que je suis là. C'est pour ça qu'on était là ce matin d'ailleurs.

— Elles sont chez moi. Je me suis fait une copie.

— Mais pourquoi ne pas nous l'avoir dit ce matin ?

— Il faut que je vous le répète combien de fois ? Ces images sont censées avoir été effacées. Il est illégal pour Secutek de les garder plus de dix jours, et encore plus illégal pour moi de les avoir chez moi. Qu'est-ce que je risque pour recel d'archives de vidéosurveillance ?

— Je ne sais pas, il faudrait que je regarde les textes. Mais alors, pourquoi vous m'en parlez seulement maintenant ?

— Déjà parce que ce matin, j'ai été pris par surprise. Et puis votre collègue, là. Il a l'air tellement accroché au règlement qu'il serait capable de foutre un gonze sur la chaise électrique juste pour avoir fumé dans des chiottes publiques. Et puis, depuis votre visite, j'ai eu le temps de réfléchir. Pourquoi je les garde, ces images ? Pour ma collec perso ? Pour les mettre sur YouTube ? Non, en fait je les garde pour mon pote. C'est mon seul pote, voyez ? Et il faut que quelqu'un sache qui lui a fait ça. Vous l'avez vu ?

— Non.

— J'y suis allé à midi. Il a été massacré. À moins qu'il se découvre un super pouvoir à la Daredevil, sa vie est foutue. Il faut choper le responsable. »

Il s'est arrêté un moment. Je me rappelle qu'il avait les yeux rouges et le menton qui tremblotait légèrement. Il s'est tourné vers ses écrans, a soupiré un bon coup, et a fini par lâcher que son service finissait une demi-heure plus tard, et que si je voulais bien l'attendre, il m'inviterait chez lui pour visionner les images.

Je me disais, un gros mec tatoué, chevelu, *gamer* et cinéphage qui a du mal à trouver du boulot, il doit vivre chez ses parents, au bout du terrain, dans une cabane de jardin aménagée en loft dégueu, dans un bordel innommable de câbles, d'écrans, de consoles de jeu, de figurines de superhéros, de paquets de chips, de cartons de pizza et tout. Mais en fait non, il vit dans un petit appart tout ce qu'il y a de chouette (charm. F2, cuis. américaine, SDB, WC séparés, chauf. ctral, balcon, 500 € + ch.), rangé avec un soin maniaque. Il y a bien quelques figurines, mais elles sont sous vitrine. Pas un gramme de poussière, pas de vaisselle sale qui traîne dans l'évier, pas de DVD éparpillés partout. Bref, je lui proposerais bien de venir faire le ménage chez moi. Il a aussi une putain d'installation home cinéma de la mort qui tue, et c'est sur son écran géant que j'ai vu les images de l'enlèvement. Deux hommes de dos, l'un en survêtement noir, l'autre en pantalon et T-shirt. Ils arrivent par le bas de l'écran et avancent vers le fond de l'image, où est garée une auto sombre, à moitié cachée par d'autres voitures. Une Citroën C6, d'après le gros. Le type en survêtement noir ouvre le coffre de la voiture, mais en réalité ça pourrait être le type au T-shirt qui le fait, ils sont tellement proches l'un de l'autre – et loin de la caméra – qu'ils ne forment plus qu'un unique corps de pixels mouvants. Le type au T-shirt semble se pencher, on pourrait penser qu'il est poussé par l'autre, mais est-ce que c'est parce que je sais que c'est un enlèvement ? En tout cas, il monte dans le coffre, l'autre le referme, fait le tour de la voiture, monte dedans, fait une marche arrière, repart en avant et disparaît au bout de la rue. Exactement ce que Pampin a décrit ce matin : ni violence ni visages.

Je demande à Pampin si on a l'arrivée du type en survêtement – qui devrait selon toute logique être de face puisque le trajet est inverse. Il me la montre : son visage est caché sous une casquette, il sait très bien où est la caméra. J'ai pourtant l'impression fugace de reconnaître cette silhouette, ou cette démarche. Je demande à revoir l'extrait. La voiture arrive et se gare, il sort de la voiture. Il s'avance, d'abord très flou puis de plus en plus net. Il n'a rien de particulier, je me demande ce qui m'a fait penser que… et juste au moment où je me dis que j'ai dû rêver, il fait un geste tout simple, complètement insignifiant, mais qui me frappe immédiatement : il écarte légèrement les bras et hausse les épaules, comme pour réajuster son vêtement. C'est plus qu'une sensation de déjà-vu : c'est quelque chose de familier. Je connais ce mec ou quoi ? Pampin repasse l'image quatre ou cinq fois et, chaque fois, c'est comme si j'avais une chanson sur le bout de la langue sans parvenir à en retrouver la mélodie. Je sens bien que Pampin me regarde bizarrement, mais il ne dit rien.

Je suis très agacée que ce soit si flou. Jamais je n'aurai l'occasion de voir des images de caméras de surveillance dans de meilleures conditions que sur cet écran de trois mètres de large, et pourtant impossible de lire une plaque d'immatriculation ou d'identifier un visage à moins qu'un passant colle son visage à l'objectif.

Pampin me dit que lui non plus ne comprend pas pourquoi les caméras ne sont pas en HD. Il me fait une démonstration de ce que devraient selon lui être des images de surveillance, sur un film qu'il a fait lui-même : on peut zoomer à mort, comme dans les films pleins d'espions des années 1990, et deviner la marque de baskets d'une fille qui passe. Il est bizarre, son film : juste un trottoir avec des passants. Je lui demande ce qu'il compte en faire, et il me dit qu'à force de voir des trottoirs filmés n'importe comment il a des envies de les voir correctement photographiés, éclairés et montés. Du coup, il fait ça le dimanche, quand il a le temps, entre deux jeux vidéo ou intégrales de séries américaines. Parfois, ça l'apaise de regarder ces images. Il a pour ambition de faire les plus beaux plans fixes jamais filmés à Fontainebleau, rue par rue, et de les rassembler dans un film qui durerait vingt-quatre heures. Ça commencerait à zéro heure, et ça finirait à minuit. Ça s'appellerait « 24 heures vraiment chrono ». Je n'arrive pas encore à déterminer s'il est bon pour la camisole ou si c'est un génie incompris.

Il me file une clé USB avec la vidéo dessus. Au moment de partir, je suis presque en train de le remercier pour la projection, comme s'il m'avait invitée à une séance spéciale. Il me demande ce que je vais faire de ce qu'il m'a montré. Je lui réponds que je n'en sais encore rien, qu'effectivement il y a peu de chances que ces images servent à l'enquête, sauf pour la marque de la voiture. Mais combien y a-t-il de voitures de ce modèle autour de Fontainebleau ? Tandis que je franchis le seuil de sa porte, Pampin me regarde avec un air bizarrement insistant. Je flippe un peu, pensant qu'il a peut-être envie de m'embrasser ou pire (comment un mec de son poids peut-il avoir une vie sexuelle ? Et comment peut-il ne pas être frustré de ne pas en avoir ? Et comment résister à la tentation quand il accueille une pulpeuse blonde comme moi dans son appartement de célibataire ? Autre question : ça fait combien d'années qu'il n'a pas vu son zizi ?). Je prends congé de lui avec une précipitation dont j'espère qu'elle n'est pas trop évidente ? Je m'échappe au moment même où l'image me traverse de cette énorme masse de chair flasque et tatouée, affalée nue sur son canapé, en train de mater une vulve de deux mètres sur son écran géant tout en soulevant son ventre pour laisser sa bite s'ériger…

Il me faut le temps de descendre les trois étages à pied pour réaliser que je ne suis qu'une pauvre conne. Son regard me disait en fait « Vous avez oublié de me poser une question », et je sais laquelle. Je remonte presque à quatre pattes pour aller plus vite, il a laissé la porte ouverte, j'entre dans l'appartement, il est en train de manipuler sa télécommande.

« Vous avez toutes les caméras qui ont suivi le trajet de la voiture ! »

Il ne dit rien et appuie juste sur le bouton Play. Sur l'écran, la voiture tourne le coin de la rue, puis on passe dans une autre rue : la voiture arrive, bifurque à mi-chemin, changement de caméra, elle s'arrête à un stop, redémarre, prend sur la gauche, autre plan : elle passe au fond de l'image… Je pense qu'en tout il y a une vingtaine de caméras différentes pour suivre le véhicule, et aucune qui permette d'identifier le conducteur, encore moins de lire la plaque.

« On dirait qu'il sait où sont placées les caméras.

— Tout le monde le sait : elles sont signalées, je vous rappelle. Vous croyez vraiment qu'on chope beaucoup de flagrants délits ? Au début oui, les gens n'étaient pas habitués. Mais maintenant, c'est comme pour les radars : quand vous avez un panneau de deux mètres sur trois qui dit “attention radar”, vous avez plutôt tendance à ralentir, non ?

— Mais alors elles ne servent à rien, ces caméras ?

— Je sais pas, j'ai pas passé un DEA en bidouille et manipulations de chiffres, du coup la mairie n'a pas pensé à moi pour la rédaction des statistiques officielles. »

Comme l'adoption par les couples homosexuels est officiellement interdite en France, Aurèle et Serge m'ont fait promettre de ne jamais révéler que j'étais leur fille adoptive. Je n'apparais jamais sur les photos officielles à côté du maire. Personne ne doit être au courant. Conrad Pampin m'offre une raison de plus d'être contente de cette situation. Il me dit des choses qu'il ne dirait pas à la « fille officielle du maire ». Sur la dernière image, on voit la Citroën partir sur la nationale et sortir définitivement de l'écran.

« Vous avez son retour ?

— Non. Il n'est jamais revenu. En tout cas, pas le jour même ni le lendemain. J'ai son arrivée par contre. Il suit exactement le même chemin, en sens inverse. On ne voit rien de plus.

— Il doit avoir repéré le trajet à l'avance.

— Ouais.

— Et ?

— Et non. J'ai cherché, mais je n'ai trouvé personne dans les jours précédents qui a eu l'air de faire son petit repérage.

— Donc, on n'a rien.

— Sur ces caméras-là, non. »

Il fait encore une petite pause. Il attend que je réagisse.

« Mais vous avez d'autres caméras. »

Un rictus satisfait apparaît entre ses bajoues blobotantes, il revient en arrière et fait pause au moment où la voiture est arrêtée à un stop. Il me montre sur le trottoir d'en face le bas d'une devanture d'épicerie. Une épicerie qui, me dit-il, possède une caméra à l'intérieur, pointée sur la porte d'entrée. Secutek a un accord avec les particuliers et les entreprises, en accord avec la police. Ceux qui sont équipés de caméras de surveillance peuvent, s'ils le souhaitent, transmettre leurs images pour alimenter le réseau de vidéosurveillance et augmenter le maillage de la ville.

Le service est gratuit. Rares sont ceux qui ont refusé. Pampin remet le film en lecture : la voiture tourne à gauche, passant juste devant l'épicerie, et continue son chemin. Très fier de son petit effet, il ne fait pas de commentaires. Il attend simplement que je lui demande s'il a les putains d'images de la putain d'épicerie. Il m'énerve, il m'énerve, il m'énerve ! J'ai envie de lui arracher les cheveux !

« Bon, vous allez me les montrer les images, ou quoi ? »

Avec un petit gloussement, il donne un petit coup de télécommande, et on arrive sur une image hyper nette de l'intérieur de l'épicerie, filmée depuis le fond, caméra pointée vers l'entrée. Avec au premier plan la caisse enregistreuse, puis le reste de la boutique, et en arrière-plan la porte d'entrée, le trottoir devant et un bout de la rue. C'est de la HD, aucun doute là-dessus : on pourrait compter les carrés de mosaïque au sol. Pampin avance image par image. La Citroën tourne. Pampin fait pause au moment où le capot passe au bord du trottoir. À l'intérieur de la boutique, l'épicier assis à la caisse est concentré sur des mots croisés ou un sudoku ; juste à sa droite, deux enfants remplissent un sachet de bonbons en comptant leurs sous. Sur cette image figée, c'est comme si deux mondes parallèles se croisaient sans se voir. D'un côté, la vie normale suit son cours tranquillement dans sa bulle : un petit dimanche d'été peinard. De l'autre, à moins de deux mètres du dos voûté du caissier, une voiture avec un psychopathe au volant et sa victime dans le coffre. Et, au croisement exact des lignes de force de l'image, comme au point d'équilibre d'une toile de peintre classique, la plaque d'immatriculation de la voiture, clairement lisible. LA preuve. Tous les poils de mes bras se hérissent, je sens un frisson chaud qui me descend le long de l'échine et ma bouche s'assèche d'un coup.

Oui : j'ai des poils sur les bras, mais ils sont blonds. On appelle ça un duvet, et sur une peau bronzée comme la mienne en ce moment, c'est hyper sexy.

Bordélisation du bordel

Toulouze est en colère. Il a été piégé, Rachel lui a désobéi, il se trouve maintenant dans une situation impossible. Elle est devant lui, elle trépigne d'impatience, prête à se précipiter dans le bureau du commandant avec sa clé USB. Toulouze arrache la clé de l'ordinateur et la garde pour lui. Rachel le regarde sans comprendre. Il clarifie :

« On ne peut pas faire ça, désolé. »

Rachel est outrée, bien entendu.

« Mais enfin, les images existent ! Techniquement, on est encore dans le cadre de la loi ! Qu'est-ce qui est le plus fort ? La loi nationale ou la charte éthique de la ville ? Est-ce qu'elle a la moindre valeur légale, d'ailleurs, cette charte ?

— Heu… Je ne sais pas. C'est une bonne question.

— On est le 23 juillet, on est encore dans les temps pour le délai de conservation d'un mois. C'est la loi nationale. Pas la loi locale.

— Mais on va être obligés d'ouvrir une enquête sur ton ami pour…

— Ce n'est pas mon ami.

— On va être obligés d'ouvrir une enquête pour recel d'images priv… publ… pour recel de heu…

je ne connais pas la terminologie exacte, mais elle existe.

— Pourquoi obligés ?

— Parce que si ces images sont utilisées comme pièces à conviction lors d'un procès, l'avocat de la défense voudra savoir d'où elles proviennent, et si elles nous ont été données par un particulier qui n'avait pas le droit de les posséder, alors la police est complice de recel, et c'est le genre de chose qui peut suffire à faire tomber une affaire, tu comprends ? Le seul moyen pour nous de les acquérir légalement, c'est de faire une perquisition chez Pampin, de saisir les bandes, enfin les disques, enfin le, les images, et de demander l'inculpation de Pampin. Pour recel de, de, de… enfin bon. »

Rachel commence à comprendre. Elle se calme, digère l'information. Elle ne baisse pas encore les bras, mais mesure les obstacles.

« Et qu'est-ce qu'il risque ?

— Une amende. De la prison avec sursis. Pas grand-chose, je pense. Enfin, je crois. Enfin, je suppose.

— Il va perdre son boulot.

— Certainement. »

Rachel souffle, agacée. Son genou s'agite nerveusement, elle ne s'en rend pas compte. Elle porte sa main à sa bouche comme pour se ronger les ongles, mais se ravise. Une habitude contre laquelle elle doit lutter tous les jours, pense Toulouze.

« Il doit bien y avoir un moyen.

— Il n'y a pas de moyen. Maintenant que je suis au courant, en tant que lieutenant de police, je ne peux pas faire semblant de ne rien savoir. Je représente l'État. Je suis obligé de faire mon rapport au commandant, et il va demander au juge d'instruction une perquise, et voilà, c'est comme ça que ça marche.

— Mais vous parlez comme si c'était un criminel ! Il a fait ça pour aider son collègue, on peut bien fermer les yeux !

— Non, on ne peut pas fermer les yeux. Si on ferme les yeux sur ça, où est-ce qu'on place la limite ? Ce n'est pas à moi, à nous de décider ce qui… ce qui… ce qui est bien ou mal. Nous, on applique la loi, on arrête les contrevenants, et c'est la justice qui jugera si oui ou non Pampin ou n'importe qui d'autre a eu raison d'agir comme il l'a fait.

— Mais on ferme les yeux tous les jours dans ce métier ! Hier, Pampin nous a dit qu'ils ne nous transmettent pas 10 % des infractions qu'ils constatent.

— Ce n'est pas moi qui ai pris cette décision et je ne la cautionne pas. Il y a des règles, il y a des lois. Il faut s'y tenir. Je ne suis pas William Toulouze : je suis l'uniforme. Comment puis-je prétendre faire respecter la loi si moi-même je l'enfreins ?

— Je commence à comprendre pourquoi vos stats sont si basses.

— Pardon ?

— Rien.

— Qu'est-ce que tu as dit ?

— Rien. Je pense que… qu'à force d'appliquer la procédure au pied de la lettre, c'est pas étonnant que… que les dossiers ne soient jamais clos.

— Qu'est-ce que tu veux dire ?

— Rien.

— Vas-y, exprime-toi.

— Je veux dire que… que si c'était moi… Je ne sais pas : on a une plaque d'immatriculation. On a le véhicule qui a servi à transporter ce pauvre type ! On devrait déjà avoir trouvé la voiture et son propriétaire, mais on est là assis à se demander *si on a le droit* de se servir de cette information sous prétexte qu'elle ne nous a pas été donnée comme elle aurait dû ! C'est quoi le boulot d'un enquêteur, si c'est pas de forcer les portes ?

— Le boulot d'un enquêteur, c'est de faire ouvrir les portes par un serrurier en présence d'un huissier et de deux témoins.

— Si on était dans un roman, on en serait au moins à la page cent quatre-vingt-six, et vous savez quoi ? Le lecteur serait en train de s'ennuyer ! Il faut qu'un truc arrive.

— On n'a *pas* la plaque. On n'a pas encore saisi les images.

— Elle est là ! Sous nos yeux !

— Oui, mais c'est quoi cette vidéo ? On n'a pas le contexte, qu'est-ce qui s'est passé juste avant ? Juste après ? C'est juste une plaque, tu aurais pu la prendre dans un parking de supermarché. Ça ne tient pas deux minutes devant la cour. Même pas vingt secondes. Même pas deux.

— Mais la parole d'un flic fait foi, non ?

— Pas la parole d'un policier stagiaire. Tu n'es pas encore assermentée, je te rappelle. Et même alors, ton serment ne sera valable qu'en cas de contravention. Si tu dis qu'untel a grillé un feu, ta parole fait foi. Mais dans un tribunal, tes procès-verbaux ou tes rapports n'ont pas plus d'autorité que le témoignage d'un citoyen lambda. Article 430 du Code de procédure pénale.

— Bon, OK, OK. Mais on peut aussi faire les choses à l'envers : on avance sur la plaque pendant qu'on se débrouille pour légaliser la récupération des images, et à la fin on a tout le puzzle. Les images corroboreront la photo.

— Donc perquisition chez Pampin, on est d'accord.

— Laissez-moi du temps. On retrouve la voiture, et moi je réfléchis à un moyen de retrouver les images légalement sans mettre le gros en garde à vue.

— …

— S'il vous plaît !

— …

— Allez…

— D'accord. »

Toulouze est épuisé. Cette fille l'épuise. Mais également, il doit l'avouer, elle le galvanise.

***

Aurèle Bellegarde regarde son téléphone : c'est Serge qui l'appelle. Aurèle fronce les sourcils : ce n'est pas dans leurs habitudes de s'appeler. Ils communiquent surtout par SMS. Sauf quand il ne faut pas laisser de traces, ou quand il y a un problème. Aurèle décroche.

« On a un problème. »

Et voilà. Aurèle n'est pas sûr de vouloir en savoir plus.

« J'ai une réunion qui commence dans cinq minutes. Tu peux me rappeler plus tard ? Ou on en parle ce soir…

— Le type qui a kidnappé et torturé Thomas Bourriol travaille probablement pour la mairie. »

Aurèle venait de se lever. Il se rassoit.

« Le type… quoi ? Mais comment tu sais ça ?

— C'est Rachel. »

Il se relève.

« Rachel ? Qu'est-ce qu'elle… Attends, explique-moi, je comprends rien, c'est… Reprends depuis le début.

— T'as du temps maintenant ? »

Petite pique gratuite de Serge. Une façon de dire « alors tu vois ? J'avais raison, c'est important ». Et de fait, la réunion attendra.

« J'ai du temps.

— Rachel est en binôme avec Toulouze.

— Oui, je sais. Ta grande théorie sur la pédagogie par le contre-exemple.

— Et ce sont eux qui sont sur l'enquête.

— T'as mis Toulouze là-dessus ? »

Serge comprend le reproche, mais l'organisation du commissariat ne peut pas être remise en cause pour un seul individu. Malgré ses insuffisances, Toulouze ne doit pas bénéficier d'un régime d'exception, il a les mêmes responsabilités que tous les hommes de son grade. Son travail est juste surveillé un peu plus étroitement.

« Il était de permanence quand on a découvert Bourriol. Il était le premier officier sur les lieux, c'est son enquête.

— OK, continue.

— Rachel a retrouvé la voiture du kidnappeur.

— Rachel ? Mais c'est formidable ! Comment elle a fait ?

— Elle a mis la main sur des vidéos. C'est une voiture en leasing pour le compte de la mairie.

— …
— …
— Pour le compte de la mairie ?
— Pour le compte de la mairie.
— Une C6 noire ?
— Une C6 noire.
— Merde.
— Merde. »

Aurèle a pâli. Les idées se bousculent, ses paupières clignotent pendant qu'il tente de mettre de l'ordre.

« Faut faire des prélèvements.

— Je vais mettre la PTS sur le coup, mais c'était il y a presque un mois…

— Et la voiture est nettoyée avec un soin maniaque après chaque utilisation. Ils mettent même du pschitt sur le volant. Ce serait un miracle qu'ils trouvent quoi que ce soit.

— Aurèle, qui d'autre que toi utilise cette voiture ?

— Personne. C'est la voiture officielle du maire. Ma vitrine à roulettes. Le haut de gamme français comme démonstration de mon patriotisme, mais sans chauffeur pour rester près du peuple.

— Eh bien, j'ai le regret de t'annoncer que la voiture officielle du maire a transporté Thomas Bourriol dans son coffre juste avant qu'il soit torturé et mutilé. »

Au chevet du malade

Conrad est excité comme un chihuahua cocaïnomane. En entrant dans la chambre, il a fait quelques remarques laconiques sur mon état. Des remarques comme « eh ben, mon p'tit pote, tu verrais ta gueule », ou « tu vas sonner dans les aéroports, maintenant », mais il ne s'est pas attardé sur le sujet. Il n'est pas du genre à en rajouter dans les lamentations et les trémolos. Nous entretenons ce qu'on pourrait appeler une amitié virile. Ce genre d'amitié avare en effusions sentimentales et qui enterre toute possibilité de pathos sous des blagues, du cynisme ou de l'alcool. Parfois les trois, quand la gravité le justifie. Conrad a justement introduit clandestinement dans ma chambre une bouteille de vodka et deux verres. Nous en sommes déjà à la troisième tournée. Je vais probablement le regretter d'une manière ou d'une autre mais, pour l'heure, je profite.

Conrad me raconte qu'il a récupéré des images de mon kidnapping et qu'il les a communiquées à la police.

« On voit la silhouette du gars et on a sa plaque d'immatriculation. Il est cuit.

— Quand tu t'es fait cramer la gueule au plomb fondu, tu es cuit. Littéralement. Là, il est juste identifié de loin.

— Mais sa plaque, mec ! Sa plaque ! »

Il se marre, de son rire communicatif de gamin et je n'ai pas besoin de le voir pour savoir que tout son corps gigote. Je ris aussi, impossible de faire autrement. Ça me fait du bien à l'âme et ça tire sur mes cicatrices. Petites douleurs aiguës, en pelotes d'épingles, un peu partout sur la peau de mon visage. Et puis mon rire s'éteint d'un coup. Je revois très bien la plaque de la voiture. Pas son numéro, mais c'est une des dernières choses que j'ai vues avant de me retrouver enfermé dans le coffre. Mon cœur s'emballe, comme à chaque fois. L'obscurité dans laquelle je suis enfermé devient celle du coffre. L'odeur remonte à mes narines, ou peut-être directement dans mon cerveau. Un mélange de voiture propre, de pneu neuf et d'essence sans plomb. Conrad voit que ça ne va pas. Il pose sa paluche sur mon bras, et étrangement je me calme. Nous restons comme ça quelques secondes.

« Je vais retirer ma main, maintenant. Plus, ça ferait gay.

— OK, enculé. »

Il rit à nouveau, sans savoir que j'ai proféré cet adjectif malgré moi. La chaise sur laquelle il est assis grince. Il se racle la gorge.

« Je peux te poser une question ? il demande.

— Vas-y.

— Pourquoi t'es monté dans le coffre ? Sur les images, on voit que tu n'as même pas essayé de résister.

— Je ne sais pas. C'est *la* question, pas vrai ? C'est celle que je me pose sans cesse. Plus que "pourquoi moi ?", ou "qui est mon tortionnaire ?". Je n'ai pas d'explication. Je me repasse tout en boucle. Je refais le film en changeant la fin, je me vois le désarmer ou lui sauter dessus, je me vois appeler à l'aide, lui claquer ma porte à la gueule, l'ébouillanter avec mon café. J'avais mille façons de lui échapper, ou au moins de lui compliquer la vie. Dans la maison, dans la rue, en sortant du coffre, avant qu'il m'attache. Mille occasions. Mais… mais je n'ai rien fait. »

C'est plus fort que moi, je me mets à sangloter. Pas trop dans les codes de l'amitié virile, mais j'ai des hoquets de désespoir. Conrad ne doit pas savoir comment réagir, pas de paluche cette fois.

« J'avais peur, tu comprends ? J'étais terrifié, putain ! Comme un lapin pris dans les phares d'une voiture ! »

Qu'a-t-il saisi de la bouillie de mots que j'ai crachée entre deux cris de désespoir ? Je l'ignore. Mais ce qu'il me répond me réconforte un peu :

« La police va le choper. Justice sera faite. Tu auras ta revanche. »

Journal de Rachel Kuklinski

15 juillet.

Le monde réel a donc eu raison de ma première enquête.

J'y croyais pourtant… J'ai convaincu Toulouze de me laisser remonter la piste de la plaque d'immatriculation, j'ai convaincu Pampin de me prêter les images, Toulouze de ne rien dire sur leur provenance « pour l'instant », j'ai convaincu Serge (alias MonCommandant) de regarder les vidéos, il ne restait plus qu'à faire examiner la voiture par la PTS, interroger les suspects, organiser une confrontation avec la victime… Enfin, pour résumer, il ne restait plus qu'à faire un travail de flic, ou en tout cas ce que je croyais être un travail de flic… Ce qui serait arrivé si la voiture n'avait pas été le véhicule de fonction d'Aurèle, inutile de se le cacher.

On était quatre pour le visionnage. Serge, Toulouze, Aurèle et moi. Silence prolongé. Toulouze qui regarde ses pieds, Serge qui se racle la gorge, et Aurèle qui serre les dents. J'ai senti que ça n'allait pas le faire, et ça ne l'a pas fait. C'est Aurèle qui a pris la parole le premier. Il a demandé d'où provenaient les images, je lui ai expliqué. Il a dit qu'elles n'étaient pas exploitables, que cette silhouette pouvait être n'importe qui, qu'à la mairie il devait y avoir une dizaine de personnes y compris lui-même qui avaient la même corpulence ; il a dit que légalement on était hors délai pour les exploiter.

Surtout, il a dit que la mairie ne pouvait pas se permettre un scandale de cette nature. Et juste comme ça, par le ton de sa voix, le dossier a été classé.

J'étais estomaquée. Je suis restée muette un moment, puis j'ai tenté un « mais » qu'il a interrompu tout de suite : « Bourriol s'est foutu de nous il y a quelques années, tous ceux qui étaient présents à ce moment-là sont persuadés qu'il a tué sa femme et on n'a jamais réussi à le coincer. Il n'y a même pas eu de procès. Mais parfois, la justice prend d'autres chemins : quelqu'un n'a pas oublié ce qu'il a commis et le lui a fait payer. Je ne vois pas pourquoi le commissariat devrait investir du temps et de l'argent à rechercher cette personne. Il a fait ce qu'il y avait à faire. En ce qui me concerne, l'affaire est bouclée. »

Aurèle Bellegarde qui justifie les actes d'un justicier solitaire ! Je n'aurais jamais cru ça possible.

Et maintenant je me demande : pour enterrer une enquête avec tellement d'entrain, est-il possible que ce soit lui, le coupable ? J'ai du mal à l'imaginer, même si avec ma petite expérience de ce dont sont capables les maires de Fontainebleau, je crois que je ne serais même pas surprise si ça s'avérait. Mais je ne le saurai probablement jamais.

Avec un sens du timing qui force l'admiration, Zina est entrée dans le bureau pour dire que quelqu'un avait volé la cagnotte pour le café. « Voilà une nouvelle enquête pour toi », m'a dit Aurèle.

J'ai jeté un œil à Toulouze, qui regardait fixement le sol. Je le sentais aussi en colère que moi. Il ne disait rien et il n'a rien dit de plus quand Mon-Commandant nous a congédiés. Je me demande si je n'ai pas vu des larmes dans ses yeux.

Dans le couloir, il marchait les épaules baissées. Il s'est laissé tomber sur sa chaise, a posé un regard amer sur les dossiers de l'affaire Bourriol qui s'empilaient sur nos deux bureaux. Il a poussé un gros soupir et j'ai enfin entendu le son de sa voix : « Bon, on va ranger tout ça. » Mais, comme à la fin d'*En attendant Godot*, il est resté immobile. Les mots n'étaient plus assez forts pour déclencher une action. Il m'a vraiment fait de la peine. Je me suis approchée de lui, je lui ai posé la main sur l'épaule et je lui ai dit « Venez, on va prendre un verre dehors ». Il a voulu refuser pendant une seconde, je l'ai bien senti, mais il a fini par me suivre.

Un verre dehors

Le lieutenant Toulouze a le regard perdu dans sa menthe à l'eau. Il n'y a pas touché. La terrasse est au soleil et les glaçons fondent lentement, créant de minuscules circonvolutions d'eau claire à la surface du liquide. « Vous devriez prendre une bière », lui dit la stagiaire, mais Toulouze ne boit jamais d'alcool pendant le service. Service ou pas, il ne boit jamais de menthe à l'eau non plus, d'ailleurs. Qui peut vraiment apprécier une boisson qui a le goût du dentifrice ? Y a-t-il des gens qui avalent leur dentifrice ? Il a accompagné Rachel pour lui faire plaisir. Elle pensait que ça lui ferait du bien, il ne voulait pas la contredire, passer pour un dépressif ou un rabat-joie. Mais la vérité, c'est qu'il est certainement les deux. Ça fait des années que ses joies sont rares et ses déceptions nombreuses.

« Ça vous est déjà arrivé d'être dans une situation comme ça ? lui demande Rachel.

— Une situation comment ?

— Que le chef vous demande d'arrêter une enquête en cours parce qu'elle le dérange. »

Toulouze ne peut retenir un petit mouvement de surprise. Rachel dit les choses sans filtre, lui-même n'avait pas osé se le formuler comme ça : l'enquête dérange le chef. C'est la seule raison de son classement. Il réfléchit un long moment.

« Je ne sais pas. Je pars toujours du principe que les décisions sont motivées par des faits objectifs. Je crois dans les faits. On ne devient pas policier pour s'arranger avec la vérité. Il y a beaucoup de choses qui pourraient me déranger dans mon travail. Des gens qui sont dans le malheur et qui ont fait une bêtise et qui, si l'enquête va au bout, leur mettra encore plus la tête sous l'eau. Par exemple, quelqu'un qui vole à manger. On ne vole pas à manger pour le plaisir, on le fait parce qu'on a faim. Je suis souvent tenté de regarder ailleurs. De laisser passer pour cette fois. Mais la loi m'oblige. La loi, c'est l'outil égalisateur, le même pour tous. Elle trace une ligne claire entre ce qui est permis et ce qui est interdit. Si je déplace cette ligne quand ça m'arrange, quelle est la limite ? Je la fais bouger de ça, et puis de ça, et de ça… Où est-ce que ça finit ? »

Il a d'abord écarté le pouce et l'index d'un petit centimètre, puis d'un peu plus, et encore d'un peu plus, puis l'écart s'est mesuré entre deux mains et ses bras se sont écartés au maximum. Ils restent en l'air un moment, comme les ailes déployées d'un cormoran. Toulouze voit sur le visage de Rachel qu'il n'a pas répondu comme elle aurait voulu. Dans un soupir, il fait retomber ses mains sur la table.

« Est-ce que le chef a déjà étouffé une affaire parce qu'elle le dérangeait, c'est ça que tu me demandes. Je peux juste te répondre ça : je n'en ai jamais eu connaissance. C'est la première fois qu'il le fait si ouvertement. Maintenant, je repense à quelques autres procédures et forcément je me pose des questions. »

Il regarde longuement Rachel.

« Et tu vois, le problème c'est que… C'est que la hiérarchie oblige aussi. J'obéis aux ordres. C'est mon métier.

— Ce n'est pas que ça quand même, ce métier.

— Non, bien sûr. Je dois faire preuve d'initiative aussi, mais dans le cadre qui m'est donné. On n'est pas dans du micromanagement, j'ai le choix de mes méthodes et des pistes que je veux suivre. Mais je dois rendre compte régulièrement et infléchir mon enquête en fonction de ce que ma hiérarchie me demande. Et surtout : si le chef me dit d'enquêter sur telle ou telle affaire, je le fais. Et s'il me dit de ne pas enquêter, je n'enquête pas. Il n'a pas à se justifier, c'est tout le principe de la chaîne de commandement : le chef a raison, le subordonné lui obéit.

— Mais s'il a tort ?

— On ne peut pas questionner les ordres. C'est une question d'efficacité. Le chef te donne un ordre parce qu'il a accès à un niveau supérieur d'informations. S'il doit contextualiser systématiquement, dérouler son raisonnement et exploser ses motifs, tout le monde perd du temps.

— Oui, mais s'il a tort ? Je veux dire objectivement tort ? »

Elle l'agace. Elle met toujours le doigt sur le détail qui l'agace.

« C'est quoi, "objectivement" ? Comment tu détermines que quelqu'un a "objectivement" tort ? Je ne suis pas naïf, je sais que les flics arrangent souvent un peu la vérité, changent des dates de PV, glissent des détails sous le tapis, en exagèrent d'autres. Je le vois tous les jours. J'essaie de ne pas le faire, de rester aussi droit que possible et tout ce que ça m'apporte, ce sont des moqueries et la défiance de mes collègues qui n'ont pas confiance en moi. Je n'ai que la satisfaction du travail bien fait pour me tenir chaud le soir. J'ai dit n'importe quoi sur cette ligne claire qui sépare le bien du mal, il n'y a que dans les dessins animés que cette ligne existe. Même quand toutes les preuves accablent le coupable, la justice peut le blanchir complètement. Alors, dis-moi : qu'est-ce qui est "objectivement" du mauvais côté de cette ligne ? »

Rachel réfléchit un moment. Elle est beaucoup plus futée que la grande majorité des stagiaires qu'il a pu croiser. Beaucoup plus futée que la plupart des élèves sortis de l'école de police et que bon nombre de flics en poste depuis des années, officiers compris. Toulouze ne peut s'empêcher de penser qu'elle est sans doute plus futée que lui aussi.

« Je comprends ce que vous dites sur la hiérarchie, sur la nécessité d'obéir sans discuter, sur la confiance qu'on doit accorder *a priori* à nos chefs. Je comprends qu'on ne demande pas de justification à nos supérieurs. Mais là, c'est différent : il nous a donné une justification et il a objectivement tort. On a assisté à tout le processus qui a conduit le commandant à nous retirer l'enquête – pas à nous la retirer : à l'enterrer complètement. On était présents et on a vu que la seule raison pour laquelle il arrête tout, c'est que le maire le lui a demandé. C'est-à-dire son ancien supérieur, son ami de longue date, l'homme grâce à qui le commandant est en place. Et pourquoi le maire lui demande-t-il ça ? Parce que cette affaire risque de lui faire perdre des points dans les sondages. J'ai faux ? »

Il n'y a rien à répondre à ça, elle a raison, bien sûr. Mais ça ne l'empêche pas d'enfoncer le clou.

« On est clairement face à un conflit d'intérêts ! Je vous vois en plein dilemme, là. Vous obéissez, mais vous savez que l'ordre que vous avez reçu n'est pas correct. Qu'il est même sans doute illégal. Alors, comment vous faites la balance des trucs qui vous obligent, comme vous dites ? La loyauté d'un côté, le fameux esprit de corps de la police, dont vous venez de dire que vous vous sentez exclu. De l'autre côté, la loi, que nul n'est censé ignorer, comme on nous le rabâche tous les jours à l'école de police. Vous hésitez vraiment ?

— Si on s'oppose au chef, on va se mettre tout le monde à dos. Pas parce qu'on s'est opposés à lui, mais parce que ça va mettre au jour ses petites magouilles avec le maire. Ce sera pris comme de la délation. Tu veux te voir coller l'étiquette de la traîtresse dès ton premier stage ? Les rancunes sont tenaces dans la maison.

— Je m'en fous complètement. Si ça part en cacahuète, je trouverai un autre boulot ailleurs. Je ne suis pas là par vocation. J'ai choisi la police par facilité, parce que j'étais paumée et que j'avais des exemples dans mon entourage. »

Rachel voudrait ravaler cette dernière phrase, ce qui n'échappe pas à Toulouze. Son « entourage ». C'est ce mot qu'elle voudrait effacer. Elle a gaffé. Elle a failli trahir son secret, croit-elle. Ce qu'elle ignore, c'est que ce secret n'en est un pour personne. Toulouze décide que c'est le moment de le lui apprendre, mais elle le coupe avant qu'il puisse en placer une.

« Moi je peux partir demain, ça m'est égal. C'est pour vous que la décision est difficile.

— Pour toi aussi, Rachel, ne minimise pas. Tu trahirais tes parents adoptifs. »

La stupéfaction de Rachel est presque comique. Les yeux ronds, la bouche entrouverte, on dirait un personnage de BD. Toulouze fait ce qu'il peut pour ne pas rire. Pour une fois, il lui a claqué le beignet.

« De quoi vous… Comment vous le savez ?

— Je suis flic. Tout le monde sait au commissariat. Tout le monde sait qu'ils sont en couple, tout le monde sait qu'ils t'ont adoptée après l'assassinat de ton père et le suicide de ta mère. Ils essaient de le cacher et on fait tous semblant de ne rien voir. Et je vais te dire : je suis sûr que le commandant et le maire savent qu'on sait. Ils ne sont pas naïfs. Il y a juste un accord tacite de ne pas en parler.

— OK, donc, vous savez que je dois ma place ici à un honteux piston, dit Rachel en plongeant sa tête entre ses mains. La honte, putain.

— Ton piston n'a rien de honteux. Il faudrait faire des statistiques, mais je pense qu'un job sur deux est obtenu sur “recommandation”, entre guillemets. Je ne te parle pas des boulots de serveur à McDo, mais les vrais jobs, ceux dans lesquels tu vas faire carrière…

— Y a des gens qui font carrière à McDo.

— Je suppose. Mais je ne suis pas en train de parler de McDo, là, on s'en fout de McDo. Ce que je dis, c'est qu'un recruteur devant une pile de CV aura toujours tendance à accueillir avec plus de bienveillance quelqu'un qui lui a été recommandé. Un ami, l'ami d'un ami, le cousin d'un collègue… Ça ne remet pas en cause la valeur du candidat mais, si les mots ont un sens, il a été pistonné.

— N'empêche que c'est la honte. C'est pas un truc qui se revendique, ça reste toujours un peu sous le tapis. Là, je sais pas comment je vais pouvoir retourner au commissariat, je vais pas savoir où me mettre. Tout le monde est au courant, putain ! Ils doivent tellement me prendre pour une tocarde…

— Ce n'est pas la honte parce qu'ils voient que tu ne bénéficies pas d'un traitement de faveur. Tu tiens l'accueil, tu passes la journée dans la cave, tu es même en binôme avec moi, qui voudrait d'une punition pareille ? »

Toulouze tente un sourire, qui se révèle plus amer qu'il ne l'aurait voulu. Rachel lâche un long soupir, fixe le vide un moment et décide que le sujet est clos.

« Bon, comment on peut continuer l'enquête que Serge nous a retirée ?

— Serge ?

— Oui, bon, le commandant, pardon.
— On ne peut pas vraiment. À moins d'un nouvel élément très solide, on n'a aucun levier.
— Solide genre quoi ?
— Solide genre identifier le kidnappeur.
— Ah ouais. Solide. »

Rachel réfléchit avec intensité. Si Toulouze aime bien sa détermination à ne jamais laisser tomber, il sait qu'elle est surtout due à sa jeunesse. Pour durer dans le métier, il faudra que cette stagiaire apprenne à ne pas s'acharner sur les causes perdues. Il y a trop de boulot dans la police pour s'enfoncer dans des impasses.

« Est-ce qu'un crime comme celui-là peut être exécuté complètement au pif ? demande-t-elle.
— C'est-à-dire ?
— Est-ce qu'on peut imaginer que la victime ait été choisie au hasard, que c'est la faute à pas de chance, comme une fille qui se fait violer parce qu'elle était dans la mauvaise ruelle au mauvais moment ?
— Non, impossible. Le type a sonné chez Thomas Bourriol, la voiture a été empruntée juste pour ça et la forge n'a pas été choisie au hasard, elle a forcément été repérée avant. Tout ça a été soigneusement prémédité.
— Donc, on cherche quelqu'un qui en veut personnellement à Bourriol.
— Oui. Il l'a kidnappé, mais ne l'a pas tué. Il l'a mutilé, ça porte tous les signes d'un crime… personnalisé.
— Une vengeance ?

— Une vengeance, peut-être. Ou une jalousie… Il y a plein de situations possibles. Il peut s'agir d'une rivalité amoureuse, une fille qui leur plaisait à tous les deux. Peut-être même que l'agresseur et l'agressé sont amants, ou l'ont été.

— Bourriol dit qu'il n'a pas reconnu son agresseur. Il pourrait mentir ?

— S'il a quelque chose à cacher, oui, bien sûr. La parole des victimes est toujours sujette à caution.

— Aurèle… enfin le maire, dit que c'est un règlement de comptes. Quelqu'un qui pense que Bourriol a tué sa femme et le lui fait payer plusieurs années après.

— Oui. C'est possible aussi. C'est même assez crédible, en fait.

— Qui pourrait lui en vouloir à ce point ?

— Un membre de la famille. Ou en tout cas un proche de sa femme.

— Et qui travaillerait à la mairie, donc.

— Rachel, laisse tomber. L'enquête est finie. Il faut passer à autre chose. Tu… »

Elle ne lui laisse pas le temps de finir.

« J'ai accès à la mairie, je peux y aller quand je veux, tout le monde me connaît !

— Je ne veux pas le savoir.

— Je peux trouver la liste de tous les employés de la mairie. Faire des recoupements avec les témoins qui ont été interrogés à la mort de sa femme. »

Toulouze est horripilé par tant de naïveté.

« Ah oui ? Et comment tu la trouves, cette liste ? Tu penses qu'il y a un papier bien en évidence avec les noms de tout le monde ? Tu l'as vu ? Tu sais où il est ?

— Ben, euh…

— La liste des employés, elle est dans des ordinateurs, à la DRH, ou je ne sais pas où. Comment tu vas y accéder ? Tu as les codes ? Tu sais te servir des logiciels de paie ?

— Non, bien sûr…

— Redescends sur terre, Rachel. L'enquête t'a été retirée. La procédure est close. Si tu entres sans mandat dans le système informatique d'une administration, tu perds ton job et tu vas en taule direct. Garde à vue, procès, tout le bazar. »

Rachel ne dit rien. La colère de Toulouze a dû lui remettre les idées en place, en tout cas, c'est ce qu'il espère. Quand elle finit par reprendre la parole, sa voix est mal assurée.

« Ça me rend dingue. Je suis sûre que les indices sont là, pas loin. Que la résolution de cette affaire est à notre portée. Et si elle est vraiment liée à la mort de Laureline Bourriol, alors on peut résoudre deux affaires. »

Elle se lève, froide et droite.

« Abandonnez si vous voulez. Mais vous ne m'empêcherez pas de continuer. Ni vous, ni Serge, ni Aurèle, ni personne. »

Elle s'en va. Toulouze n'essaie pas de la retenir. Que lui dirait-il ? Qu'elle n'a pas le droit ? Qu'il n'est pas d'accord ? Elle le sait déjà. Quels que soient ses arguments, elle n'en tiendra pas compte. Elle ira au bout de son idée et ça va très mal finir.

Toulouze repousse sa menthe à l'eau et commande un demi.

Home, sweet home

Le retour chez moi a d'abord été assez doux. Marilou m'accompagnait, ainsi que Conrad. Je sens comme une petite rivalité entre eux, mais rien de méchant. Une sorte de compétition pour décrocher la médaille du meilleur ami, ou quelque chose comme ça. Ils sont aux petits soins, chacun à sa manière. Conrad m'a fait un stock de bières et une playlist de ses morceaux préférés – pas des miens apparemment, à l'exception de Duran Duran. Il a rangé mes DVD en ordre alphabétique, il a même mis dessus une petite étiquette en braille « pour quand tu sauras brailler ». Marilou a tout nettoyé de fond en comble, elle a organisé la cuisine, dégagé les espaces, elle a passé un temps infini à me guider dans les quatre pièces de ma petite maison. C'est plus simple qu'à l'hôpital, je connais les lieux, je les ai déjà parcourus de nuit, pour un grignotage nocturne, pour aller pisser, pour toutes les raisons qui font qu'on se lève à deux heures du matin. Elle m'a donné un cours sur l'utilisation de la cuisine, de la salle de bains, sur le fait que dorénavant chaque objet doit avoir une place unique. Elle m'a fait poser les mains sur chaque surface plane de mon appartement : commode, étagères, plans de travail, table, bar, vasques, bords de fenêtre… Elle a tenté de me faire mémoriser tout ce qui s'y trouvait. Évidemment, j'ai perdu le fil au bout d'une dizaine de bidules. Il me faudra des semaines pour ingérer toutes ces informations, si possible à des moments où Conrad n'est pas là pour tout commenter avec ironie ou pour trouver une blague par minute – obscène une fois sur cinq pour choquer Marilou. Il veut absolument que tout reste léger, qu'on rigole comme avant, comme si rien n'avait changé. Ce duo incroyablement dissemblable a au moins un point commun : ils en font trop. Ils finissent par m'étouffer, j'ai besoin qu'ils me laissent respirer… Enfin, ça, c'est quand ils sont là. Parce que depuis leur départ, depuis que je suis seul, « enfin seul » pour la première fois depuis mon agression, je n'ai envie que d'une chose : qu'ils reviennent. Je leur laisserai ma chambre, ils se relaieront toutes les douze heures, on vivra comme ça pour toujours… et ils empêcheront la panique de monter.

La maison est trop vide. Ça a commencé comme ça, dès que la porte s'est refermée derrière eux. L'écho de leur présence s'est évanoui en quelques secondes et l'espace s'est progressivement saturé de calme et de silence. Comme si j'avais plongé la tête sous l'eau et que je m'enfonçais de plus en plus. *La maison est trop vide*, j'ai pensé. Je vais devenir fou, je vais hurler, me taper la tête contre les murs, provoquer une catastrophe, n'importe quoi pourvu que ce silence ne m'avale pas tout entier. Mais le silence s'est dissipé. Ou plutôt, il s'est laissé pénétrer de mille petits bruits qui sont arrivés un à un. Les sons de la rue, des voitures, des voix, des pas, des vélos, des rires, des pleurs d'enfants, quelques bourrasques dans les feuillages, le bus qui s'arrête et qui repart, un klaxon de temps en temps… Les sons des maisons mitoyennes aussi. Une conversation étouffée, sans doute à la télé. Une chasse d'eau, des talons sur du parquet, de la vaisselle, un mixeur, de l'eau qui coule, un sèche-cheveux.

Je reprends doucement le contrôle de mon environnement. Je me concentre sur ce que j'entends. Ronronnement, sonnerie, cliquetis, grincement, froufrou, grésillement, musique, babil, clapotis, grondement, choc, raclement, alarme, voix, aboiement… Tous ces bruits font naître des images en moi. Me font oublier que je suis aveugle. Je m'y accroche avec toute la volonté dont je suis capable. Et ça fonctionne. La panique a reflué, le temps a passé, j'ai fini par ôter mes chaussures et m'endormir sur le canapé.

Mais maintenant je suis éveillé. Les bruits ont changé, c'est la nuit. Quelle heure ? Je tapote la montre que Marilou m'a offerte. C'est une montre parlante, elle indique deux-heuuurrr-trenteu-trrois-minuuuteu. Première chose à faire : trouver les toilettes et vider ma vessie. Assis. Putain, j'arrive quand même à en foutre partout, ça goutte par-devant, ça fait ploc-ploc sur mon jean abaissé entre mes mollets et je sens une flaque tiède s'élargir contre mon pied gauche. Il faudra que je pense à viser vers l'arrière, à l'avenir.

Je me débarrasse de mon pantalon. Je devrais pouvoir trouver une éponge quelque part. Je tâtonne un peu partout, ce qui n'a qu'un seul effet : faire tomber des objets en cascade. J'essaie de les rattraper, mais ça ne fait qu'empirer les choses, il y a comme un effet domino, ça se casse la gueule de partout… Un flacon éclate au sol. Un flacon de quoi ? Quelques secondes plus tard, mes narines m'offrent la réponse : un flacon de parfum, celui de Laureline que je n'ai jamais jeté.

Marilou m'a prévenu : un aveugle ne peut pas se permettre de marcher pieds nus ou en chaussettes. La bouteille de parfum a dû éparpiller des bouts de verre partout, au moindre pas, je peux m'enfoncer un éclat dans la plante du pied. Je fais glisser ma main sur le mur, à côté de la porte, à la recherche de l'interrupteur. Je le trouve, j'appuie… Et rien ne se passe.

J'avais oublié. C'est la première fois que j'oublie, je ne pensais pas que c'était possible d'oublier une chose pareille : que la lumière plus jamais ne s'allumera. Des ténèbres sans fin.

La panique revient. Je respire profondément, ainsi que Marilou me l'a enseigné. Je m'enracine, comme elle dit. Je retrouve mon centre de gravité, j'ancre mes pieds dans le sol comme s'ils pouvaient s'y enfoncer, je redresse le dos et les épaules, je libère ma cage thoracique. Ça fonctionne à peu près. Pas aussi bien que je voudrais, mais suffisamment pour que je me ressaisisse.

Si mon sens de l'orientation ne me trompe pas, mon jean est par terre à côté de la douche. Je peux y être en un pas, il suffit que j'ose le faire. Je tends la jambe dans la bonne direction, je pose mon pied avec précaution : il atterrit sur le denim. Enfin, quelque chose qui se passe comme prévu. Je ramène le pantalon vers moi. Des petits tintements de verre brisé se font entendre le long du trajet. Je pose mon deuxième pied sur le jean. Maintenant je suis à l'abri des coupures. Je vais tenter un prudent glissé-chaloupé, les pieds calés dans le tissu, et sortir de cette salle de bains sans une égratignure. Mais au premier pas, mon plan échoue :

il y avait un morceau de verre *sur* le jean, qui vient se planter entre mon gros orteil et celui d'à côté. Je crie de douleur, je perds l'équilibre, je m'étale de tout mon long dans le verre et la pisse.

Rien ne peut retenir le cri de désespoir que je pousse.

Il y avait un morceau de verre sur le [illegible], qui vient de [illegible] entre mon gros orteil et celui d'à côté [illegible] je perds l'équilibre [illegible] tout mon long dans le verre et la [illegible].

Rien ne peut [illegible] que je pousse.

Le lendemain

[illegible] il y a encore [illegible] de l'[illegible] pour le [illegible] [illegible] Je [illegible] en [illegible] de [illegible] j'ai vu en [illegible] en [illegible] d'hôpital, mais là c'est différent, tu es chez [illegible] [illegible] [illegible] [illegible] [illegible] des clés [illegible] [illegible] [illegible] [illegible] [illegible] encore [illegible] [illegible] [illegible] de [illegible] [illegible] [illegible] dans [illegible] [illegible] de [illegible] [illegible] [illegible] de la [illegible] [illegible]

Je [illegible] à l'[illegible] [illegible] [illegible] [illegible] Il y a des [illegible] le [illegible] [illegible] Il y a aussi un

Le lendemain

Sous le bouton de la sonnette, il y a encore le nom de Laureline à côté du tien. Je sonne pour la deuxième fois, tu ne réponds pas. Je ne m'inquiète pas outre mesure, tu as sans doute du mal à te diriger, tu avances lentement. Ou peut-être que tu es en train de te débattre avec tes vêtements. Je t'ai vu en pyjama et en blouse d'hôpital, mais là c'est différent, tu es chez toi, tu ne voudras peut-être pas te présenter à moi vêtu n'importe comment. Même aveugle, on est soucieux de l'image qu'on renvoie. J'utilise le double des clés pour ouvrir la porte. Pas de désordre particulier. Tes chaussures au pied du canapé. Il est huit heures trente et tu ne sembles pas avoir pris de petit déjeuner, la cuisine est impeccable. Est-ce que tu dors encore ? J'ouvre le frigo, les plats que je t'ai préparés n'ont pas été touchés. La seule incongruité que je décèle dans cette maison est une forte odeur de parfum féminin. Est-ce que tu as eu de la visite ? Est-ce tu as *payé* de la visite ? Si oui, la visiteuse est-elle encore là ?

Je monte silencieusement à l'étage, et mon cœur coule comme un plomb. Il y a des traînées de sang sur le parquet, quelqu'un a marché dedans. Il y a aussi un pantalon ensanglanté, du verre brisé. Des objets renversés jonchent la salle de bains.

« Thomas ? »

Aucune réponse. Les traces de sang mènent à la chambre à coucher, dont la porte est fermée.

« Thomas ? »

Deux syllabes seulement, mais un tressaillement bien audible dans ma voix. J'ai peur de ce que je vais trouver derrière cette porte. Je toque doucement, le plus naturellement possible.

« Thomas, j'entre ! »

Je tourne la poignée de la porte, je pousse… Mais ça résiste. Quelque chose fait obstacle. Maintenant je tape, je tambourine de toutes mes forces. Je t'appelle et tu ne réponds toujours pas. Je donne des coups d'épaule, la porte s'entrouvre. Je peux voir que c'est ta commode qui a été placée là. J'appuie de toutes mes forces sur la porte, le meuble se déplace par à-coups. Finalement, je peux passer une épaule, la tête, le corps tout entier. Il n'y a personne. Le lit n'a même pas été défait. Mais il y a encore du sang par terre. Une piste en pointillé qui mène jusqu'à la porte du placard. Je m'en approche et je l'ouvre à la volée.

Tu es là, recroquevillé comme un animal terrifié, assis au fond de la penderie, entre les robes et les chemisiers. Tu sanglotes.

« Je suis désolé ! Je suis désolé ! »

Tu le répètes encore et encore.

***

Conrad est arrivé peu après. Nous avons réussi à te convaincre de sortir de ton placard. Pâle et hagard, encore plus que d'habitude, sursautant au moindre bruit. Nous t'avons assis sur le lit. Conrad ne savait pas trop quoi faire après ça, il a proposé d'aller préparer un petit déjeuner. Avec lui, la solution à tous les problèmes, c'est la nourriture ou l'alcool.

Tu tiens serrée en boule contre toi une robe qui a probablement appartenu à Laureline. Comment se fait-il après tout ce temps que ses habits soient encore dans la penderie ? Je ne vais pas t'ennuyer avec ça, ce n'est pas le moment, mais je trouve que c'est malsain. Tu ne peux pas vivre dans le passé comme ça, tu ne peux pas fétichiser les habits d'une morte. Est-ce que tu fais partie de ces gens qui collent soudain une auréole de sainteté aux personnes disparues ? Si tu voyais dans quel état tu t'es mis. Ça me met en colère que tu t'accroches à un vieux vêtement comme s'il pouvait te sauver. Il n'y a pas d'objet magique : il n'y a que la volonté de s'en sortir.

Je t'ai assis sur le lit, tu essaies d'expliquer, au début ça n'a ni queue ni tête, les mots sortent en désordre, entrecoupés d'insultes et de jurons. Mais tu finis par te ressaisir et organiser tes paroles.

« C'est la nuit, vous savez bien, des pensées nous viennent. Merde merde merde con con con. Toutoutoutoutoutous ces bruits, la maison qui craque. J'ai entendu gragragratter à la porte, ou alors j'ai rêvé, mais ça revient au même. J'ai flippé. Je sais, c'est con CON, je m'en rends compte maintenant, mais ça semblait tellement vrai… J'étais persuadé que c'était lui ! »

Je t'écoute en désinfectant la vilaine plaie que tu as au pied. Ça a beaucoup saigné.

« Mangez. »

Tu croques dans une barre de céréales que j'ai trouvée dans mon sac. Quelque chose de simple et nourrissant, qui ne demande pas de préparation ni de couverts. Au rez-de-chaussée, Conrad s'active. Si j'en juge par l'odeur qui monte de la cuisine, ce sera des œufs et du bacon. Ça me donne faim. Tu as un peu repris tes esprits.

« La dernière fois que j'ai été ici tout seul, quelqu'un est entré chez moi, m'a emmené et m'a torturé. Il connaît mon adresse. Il pourrait revenir n'importe quand. Connard CONNARD FILS DE PUTE ! Il pourrait revenir n'importe quand, n'importe quand, il pourrait revenir, n'importe quand. Les gens qui marchent dehors. Les bruits de la maison.

— Oui.

— Je me suis enfermé ici pour qu'il ne puisse pas me trouver. Enfin pour le retarder. Avec mon téléphone, pour appeler en cadu en cadu en cadu MEEEERDE SALOPE rgence. En cas d'urgence. Mais je crois que la batterie est tombée en panne. »

***

Je t'ai fait descendre l'escalier en restant derrière toi. Tu t'es bien débrouillé. Nous nous installons à table avec Conrad, qui nous a servi le petit déjeuner le plus calorique qu'on puisse imaginer.

« Vous avez cuit le pain de mie dans la graisse du bacon ? Vous n'avez pas vu le grille-pain ?

— Il fallait pas laisser perdre ce bon gras ! Et c'est meilleur comme ça de toute façon. »

Sans faire de commentaires, je vais prendre une tranche de pain dans le sachet et je la glisse dans le grille-pain. Conrad ne me laisse pas m'en sortir si facilement.

« Vous savez que c'est la définition même d'un comportement passif-agressif, ce que vous faites ?

— Je suis désolée, je ne peux pas manger ça. Je ne voulais pas être désobligeante. D'ailleurs, j'ai déjà petit-déjeuné, vous auriez dû me demander si j'avais faim. Je me mets à table avec vous par politesse.

— Ah ouais ? Par politesse ? Vous avez déjeuné quoi ? Un café ? Je l'ai entendu gargouiller, votre ventre, quand j'ai posé votre assiette. Qui peut résister au bacon de toute façon ? Rien de tel qu'une bonne tranche de gras de cochon mort pour se sentir vivant. »

Ce garçon est désarçonnant. Je ne sais pas s'il se dispute avec moi ou s'il s'amuse. Je me rassois à table. Je repousse le pain frit, mais je grignote une tranche de bacon impeccablement cuit, je dois le reconnaître.

« C'est vrai qu'une tranche de bacon de temps à autre ne peut pas faire de mal.

— Le tout, c'est de ne pas en abuser. Pas plus d'une fois par jour pour moi.

— Sérieusement ? Vous mangez ce petit déjeuner tous les matins ?

— Celui-là ou une variation de celui-là, oui. Ce qui ne varie jamais, c'est qu'il y a du bacon.

— Mais… vous n'avez pas peur de l'infarctus ? »

Il rigole comme un enfant, s'essuie les doigts dans un morceau de Sopalin et se penche vers moi avec l'air d'un homme qui va me révéler les secrets de l'univers.

« Dites-moi, Marilou… Vous avez déjà entendu la phrase “Vis chaque jour comme si c'était ton dernier” ?

— Oui.

— Quelle est la proportion de gens qui ont prononcé cette phrase et qui l'appliquent effectivement, jour après jour, d'après vous ? 5 % ? 2 ? 0,01 ? »

Tu assistes à la conversation sans la commenter. Je vois bien que tu écoutes, mais tu es concentré sur ta nourriture. Tu l'effleures du bout des doigts pour pousser les œufs sur ta fourchette, ou pour saisir un morceau de bacon. L'exercice requiert toute ton attention.

« Très peu de gens appliquent ce principe parce que c'est impossible. Ce que cette phrase dit, c'est qu'il faut ignorer les conséquences. Imaginez qu'il n'y ait pas de conséquences. S'il n'y avait vraiment pas de lendemain, est-ce qu'on irait travailler ? Bien sûr que non. Est-ce qu'on ferait du sport ? Est-ce qu'on ferait le ménage ou la vaisselle ? Non plus. Mais on est forcés de se farcir tous ces trucs chiants parce que, en réalité, il y aura bien un lendemain, et un jour après, et encore après. Il faut prévoir, être prudent, prendre en compte ses amis, sa famille, pouvoir remplir son frigo et payer son loyer. Même un punk à chien qui n'en a rien à foutre de rien doit gérer son budget s'il veut nourrir son clébard tous les jours. »

Tu interviens. Ta voix me surprend : tu as retrouvé de la joie. Je perçois même une pointe d'humour. Les stupidités de Conrad t'amusent.

« Ne vous inquiétez pas, Marilou. Il va retomber sur ses pattes. Ça va revenir au bacon.

— Egjactement ! confirme Conrad la bouche pleine. Le bacon ! Et la bouffe en général. C'est par là que je lutte. C'est LE domaine où, pour moi, il n'y a pas de conséquence. Je mange comme si demain n'existait pas. Si je dois mourir ce soir, est-ce que je veux que mon dernier petit-déj soit un bol de All Bran ? Que mon ultime dîner soit du putain de quinoa aux brocolis ? *Hell no !* Si chaque repas peut être mon repas final, chaque bouchée doit être un délice. Tous les jours, il y a des gens qui meurent étouffés parce qu'ils ont avalé leur nourriture de travers. Si ça doit m'arriver, je veux qu'on retrouve un énorme morceau de burger dans ma gorge, pas un gros grumeau de porridge froid. »

Je lui concède que ça a du sens, même si je n'ai rien contre le brocoli ou le porridge. C'est vrai qu'il est drôle, ce garçon. Et terriblement obèse aussi. Je ne le lui fais pas remarquer, mais il sait bien que c'est ce que tout le monde doit penser en écoutant son discours.

« Attention, j'ai bien dit que je mangeais *comme si* les conséquences n'existaient pas. Mais regardez-moi : elles existent. Cent soixante-dix-huit kilos au dernier pesage. J'achète mes fringues dans des boutiques en ligne. On me regarde de travers quand je m'assois dans un bus parce que je prends trop de place. Les gonzesses ne se précipitent pas pour me demander en mariage. Mais je m'en cogne. Au moins, j'ai du plaisir tous les jours, trois fois par jour. Peu de gens peuvent en dire autant.

— Je vais reprendre du café, dis-tu en te mettant debout avec ta tasse.

Tu nous entends nous lever pour t'aider, mais tu nous arrêtes d'un geste.

— Laissez-moi faire tout seul. Au pire, on épongera. »

Tu trouves le plan de travail, puis les plaques de gaz et enfin la cafetière. Tu retires tes doigts aussi vite que tu les as posés : c'est une cafetière à l'italienne et le récipient en aluminium est encore brûlant. Tu tapotes prudemment l'objet jusqu'à trouver la poignée de bakélite. Tu l'empoignes, tu poses le bec verseur sur le bord de ta tasse. Comme je te l'ai appris, tu glisses l'index dans la tasse : il te servira de repère. Tu verses prudemment le liquide. Quand le niveau atteint ton doigt, tu relèves la cafetière.

Tu t'es servi un café tout seul.

Conrad et moi avons assisté à la scène en silence, presque en retenant notre souffle. Conrad t'applaudit, je fais pareil. C'est plus fort que nous, comme si nous avions assisté à un exploit. Ça te fait rire, et nous aussi. Conrad siffle entre ses doigts. Tu te rassois à table sans le moindre problème. Ce petit déjeuner n'est pas aussi lugubre que je le craignais. Tu avales une ou deux gorgées de ce café bravement conquis. Je vois que tu les savoures. Tu poses lentement ta tasse et tu prends la parole.

« Je sais ce que c'est de vivre ses dernières minutes. De savoir qu'on va mourir, qu'on ne verra pas le lendemain… Bon, fi-fi-fi-finalement j'ai survécu, même si je n'ai pas vu le lendemain, ni rien d'autre depuis.

— Ah, super. Le mec qui recasse l'ambiance direct.

— Je n'ai jamais pensé à ce que j'avais mangé ce midi-là. »

Je ne sais pas quoi répondre à ça. Conrad, lui, ne se démonte pas, il enfonce le clou bien trop loin. Je ne sais plus où me mettre.

« Ouais, mais si t'y étais passé, on l'aurait su à l'autopsie, et s'ils avaient découvert un truc honteux genre des choux de Bruxelles, ç'aurait été l'humiliation de trop, si tu veux mon avis.

— Quand j'étais attaché sur l'établi, je me demandais pourquoi ça tombait sur moi, qui était ce mec. Je me demandais ce qu'il allait faire, j'ai tout imaginé. Sauf le plomb bien sûr, qui pourrait imaginer un truc pareil ? Mais après le plomb, j'ai imaginé encore pire. PUTAIN ! Et surtout, j'étais sûr et certain que j'allais mou-mou-mourir sans jamais savoir. Sans jamais savoir, j'allais mourir. Que le type allait juste me faire mal jusqu'à-jusqu'à ce que je devienne fou et qu'à la fin, quoi qu'il arrive, il allait me-me-me-me tuer, CET ENCULÉ D'ENCULÉ D'ENCULÉ !

— Ouais. Ça a dû être chaud, quand même.

— Brûlant, si tu veux tout savoir, dis-tu avec un ricanement poussif.

— Le truc, c'est que toutes ces questions, je me les pose encore, en boucle. En boucle. En bou-bou-boucle. Pourquoi moi ? Qui est ce mec ? Et… »

Tu t'arrêtes. Tu inspires par à-coups, tu expires spasmodiquement. Je te demande si ça va, tu hoches la tête, tu agites la main. Je te laisse te calmer. Conrad me jette un regard inquiet. Il ne saurait pas quoi faire si tu avais une crise de panique ou de spasmophilie. Il serait temps qu'il réalise que je sers réellement à quelque chose. Que tu as plus besoin de moi que de lui. Tu reprends.

« Et la question que je ne veux pas me poser, mais qui PUTAIN revient toujours. Qu'est-ce qu'il va me faire maintenant ?

— Wooow, mec, il va rien te faire du tout. J'ai filé les images à la police, c'est qu'une question de jours, peut-être même d'heures avant qu'ils le chopent.

— Excusez-moi, vous avez… Vous avez des images du coupable ? Vous avez vu son visage ?

— Non, on voit sa silhouette et sa voiture. Mais ça devrait être une formalité de le retrouver. »

Je n'étais pas au courant. Cet homme, « le coupable » comme ils disent, m'a toujours paru virtuel. Une entité étrangère au monde réel, presque théorique. Qu'un individu pareil existe réellement, ça défie l'entendement. Jusqu'à ce que je voie ce qu'il t'a fait, je ne croyais pas ça possible. Et maintenant, savoir qu'il existe des images de cette personne, ça le rend tellement concret. Il a une existence physique. Il pourrait être appréhendé. Il pourrait expliquer son acte. Il est là, quelque part, et il peut encore faire du mal. Cette éventualité me glace.

« Pourquoi il reviendrait pas sonner à ma porte, hein, CONNARD TU ME FAIS CHIER ! Pardon.

— T'excuse pas, je le prends comme une marque d'affection. Mais il ne va pas revenir. Il est recherché.

— Et alors ? Tant qu'il est pas derrière les barreaux, qu'est-ce qui l'empêche de venir terminer le travail ? Il devrait y avoir des flics devant chez moi jour et nuit. Où est-ce qu'ils sont ces MERDEUX DE COUILLES MOLLES !

— Je peux rester avec vous si vous le souhaitez. »

La phrase est sortie toute seule, je n'y ai pas réfléchi. Je ne peux pas supporter de te savoir terrifié comme ça, heure après heure, toute la journée. Je veux que tu te sentes rassuré, que tu saches qu'il y a quelqu'un avec toi, qui peut voir à ta place, qui peut agir à ta place. Si ton tortionnaire venait à reparaître, il me trouverait sur son chemin.

Tu protestes, tu refuses, mais je sais que c'est pour la forme. Je vais emménager chez toi. Conrad a une petite mine contrariée, mais il ne pourra rien faire pour m'en empêcher.

Journal de Rachel Kuklinski

16 juillet. Soir.

La mairie, je peux y entrer comme je veux, j'y suis chez moi. Tout le monde me connaît depuis mon enfance, mon père était maire de ma naissance à sa mort. J'étais le bébé adorable, la fillette rigolote, l'ado provocante ou boudeuse… Et puis je suis devenue l'orpheline tragique, et mon nouveau père est devenu maire à son tour. Je dispose dans ce bâtiment d'une cote de popularité imbattable, pour toutes les bonnes et les mauvaises raisons qu'on pourra trouver. Les humains sont des affectifs, pour le pire et pour le meilleur.

La cheffe comptable s'appelle Dominique Piquet, mais tout le monde l'appelle Dodo, et moi aussi. C'est sans doute une des plus anciennes employées de la mairie, je me souviens qu'elle me prenait sur ses genoux quand j'étais petite, et qu'elle avait toujours dans le tiroir du bas de son bureau un paquet de barquettes à la confiture de Lu. Elle a arrêté quand je suis devenue une ado obsédée par son poids et qu'elle a vu que je les refusais systématiquement.

Quelques semaines après la mort de mes parents, je suis revenue à la mairie pour récupérer les affaires de mon père. C'était la première fois que j'y remettais les pieds. J'ai été accueillie avec des regards désolés de tout le monde, certains m'ont évitée, incapables de faire face à une adolescente qui venait de perdre ses deux parents de mort violente. Moi-même, j'étais incapable de faire face à quiconque venait me présenter ses condoléances ou me serrer dans ses bras… Depuis des semaines, je n'avais pas versé une larme, j'étais comme insensibilisée, froide comme le marbre de la pierre tombale sous laquelle mes parents reposaient (sous laquelle ils reposent toujours, ensemble, dans le caveau que mon père avait pris la peine d'acheter à l'époque où il aimait encore ma mère – s'il l'a jamais aimée. Je ne peux pas m'empêcher de penser que, s'ils avaient eu le choix au jour de leur mort, ils auraient préféré être enterrés séparément).

Dodo m'a vue passer devant la porte ouverte de son bureau et m'a fait signe de la rejoindre. Je craignais une nouvelle effusion de sentiments, mais je ne pouvais pas lui refuser ça. Il fallait bien en passer par là avant de reprendre une vie normale. Encaisser les témoignages de sympathie larmoyants de tout le monde, c'est une étape obligatoire. Dodo m'a demandé de fermer la porte derrière moi et je me suis assise en face d'elle, comme je le faisais toujours depuis que je n'étais plus en âge de monter sur ses genoux. Elle m'a fait un sourire qui n'avait rien de triste. Le sourire le plus chaleureux que j'avais vu depuis le décès de mes parents. Elle m'a dit « j'ai quelque chose pour toi ». Elle a ouvert le tiroir du bas de son bureau et en a sorti un paquet de barquettes de Lu. Je n'ai pas compris pourquoi elle faisait ça. Quel sens est-ce que ça avait ? Je ne savais pas comment réagir alors j'ai juste été polie : j'en ai pris une. Et à la première bouchée, sans aucun signe avant-coureur, j'ai fondu en larmes. Je me suis liquéfiée devant elle, je n'arrivais même plus à me tenir assise sur mon siège, j'ai glissé au sol, à genoux. Elle s'est agenouillée à côté de moi et je me suis lovée dans son pull en laine, contre ses seins de matrone, où j'ai pleuré pendant une éternité.

On n'en a jamais reparlé depuis, mais on sait. On sait le lien qui nous unit. C'est pour ça qu'hier je n'étais pas trop inquiète quant à ma capacité à lui soutirer la liste du personnel de la mairie : il suffirait de lui demander, tout simplement.

Elle garde toujours la porte de son bureau ouverte, je suis entrée sans prévenir et quelle ne fut pas ma surprise (comme on dit dans les vieux romans) de tomber sur quelqu'un d'autre. Une jeune femme, probablement pas plus âgée que moi, mais avec un tailleur. Le genre de personne qui dirait en parlant du métier de policier que non, vraiment, l'uniforme elle ne pourrait pas… mais qui a une penderie bourrée de tailleurs qu'elle n'enfile que pour le travail.

Bref : Dodo n'était pas là, j'ai demandé où elle était, Miss Tailleur-Manucure 2010 m'a regardée froidement et a fini par répondre « je suppose que vous parlez de Dominique Piquet ». Oui, Dodo, quoi. Si je portais ma tenue réglementaire, est-ce qu'elle me prendrait de haut comme ça ? Probablement pas. « Elle fait des photocopies. »

J'ai retrouvé Dodo à la photocopieuse, c'était la première fois qu'elle me voyait depuis le début de mon stage au commissariat et j'ai été accueillie en conséquence : « Comment va la plus chouette des fliquettes ? » Elle m'a expliqué que l'importune au tailleur était une contrôleuse de la cour régionale des comptes. Que la mairie était sous le coup d'un contrôle fiscal, ou en tout cas de son équivalent.

« En trente-deux ans de carrière, j'avais fini par croire que ces gens-là étaient des êtres imaginaires, une menace en l'air pour qu'on se tienne droit… Eh bien, j'avais tort. Elle veut tout voir, tout comprendre, tout analyser. Je ne suis pas inquiète, je pense qu'on n'a pas trop d'irrégularités… Si elle était venue du temps de ton père, j'aurais fait une syncope ! Mais même si on est clean, l'avoir sur le dos toute la journée, ça me porte sur les nerfs. Ça fait deux semaines que ça dure et elle est là pour encore un mois. Au minimum.

— Ah. Ça m'arrange pas, ça. Je voulais l'état civil de tous les employés de la mairie.

— Tu enquêtes sur la mairie ? elle m'a demandé sans cacher sa surprise.

— Ouais. »

Je ne voulais pas préciser plus, elle sentait bien mon embarras.

« C'est pas un problème pour moi, je te donne tout ce que tu veux, la contrôleuse ne pourra pas s'opposer à un mandat de la police.

— C'est là qu'il y a un souci.

— Tu n'as pas de mandat ? »

Pas besoin de répondre. Elle a mis quelques secondes à traiter l'information. Le cheminement de sa pensée se lisait assez clairement selon les différents degrés d'inclinaison de ses sourcils. J'enquête sur la mairie. Sans l'aval de ma hiérarchie. Donc, c'est une affaire qui dérange la police (battements de cils nerveux, tout s'emboîte). Donc, certainement une affaire qui implique Aurèle et qu'il essaie d'étouffer. Elle semblait plus déçue qu'étonnée. Des années d'expérience auprès du précédent maire le plus corrompu de l'univers, *alias* mon père biologique, lui ont fait le cuir épais.

« Je suis désolée, ma chérie, tu sais que je voudrais t'aider, mais sans mandat ça va être impossible. À cause d'elle (dit avec un mouvement de tête vers son bureau). Il y a plus de trois cent cinquante employés à la mairie, sans compter les vacataires. Je ne peux pas te sortir leurs fiches comme ça, impossible que ça passe inaperçu. »

Je ne peux pas lui en vouloir, c'est la faute à pas de chance. Je crois bien que l'enquête est définitivement dans l'impasse.

Sous X

Il suffit à Toulouze de voir la mine renfrognée de Rachel au petit matin pour comprendre qu'elle n'a pas obtenu ce qu'elle voulait. Toulouze éprouve un mélange aigre-doux de satisfaction et de frustration. Satisfaction parce que Rachel ne l'avait pas pris au sérieux quand il l'avait prévenue qu'obtenir le fichier du personnel de la mairie sans mandat serait impossible. Même si elle ne lui en dira rien, elle doit y penser : il avait raison. Frustration parce que – autant se l'avouer – Toulouze espérait qu'elle réussisse. Si elle a retrouvé des enregistrements vidéo perdus, elle est capable de tout. Il y a pensé toute la nuit, sans trouver le sommeil. Admettons qu'elle trouve l'identité du suspect, qu'est-ce qu'on fait ? Est-ce qu'on enquête dans le dos du commandant, est-ce qu'on passe par l'échelon supérieur, par le préfet ou le juge, pour avoir des autorisations ? Ou est-ce qu'on dépose le dossier sur le bureau du commandant en espérant cette fois obtenir son appui ?

Toutes ces questions et cette nuit blanche n'ont servi à rien. Rachel est bredouille, la procédure est classée. Il ne reste qu'à ranger l'affaire Bourriol.

Les deux affaires Bourriol : celle où il est victime et celle où il est suspect.

Rachel est affalée sur son fauteuil, elle n'a pas l'intention de travailler. Boudeuse comme une ado, elle est plongée dans son téléphone et regarde Dieu sait quoi. Toulouze considère les piles de papier sur le bureau de Rachel et le sien. Au premier coup d'œil, un foutoir total. Mais en y regardant de plus près, une vraie organisation. Les témoins, les indices, les PV, les rapports d'audition… Rachel a bien travaillé, tout classé méthodiquement. L'avantage, c'est que ce sera facile à mettre à la cave, pense Toulouze. Il se lève et feuillette distraitement les documents. Dans quel ordre les ranger ? se demande-t-il. Et aussi : est-il vraiment nécessaire d'archiver ces kilos de papier ? Qui ira les regarder, une fois qu'ils seront remisés au sous-sol ? Personne. Ils vont juste prendre l'humidité jusqu'à dissolution totale.

Toulouze remarque sur une chaise une chemise jaune pâle et gondolée qui a échappé au classement. Elle n'est pas très épaisse, ne contient que quelques feuillets. Toulouze pense d'abord qu'elle ne fait pas partie de la procédure, que Rachel l'a mise de côté pour laisser de la place au dossier Bourriol. Mais non. Il y a bien marqué Bourriol en couverture, avec un numéro de pièce.

« Rachel, il va où ce dossier ? »

Rachel lève les yeux de son téléphone et jette un œil sur la pochette jaune.

« Nulle part, dit-elle en retournant à son écran. C'est un témoignage à charge. Le seul, donc il n'y a pas de pile. Il accuse directement Bourriol de l'assassinat de Laureline, mais je n'ai pas le nom du témoin, je n'ai rien retrouvé. Je ne sais pas si la pièce est recevable ou pas, ça ressemble plus à un délire qu'autre chose, c'est tout décousu. En plus la fin est illisible, le dossier a dû glisser par terre, le dos est tout moisi. Enfin, maintenant on s'en fout un peu, on n'a qu'à le mettre sur la pile des témoignages. »

Toulouze est intrigué. Il ouvre le dossier et trouve une cotation qu'il a rarement vue mais qu'il reconnaît tout de suite.

« C'est un témoignage sous X. »

Rachel pose tout à fait son téléphone et se redresse dans sa chaise.

« Ça existe, ça ? C'est légal en France ? »

Toulouze lit le témoignage en diagonale.

« Oui, article 706-58 du Code de procédure pénale. Mais lors d'un procès, l'accusé ne peut pas être condamné sur la seule foi d'un témoignage anonyme. Si le témoignage est crucial, le témoin est invité à lever son anonymat. S'il refuse de le faire, la pièce ne peut pas être prise en compte par le juge ou par le jury. Ce genre de témoignage est surtout utile quand il en confirme un ou plusieurs autres. Il vient en complément. Là, tu me dis que c'est le seul qui accuse Bourriol directement, on est dans le cas typique où ça ne va pas être pris en compte. »

En tournant les pages, Toulouze ralentit sa lecture.

« Il a l'air d'en avoir gros sur la patate, le témoin. Pour lui, Bourriol a prémédité son crime des années auparavant, quand Laureline l'a éconduit.

— Oui, c'est un ex, si j'ai bien compris. Enfin, il reste flou sur les dates et les lieux, anonymat oblige, mais en gros ils étaient deux à convoiter Laureline et c'est notre anonyme qui a gagné le premier round. Sauf que Bourriol n'a pas lâché le morceau, ou que Laureline a regretté son choix, ou un peu des deux. Et deux ans après, elle a fini par quitter l'anonyme pour se mettre avec Bourriol. Pour moi, ce témoin est juste un mec jaloux qui essaie de charger son rival de toujours.

— Un homme jaloux et bafoué. Et la femme sur laquelle il fait une fixette meurt poignardée. Il avait l'air vraiment en souffrance au moment de son témoignage, ça se sent dans ses mots. Il devait avoir gardé des liens très forts avec elle. Là il dit que c'était la responsabilité de Bourriol de la protéger, que si Laureline était restée avec lui, ça ne serait jamais arrivé. Et après, il l'accuse de l'avoir tuée. Il parle d'un couteau que ne quitterait pas Bourriol depuis des années, après il se contredit, dit que c'est juste un couteau suisse ou un coupe-ongles. Il parle d'un documentaire qu'il a vu où les soldats israéliens apprennent à tuer en prenant n'importe quel objet comme arme, même une feuille de papier… »

Toulouze cesse sa lecture. Il réfléchit un moment.

« Tu as raison : ce type est délirant, ça n'a ni queue ni tête. Mais il a justement le profil d'un homme qui pourrait mijoter une vengeance cruelle pendant des années avant de passer à l'acte. »

Rachel a repris des couleurs. Elle est debout à côté de Toulouze, elle regarde avidement le dossier comme si de nouveaux secrets allaient en sortir.

« Où est-ce qu'on trouve le nom de l'anonyme ?

— C'est le problème. La loi nous oblige à le mettre dans un autre dossier que le témoignage lui-même, mais la façon de faire reste floue. Certains le rangent juste dans une autre pochette, d'autres le cachent au milieu des témoignages sur une feuille volante, ou avec les documents annexes, ou dans une enveloppe scellée. Il y en a qui le noient dans une procédure qui n'a rien à voir, mais qui date du même jour. Ici, on n'a jamais réussi à se mettre d'accord et de toute façon les cas sont tellement rares qu'on n'a jamais pris la peine de normaliser tout ça.

— Alors, il va falloir qu'on ait de la chance. »

Toulouze évalue la montagne de documents qu'il va falloir décortiquer. Il leur faudra de la chance, oui. Pour trouver l'aiguille dans la botte de foin, mais aussi pour que le commandant ne s'aperçoive pas qu'ils n'ont pas abandonné comme il le leur a ordonné.

Emménagement

Marilou a enfin trouvé un bénéfice à la compagnie de Conrad : il peut l'aider à bouger des meubles. Elle a refusé catégoriquement de prendre ma chambre, mais quand elle a testé le confort de mon canapé deux-places défoncé, elle a dû trouver une solution. Ça a été plutôt rapide : elle avait chez elle un convertible Ikea parfaitement neuf, qu'elle venait de se faire livrer et qu'elle prévoyait de renvoyer car il ne convenait pas. Elle a immédiatement recruté Conrad pour qu'il l'aide à le transporter. Même pas besoin de camion : le domicile de Marilou est presque en face du mien, coïncidence incroyable. Il y a moins de cinquante mètres qui séparent nos deux maisons. Elle me dit que de sa chambre elle peut voir la fenêtre de la mienne. Qu'avec des jumelles elle pourrait même observer tout ce qui se passe chez moi. Je n'en revenais pas. Je lui ai dit qu'on s'était sûrement déjà croisés dans la rue. Elle m'a répondu qu'elle était à peu près sûre que non : « Je m'en souviendrais si j'avais croisé un homme avec du plomb à la place des yeux… » Elle a réussi à me faire rire, et même à faire rire Conrad.

Il y a deux heures, je faisais semblant d'être embarrassé à l'idée qu'elle emménage sous mon toit. Je dosais avec soin mon refus, je ne voulais pas qu'elle renonce, mais je ne voulais pas non plus qu'elle voie que je n'attendais que ça. Elle en fait déjà tellement pour moi, je suppose que ça lui fait plaisir, peut-être qu'elle a ce caractère des personnalités sacrificielles, qui ne s'épanouissent qu'en se chargeant des problèmes des autres. J'ai parfois l'impression d'avoir une Mère Teresa à usage personnel. Comme une compensation de l'univers pour rétablir un peu l'équilibre après ce qui m'est arrivé. Mais je ne peux pas m'empêcher de me sentir coupable. Je me doute qu'elle n'est pas rémunérée à la hauteur du temps qu'elle passe à s'occuper de moi. Je ne sais même pas si elle est supposée faire les courses et le ménage comme elle le fait. Qui la paie ? Et pour combien de temps ? On n'en parle pas. *Je* n'en parle pas. Trop peur qu'il y ait une erreur quelque part et qu'en lui posant des questions elle s'en rende compte. Qu'elle disparaisse instantanément, comme un oiseau s'envole dès qu'on l'approche. Pour me rassurer, je me dis qu'un jour j'ai dû cocher la bonne case en signant mon contrat d'assurance ou ma mutuelle. Aide à domicile en cas d'invalidité, quelque chose comme ça. L'expert est passé quand j'étais à l'hôpital. Une fois durant mon coma, une autre fois après mon réveil. Il n'est pas resté longtemps, mon invalidité saute aux yeux. La deuxième fois qu'il est passé, Marilou était déjà là, je m'en souviens. Déjà dévouée alors que je n'étais qu'un lamentable tas de désespoir, recroquevillé sur moi-même, suicidaire et inconsolable. De ce que j'ai compris, elle était même là avant que je reprenne conscience. Conrad m'a dit qu'il l'a trouvée plusieurs fois à mon chevet. Elle me lisait des livres. Est-ce que ça fait partie de son job ? Rééducatrice, infirmière, femme de ménage, cuisinière et… lectrice ? Ce qui est sûr, c'est que sa fiche de poste n'inclut pas le fait de vivre chez moi 24 heures sur 24.

Pourtant, c'est clairement ce qu'elle est en train de faire. Je suis allongé sur mon lit à l'étage et je l'entends avec Conrad, en train de finir de réaménager le salon. Conrad arrive essoufflé dans ma chambre. « Ton vieux canapé, on l'a mis sur le trottoir pour l'instant. On le balance ? J'appelle les services d'enlèvement de la mairie ? » Oui. On le balance. Dans quelque temps, quand Marilou partira, je lui achèterai son convertible. De toute façon, elle ne voulait pas le garder. Elle aussi est montée, j'ai entendu ses pas légers dans l'escalier. Elle passe devant ma chambre en lançant un « et voilàààà » tout guilleret. Elle va dans la salle de bains. L'eau du robinet coule, elle se lave les mains. Conrad prononce sa phrase de clôture préférée : « Bon, c'est pas qu'il se fait tard, mais je m'emmerde. » Il dévale l'escalier avec la délicatesse d'un éléphanteau en train de se casser la figure, toute la maison tremble. Il ouvre la porte d'entrée et la claque derrière lui. La maison retremble. Le voilà parti. Il n'a rien dit, mais je sais qu'il est très en retard pour le boulot. Qu'il va se faire engueuler. Lui non plus n'est pas payé pour m'aider. Je suis magnifiquement entouré.

Dans la salle de bains, j'entends un bruit de fermeture Éclair. Une trousse de toilette. Marilou farfouille dedans, puis un léger tintement me parvient.

Je reconnaîtrais ce son entre mille, je l'entends tous les jours sans doute depuis ma naissance : c'est une brosse à dents lâchée dans un verre. Elle a apporté sa brosse à dents. Ça, plus que le reste, me fait comprendre que Marilou s'installe pour de bon.

« Je prends une douche, ça ne te dérange pas ? »

Le froissement des vêtements jetés à ses pieds. L'eau qui jaillit du pommeau de douche. Je n'ai même pas répondu. Non, ça ne me dérange pas. Ça me bouleverse. La dernière femme qui s'est douchée ici, la dernière qui a vécu avec moi, c'est Laureline. Et ce détail aussi, qui n'en est pas un : Marilou ne m'avait jamais tutoyé jusqu'à présent.

Me voilà une fois de plus en train de pleurer sans larmes. Le plomb a détruit mes canaux lacrymaux.

Journal de Rachel Kuklinski

19 juillet.

Le nom du témoin, on ne l'a jamais retrouvé. Mais ce que j'ai retrouvé, c'est le flic chargé de l'affaire Laureline à l'époque. Pas difficile, vu qu'il est collé absolument partout dans la procédure : le capitaine Pastorino.

Il était le premier sur les lieux, par hasard. Il n'était même pas en service, il faisait son footing, il a entendu les hurlements au loin, mais il a d'abord cru que c'était un jeu, que c'était pour rire. Selon ses propres mots, quand il est arrivé auprès de la victime, elle était « presque vivante ». Dans son rapport, il s'écarte complètement du jargon habituel qui est supposé prouver notre neutralité et la distance toute professionnelle que nous mettons entre nous et les saloperies qui nous tombent sur le coin de la figure.

Il décrit Laureline, il dit qu'elle est très belle, que ses yeux sont restés expressifs, que son corps est encore tiède dans ses bras, que les plaies sont tellement fraîches qu'elles saignent toujours, qu'il a pensé un moment qu'en empêchant son sang de couler il empêcherait sa vie de s'écouler. Mais qu'il y avait trop de blessures, trop de coups de couteau, trop de sang à retenir, c'était impossible. On peut dire qu'il a relativement gardé la tête sur les épaules en résistant à la tentation de retirer le couteau qui était planté dans le ventre de Laureline. Cela dit, l'autopsie a montré que ça aurait été difficile : le couteau était enfoncé tellement profondément dans le crâne et la mâchoire du fœtus que la lame était coincée dans l'épaisseur des os. Probablement que c'est ce qui a fait que l'agresseur a abandonné l'arme sur place.

Rien de cette histoire n'a filtré dans la presse. Officiellement, ce sont les passagers d'un bus qui ont trouvé le cadavre de Laureline. Pastorino étant en civil à ce moment-là, dans la confusion on l'a pris pour l'un d'eux. Parmi les témoignages de ceux qui sont descendus du bus, il n'y en a qu'un qui rapporte que Pastorino était déjà sur place. C'est le témoignage d'une femme qui est sortie par l'arrière. Elle s'est immédiatement précipitée pour aider, mais il était déjà trop tard. Un autre témoin affirme avoir été le premier à descendre de l'avant du bus, mais qu'il y avait déjà « un homme et une femme » autour du cadavre. Il suppose que les deux étaient déjà là avant que le bus n'arrive, car ils étaient couverts de sang et que l'homme était assis, en état de choc, tenant le corps de la victime contre lui. Mais seule la police a eu accès à ce détail, les témoignages ne sont pas rendus publics. Officiellement, donc, il n'y avait pas de policier sur place avant l'arrivée du bus.

Le fait que Pastorino ait entendu Laureline crier au secours et hurler de douleur, mais ne soit pas intervenu immédiatement, était très emmerdant du point de vue de la hiérarchie – à savoir du commandant de l'époque, c'est-à-dire mon père-maire. Surtout, en constatant la mort de la victime, Pastorino n'aurait jamais dû rester à côté d'elle. Il aurait dû partir à la poursuite du meurtrier. Tous les flics du commissariat ont pensé qu'il l'avait manqué de quelques secondes à peine – et c'était le cas. Il n'avait pas pu aller bien loin, il était peut-être caché juste à côté. Il aurait suffi de suivre les traces de sang pour l'attraper. Et des traces de sang, il y en avait ! On pouvait suivre le tueur sur plus de cent vingt mètres avant de perdre définitivement sa piste. À cause de ça et de l'affect exagéré qu'il mettait dans cette affaire, Pastorino a été un peu ostracisé au commissariat. Il est passé du statut de capitaine bien noté et apprécié de tous à celui de flic cassé, qu'on soutiendra toujours par esprit de corps, mais à qui on ne confiera plus jamais aucune affaire importante.

Pastorino était très conscient de tout ça, et le meurtre de Laureline est devenu une affaire personnelle. Il a fait passer des dizaines d'interrogatoires, obtenu des perquisitions hyper limites, il s'est énervé contre des témoins, il a trouvé des indices où il n'y en avait pas, surinterprété ceux qui existaient… Il a commencé à boire, ça s'est dégradé très vite et, à la fin, il n'était plus là qu'un jour sur deux. Il disait qu'il bossait de chez lui et apparemment c'était vrai, au moins en intention. Les collègues le voyaient partir le soir avec des piles de dossiers et il les rapportait le lendemain ou la semaine suivante, souvent tachés de graisse ou d'auréoles liquides laissées par des bouteilles aux formats divers. Les auréoles sont toujours là, les taches de graisse aussi, je les ai vues, elles sont nombreuses.

Toute cette histoire s'est terminée par sa mise à pied. Au moment de rendre sa carte de police, il a déclaré avoir « perdu » son arme de service. Personne ne l'a cru, bien sûr. Et tout le monde pensait qu'il allait se foutre en l'air, m'a dit Toulouze. Mais il n'en a rien fait.

Plus je fouillais dans la procédure, plus je voyais le nom de Pastorino, les auréoles de bouteilles, les interrogatoires à rallonge, plus je devinais les ruminations du capitaine, plus Toulouze comblait les blancs pour moi, plus je me suis persuadée d'une chose : si une personne connaissait l'identité du témoin anonyme, c'était lui.

J'en ai parlé à Toulouze, qui m'a (comme d'habitude) fortement déconseillé de me lancer là-dedans. Je lui ai proposé de m'accompagner plutôt que de me laisser faire ma connerie toute seule… Mais il a refusé. Il a été d'une honnêteté touchante : il m'a dit qu'il ne pouvait pas imaginer interroger un ancien supérieur, que ça le mettrait trop mal à l'aise. Et il craignait aussi l'état dans lequel il allait le retrouver. « Je n'aime pas voir la déchéance des gens. Ça me donne envie de pleurer. »

Toulouze est le seul flic que je connaisse qui avoue qu'il peut pleurer. J'en ai déjà vu pourtant qui étaient bel et bien en larmes, mais on n'en parle pas. On fait comme si ça n'existait pas. En tout cas, jusqu'à ce que la personne craque totalement ou demande de l'aide, mais je n'ai encore pas été témoin de ça. Ma carrière commence, je peux patienter, pas de problème.

Bref. Moi, Pastorino, je ne le connaissais pas et je me foutais de sa déchéance, tant qu'il était capable d'articuler une phrase cohérente. J'ai donc trouvé son adresse et je suis allée lui rendre une petite visite.

Yeah, I know.

Je fais n'importe quoi. Je sais quand je prends ce genre d'initiative que je sors des clous, que je vais me faire engueuler par Toulouze et que je passerais un sale quart d'heure si Serge l'apprenait. Mais Toulouze ne me dénoncera jamais, c'est un flic. Et je vois bien qu'au fond il est content quand je lui ramène des infos par des biais, disons… peu orthodoxes.

J'étais donc devant chez le capitaine Pastorino. Mon uniforme impeccable, prête à faire preuve de tout le professionnalisme dont j'étais capable, bien décidée à ne pas passer pour une nullarde, ou, pire : une stagiaire.

Il vit dans une grande maison bourgeoise, typiquement bellifontaine. Le genre de baraque où j'ai grandi : trois niveaux, trop de pièces, des plafonds à moulures situés à une altitude où l'oxygène se fait rare, des millions de cheminées… et des courants d'air partout. Même pas besoin d'y entrer, je connais l'endroit par cœur avant même d'appuyer sur la sonnette. Je sais aussi que ce n'est pas le genre de baraque qu'un flic peut se payer : c'est le genre de baraque dont il hérite.

Ce à quoi je n'étais pas préparée, c'était la gueule de Pastorino. Je m'attendais à rencontrer un type de cinquante-huit ans abîmé par l'alcool, mais le gars qui m'a ouvert avait l'air d'avoir au moins cent ans. Une impressionnante tignasse blanche ébouriffée, une dentition atroce, un pyjama dégueulasse, la peau collée aux os, les yeux jaunes et rouges, une haleine de phacochère… Tout ça m'a sauté à la figure d'un bloc. Je n'avais jamais vu une épave pareille. Même en me forçant, j'avais beaucoup de mal à reconnaître l'officier dont j'avais vu la photo au commissariat. Comment pouvait-on se dégrader autant en si peu de temps ? J'avoue que ce spectacle m'a coupé la chique pendant quelques secondes. Juste ce qu'il fallait à Pastorino pour me toiser avec dégoût et me demander avec un fort accent du Sud-Ouest si j'étais flic. Mon uniforme parlant de lui-même, je ne voyais pas trop bien quoi répondre… Ce qui n'était pas très grave, vu qu'il m'a claqué sa porte au nez.

Ça s'annonçait hyper bien.

Je me suis recomposé une dignité et j'ai re-sonné. Et encore, et encore. Au bout d'un moment, j'ai juste laissé mon doigt sur le bouton. Ça faisait un DRIIIIING à l'ancienne, à un volume qui devait s'entendre à cent mètres à la ronde.

Finalement, la porte s'est rouverte. Pastorino était là, furax et fatigué, et celui-là je l'ai reconnu.

Je ne sais pas pourquoi je m'amuse à mettre des fausses pistes dans mon journal, ou plutôt je sais, autant l'avouer : si intime soit-il, je crois que j'ai l'espoir qu'il soit lu un jour, après ma mort. Que quelqu'un le trouve génial, haletant, drôle et profond, qu'il soit proposé à un éditeur et qu'il devienne un succès mondial adapté en série. Je ne laisserai personne y jeter un œil de mon vivant, mais la gloire posthume est une éventualité à laquelle je suis tout à fait prête.

Bref : le centenaire qui m'a ouvert la porte au début n'était pas Pastorino, c'était Pastorino père. Ils vivent ensemble, ils s'occupent l'un de l'autre jusqu'à la mort d'un des deux. Je me suis sentie un tout petit peu conne *a posteriori* d'avoir pu imaginer que les deux étaient le même homme. La deuxième fois que la porte s'est ouverte, c'est le capitaine Antonin Pastorino qui est apparu devant moi. Très proche de ce que j'imaginais : un physique empâté d'alcoolique au teint maladif. Je ne suis pas sûre qu'il vive aussi vieux que son père. Je ne suis même pas sûre qu'il survive à son père.

Avec un soupir de lassitude, il m'a fait entrer. La maison était plus décrépite que ce que j'avais imaginé. Papier peint jauni, moutons de poussière partout, une odeur de cave humide… Il m'a emmenée dans le salon où la télé était allumée. Son père était prostré devant, avec un casque sur les oreilles. Au moins je n'avais pas le son.

« Mes anciens collègues ne viennent plus me voir. Qu'est-ce que tu fous ici ? On se connaît ? Je me souviens pas de t'avoir rencontrée. »

Je lui ai expliqué qui j'étais et que je venais parce que je cherchais des renseignements sur l'affaire Laureline. Il a eu un rire douloureux et m'a fait asseoir à une table couverte d'un bordel innommable. Il s'est assis en face de moi et on a eu ce dialogue (reproduction approximative, comme toujours).

« Je te déconseille de te plonger là-dedans. Tu es jeune, tu as toute la vie devant toi. Cette affaire va te rendre fou.

— Folle.

— Ouais, si tu veux.

— Je suis déjà plongée dedans. J'ai vu que beaucoup d'indices tendent à démontrer la culpabilité de son compagnon de l'époque.

— Thomas Bourriol, oui. On ne l'a jamais eu.

— Qu'est-ce qu'il a manqué ?

— Hahaha ! Des preuves. Voilà.

— Il avait le sang de la victime sur ses habits et on a retrouvé ses empreintes sur le couteau, qu'est-ce qu'il fallait de plus ? »

Pastorino s'est soulevé avec difficulté de sa chaise et a disparu dans la cuisine. Il est revenu avec trois bières. Il m'en a proposé une, que j'ai cru bon d'accepter. Je ne me voyais pas lui répondre « jamais pendant le service ». Il fallait que j'aie l'air d'être de son côté. D'être sa collègue avec qui il peut boire des coups.

« Tu me demandes ce qu'il fallait de plus ? (Il avale deux longues goulées de liquide ambré.) Il fallait que je fasse mon job, c'est ça qu'il fallait. Sa version, c'est qu'il est rentré de son jogging, ou de sa balade, ou je sais plus quoi. Il est rentré blessé soi-disant à cause d'une chute dans un des escaliers du parc du château. Il a vu un attroupement autour de l'arrêt de bus, il s'est approché et il a reconnu Laureline. Il s'est jeté sur elle, s'est couvert de son sang, a essayé de sortir le couteau… Et après je l'ai repoussé et des gens l'ont retenu. Et puis il s'est évanoui.

— Oui, c'est ce qu'il a raconté dans tous ses interrogatoires, et tous les témoins ont confirmé. Enfin, ils ont confirmé le passage à l'arrêt de bus.

— Ils ont tous confirmé, parce que tout le monde était choqué. Mais moi, j'aurais dû être plus attentif. Je suis un flic, putain. Moi, j'aurais dû voir s'il était déjà couvert du sang de Laureline quand il est arrivé. Les analyses ont montré qu'il y avait son propre sang sur ses vêtements, c'est vrai. Mais il y avait au moins autant du sang de Laureline. Et les seules empreintes qu'on a trouvées sur l'arme sont les siennes. Bien sûr, tout ça s'explique par le fait qu'il a voulu prendre sa femme dans ses bras et retirer le couteau. Mais c'est aussi un alibi tellement parfait…

— Un alibi auquel vous n'avez jamais cru.

— Il est le seul suspect. Le seul et unique. La fille a été massacrée. Un tel acharnement, c'est soit un crime passionnel, soit un tueur en série. Mais on n'a recensé aucun autre crime de ce genre non élucidé sur les dix années qui ont précédé ni depuis. Et Laureline n'avait aucun ennemi, aucun angle mort dans sa vie privée, aucun correspondant secret, aucun amant, aucun passé trouble. On n'a rien trouvé de tout ça. Et pourtant on a enquêté, putain…

— Oui, j'ai vu ça. Les tonnes de dossiers…

— On n'a pas fait semblant de bosser, je peux te l'assurer. Et même, quand tout le monde est passé à autre chose, j'ai continué sur mon temps libre. J'ai suivi toutes les pistes jusqu'à l'impasse. La seule qui reste, c'est Bourriol. C'est lui le coupable et il se fait passer depuis le début pour une victime. J'en pouvais plus de ses chialeries, toujours en train de geindre, toujours en train d'attirer la pitié sur lui.

— Il lui est arrivé une nouvelle tuile. Et cette fois, c'est vraiment lui la victime. »

Pastorino s'est marré.

« Quoi encore ? Son petit chat est mort ? »

Je lui ai raconté toute l'histoire. L'enlèvement, la torture, la vidéosurveillance, la voiture de la mairie, l'enquête étouffée. Il m'a écoutée silencieusement, le regard de plus en plus fiévreux, en sifflant deux (ou peut-être trois) bières. Quand j'ai eu fini, il est allé pisser : il y a des limites à ce qu'un homme peut boire sans vidanger. À son retour, il a vu que son père s'était endormi. Il a éteint la télé, lui a retiré le casque des oreilles et a penché son fauteuil en arrière. Je l'ai trouvé très doux, très attentionné. Il l'a bordé avec une couverture avant de revenir vers moi.

« Tu es toute seule à continuer l'enquête ?

— Non, le lieutenant Toulouze est avec moi. »

Pastorino n'a pas fait de commentaires, mais j'ai quand même décelé la naissance d'un petit sourire ironique derrière sa barbe emmêlée.

« Vous pensez que ça a un rapport avec Laureline ? Quelqu'un n'a pas digéré que Bourriol ne soit pas en prison et a voulu faire justice lui-même ?

— C'est ça. Et on a trouvé dans la procédure un témoignage anonyme. On n'arrive pas à retrouver son nom. Je me demandais si vous…

— Loïc Chaffepaire. C'est l'ex de Laureline. J'ai mis beaucoup d'espoir dans ce gars, mais rien ne tient debout. Il n'y a pas de preuve, pas d'indice, il ne la fréquentait plus depuis des années quand c'est arrivé. Il faisait juste une fixation sur elle. Un amoureux blessé qui a besoin d'un suivi psy. Je l'ai cru coupable un moment, mais il n'était pas dans la région au moment du meurtre, il était au chevet de sa mère mourante, dans le Sud, son alibi était indémontable. Il est à moitié fou, mais innocent.

— Oui, c'est ce qu'on a cru comprendre. Je ne dis pas qu'il peut nous aider à résoudre le meurtre de Laureline. Mais c'est le candidat idéal pour couler du plomb dans les yeux de Bourriol. »

Pastorino a hoché la tête lentement. Il s'est reculé dans sa chaise et a regardé le plafond. Il a réfléchi longuement.

« Ouais. Le type obsédé par la mort de Laureline devient votre suspect numéro un. Alors qu'est-ce que ça fait de moi ? Le flic qui n'a pas réussi à lâcher l'affaire, qui a sombré dans l'alcool et qui a été viré à cause de ce meurtre ? Le flic qui, même aujourd'hui, trois ans plus tard, fait des insomnies en repensant à tout ça ? Qui rêve de Laureline presque toutes les nuits ? Je suis quoi ? Votre suspect numéro deux ? Ou le numéro un sauf que vous ne me le dites pas pour ne pas m'alarmer ?

— Non, pas du tout, on n'a pas du tout pensé à ça ! »

J'ignore combien de grammes il avait dans le sang avant que je sonne à sa porte, mais ce qu'il a bu pendant que j'étais là, c'était les dix mille gouttes qui ont fait déborder le vase. D'un seul coup, l'alcool a fait effet et le type était transformé. Menaçant, vitupérant, tremblant. Solidement armée de mon courage et protégée par mon uniforme, j'ai déguerpi comme une lapine. J'étais dans la rue avant qu'il réussisse à contourner la table pour me rattraper. Derrière la porte que je venais de claquer, je l'entendais beugler : « Revenez ! Revenez ! » Je ne suis pas revenue.

Suspect numéro un

« Ton Loïc Chaffepaire, il n'existe pas. J'ai tout essayé, je ne le trouve pas. »

Chafpert, Chaffpair, Chafepaire, Chafpaire, Chaffe-père… Combien de façons y a-t-il d'écrire ce nom ? Rachel n'a pas eu la présence d'esprit d'en demander l'orthographe exacte et il sera difficile d'aller demander cette précision à Pastorino. Elle a l'air de trouver ça drôle, en plus. Toulouze est horripilé. Elle ne manque pas une occasion de lui rappeler qu'elle reste une jeune femme à peine sortie de l'adolescence. Elle a pouffé à chaque nouvel essai, comme si quoi que ce soit dans cette situation pouvait prêter à rire. Peut-être que Chauffepaire était de trop. À bien y réfléchir, c'est à ce moment-là qu'elle a commencé à se marrer. Toulouze doit bien reconnaître que c'était con de sa part de proposer cette variation. Chauffepaire. C'est vrai que c'est drôle. Il sent le rire monter en lui. Il essaie de le retenir, mais son regard croise celui de Rachel qui, elle aussi, fait tout ce qu'elle peut pour s'empêcher d'éclater de rire.

Il cède le premier. Ils partent tous les deux dans des hoquets larmoyants et incontrôlables. Trop de tension, il faut que ça sorte. Quelques têtes pointent à la porte, juste pour prendre une bouffée de joie, denrée rare entre les murs d'un commissariat.

Comme tout a une fin, la crise de rire s'arrête aussi.

Rachel part se remaquiller. Toulouze n'avait jamais remarqué qu'elle se maquillait… Jusqu'au moment où tout a commencé à couler sur les joues. À son retour, elle a une nouvelle idée.

« J'appelle Dodo à la mairie. Je lui demande, au cas où. Peut-être qu'à l'oreille le nom lui dira quelque chose.

— Ouais… J'en doute. Mais on n'a que ça. »

Elle a le numéro sur son portable.

« Salut, Dodo, c'est Rachel. […] Oui, non, ça va, tout va bien. La vie continue, quoi. […] Haha, ouais, c'est sûr ! Elle est à côté de toi, là ? […] Et elle revient quand ? […] OK, alors je me grouille : est-ce que le nom de Loïc Chaffepair te dit quelque chose ? […] Oui ??? C'est qui ? […] Attends, je note… Non, d'abord, tu peux me dire comment ça s'écrit ? […] Hahaha ! Ah ouais d'accord, on n'aurait jamais pu deviner, quoi ! […] Non, mais déjà on pensait qu'il y avait un F à la place du V, donc tu vois, on partait de loin. […] Bon alors c'est qui ? […] Mh-mh. […] Mh-mh. […] Tu veux dire harcèlement sexuel ? […] OK. Bizarre, mais… […] Ouais, ouais. […] Quoi ? Quand ça ? […] Oui je veux bien que tu regardes, merci. »

Rachel se tourne vers Toulouze. Elle articule une phrase silencieusement à son intention, mais Toulouze n'en comprend pas un mot. Il y a l'air d'y avoir des voyelles entrecoupées de consonnes. Autrement dit : des mots. Tout ce qu'il sait, c'est que Chavpair – ou quel que soit son nom – existe, et qu'il s'est passé quelque chose l'année dernière. La conversation reprend. Rachel note dans son petit carnet noir.

« OK, 23 décembre. Juste avant Noël. Bonne ambiance, quoi. […] Ah quand même ! Alors du coup, je comprends, oui. Tu n'étais pas au courant ? Ça a dû faire des remous, non ? […] Et qu'est-ce qu'il est devenu ? […] Non, mais t'inquiète pas, on va trouver. Juste une dernière question : est-ce qu'il pourrait avoir gardé un accès à la mairie ? […] Oui, mais il a pu se faire un double des clés avant de les rendre. […] Ah, OK. Il avait pas de clés. Mais le digicode du parking, par exemple ? Tu sais s'il venait en voiture ? Il avait une place ? […] Je ne bouge pas. »

Nouvelle pause. Rachel lance à Toulouze des regards expressifs qu'il échoue à décoder. Est-ce qu'elle est excédée, excitée, incertaine, ou est-ce qu'elle meuble juste le silence en bougeant ses yeux ? Impossible de le deviner.

« Donc, il se garait dans le parking. Bon, merci, j'ai tout ce que – non, attends, tu n'aurais pas sa photo, à tout hasard ? […] Super ! Tu me l'envoies par mail ? […] Merci ! Bon, je te laisse maintenant. J'ai du boulot et toi aussi. Allez, gros bisous ! »

Rachel rapporte le coup de fil à Toulouze. D'abord, ça s'écrit Chavepayre. Jusqu'au 23 décembre dernier, Loïc Chavepayre était le responsable de la crèche des employés de la mairie. Il était à la tête d'une petite équipe de deux puéricultrices et la crèche accueillait en moyenne une dizaine d'enfants tous les jours. Il a été embauché en février de la même année et il a tout de suite mis les employées mal à l'aise. Il avait des accès de colère, des remarques déplacées.

« Pas de harcèlement sexuel à proprement parler, mais bon, ce genre de mec avec qui on n'a pas envie de traîner quand on est une fille… et à qui on n'a pas du tout envie de confier son bébé, *a priori.* » Rachel s'énerve toute seule. Elle se demande comment ce gars a pu être embauché, elle aurait envie d'en parler à son père adoptif ce soir, de soulever le problème du recrutement, mais elle sait qu'elle ne peut pas, en tout cas pas encore, et qu'elle a plus urgent à faire. Elle continue.

« Juste avant Noël, le 20 décembre exactement, un petit goûter a été organisé à la crèche en présence des parents. Loïc Chavepayre s'est déguisé en père Noël pour l'occasion. C'était son idée, pas l'idée la plus originale de la décennie, mais elle avait pour elle d'être consensuelle. Le projet était de remettre des cadeaux aux enfants, que chacun reparte avec une petite babiole et une photo souvenir en compagnie du père Noël. Mais ça ne s'est pas du tout passé comme prévu : dès l'apparition du gros bonhomme en rouge, les enfants ont été terrifiés. Enfin, peut-être pas tous au début, mais, à cet âge, la terreur est contagieuse.

Deux ou trois d'entre eux ont commencé à pleurer, puis un autre, puis un autre… Au final, une meute de bébés paniqués, cramoisis et pleins de morve s'époumonaient dans la crèche, les parents débordés essayaient de faire bonne figure, et tout le monde était prêt à annuler l'événement pour rentrer chez soi au calme et regarder un épisode de *L'Âne Trotro*. Tout le monde, sauf un père Noël vexé, déterminé à rattraper la situation. Avec force sourires super flippants, il a contraint la première fillette qui se trouvait à sa portée à s'asseoir sur ses genoux pour la photo. La petite, qui ne portait plus de couches depuis quelques semaines, a perdu le contrôle de ses sphincters et a vidé sa vessie sur Loïc Chavepayre. Celui-ci a complètement perdu les pédales et a violemment éjecté la fillette en lui hurlant dessus. Ce n'est que grâce à l'intervention acrobatique de sa mère qu'elle ne s'est pas fracassé le crâne sur le carrelage. L'incident aurait été suffisant pour faire virer Chavepayre, mais il a fait mieux. Tout en gueulant sur tout le monde, il a sorti sa bite et s'est mis à pisser sur toutes les personnes qui avaient le malheur d'être dans son angle de vision. Trois jours plus tard, le 23 décembre, il était mis à la porte sans indemnités. »

Toulouze prend un moment pour traiter cette cascade d'informations. Une chose l'étonne. Enfin, plus d'une chose, mais l'une d'entre elles mérite une question :

« Personne n'a porté plainte ? Je n'ai aucun souvenir d'une histoire pareille.

— Il s'avère qu'il est maniaco-dépressif et qu'il avait arrêté ses médicaments. Il a été interné quelques semaines. Les parents, qui sont tous des employés de la municipalité ou des conjoints d'employés, ont accepté de ne pas porter plainte contre l'assurance que Chavepayre ne remettrait plus les pieds à la mairie.

— Je vois, répond Toulouze. Je t'ai entendue parler du parking…

— Oui, il n'avait pas les clés de la mairie, donc il n'a pas pu faire de double. En revanche, il avait une place dans le parking souterrain, auquel on accède par un digicode. Le code n'a pas été changé depuis des années, personne ne sait comment faire.

— Donc on tient notre suspect numéro un.

— J'en ai bien l'impression, lieutenant Toulouze. »

Une onde de joie descend le long de l'échine de Toulouze. Il voit que Rachel ressent la même chose. Ils ont enfin une piste solide. Et une piste qui plaira à tout le monde puisque, si elle implique la mairie, elle montre aussi que l'institution a fait ce qu'il fallait avec le suspect dans les limites de la loi : elle l'a licencié et signalé, suite à quoi il a été interné pour soins psychiatriques. Le seul tort de la mairie aura été de ne pas avoir changé le code du parking, mais on peut aussi estimer que Chavepayre aurait commis son enlèvement avec une autre voiture s'il n'avait pas eu accès à celle du maire.

Rachel a lancé une impression, elle va chercher la feuille qui sort de l'imprimante. C'est la « fiche personnelle » de Loïc Chavepayre, avec sa photo et ses coordonnées.

Rapprochement

Je finis d'arroser les plantes sur mon balcon quand je vois ton gros copain entrer chez toi avec des sacs de supermarché. Conrad, toujours le mot pour rire, ou en tout cas pour te faire rire. Une remarque qui dérange, un commentaire sexuel sur tous les sujets, une façon de faire dérailler n'importe quelle conversation vers lui. Je ne l'aime pas. Mais toi, tu l'aimes, c'est l'essentiel. C'est sans doute le seul ami qui te reste, personne n'est venu te voir depuis ta sortie de l'hôpital. La vérité, c'est qu'à part lui tu n'as que moi. Tu n'en parles jamais, de cette solitude. Elle ne semble pas te peser. En ça, on se ressemble. Je n'ai aucun ami, aucune copine, pas d'amant non plus et ça ne me manque pas. Les quelques personnes avec qui j'ai eu des rapprochements sont passées comme des comètes. Sitôt arrivées, sitôt reparties. Je finis toujours par les trouver encombrantes. Elles posent des questions, elles s'inquiètent, elles forcent l'intimité en déroulant toute leur vie sous mes yeux, espérant sans doute que je me confie à mon tour. Mais qu'y aurait-il à raconter ? Une vie solitaire et sans éclat… Faudrait-il que j'invente des alibis pour justifier de ceci ou de cela ? Que je mente pour rendre mon existence plus présentable, plus conforme ? « Tu n'es vraiment pas comme tout le monde », me répétait sans cesse Sophia. Je n'ai jamais vraiment su si elle voyait ça comme une qualité ou un problème. Elle est morte, maintenant. Cancer foudroyant. Une pierre tombale parmi d'autres. Une chose est sûre : je finirai comme elle. Comme tout le monde.

Mais d'ici là, je veux que mon existence ait un sens. Avant que tu sortes du coma, j'étais perdue. Je ne comprenais rien à ma vie, je doutais de moi, de mes choix, de ma légitimité. Tu étais ma dernière chance de compter pour quelqu'un. Voilà que je pleure bêtement avec mon arrosoir à la main. Tous les jours, je me suis menti. Je me suis fait croire que je n'avais pas besoin d'amis, que je pouvais vivre sans que personne m'aime. J'y croyais vraiment, j'y crois d'ailleurs toujours, on ne se défait pas d'un aussi profond mensonge en un claquement de doigts… Mais aujourd'hui, j'ai besoin que tu aies besoin de moi. Je ne sais pas ce qui m'a pris, ce matin, de te proposer de m'installer chez toi. Une seconde plus tôt, il n'en était pas question. Je me rends bien compte que ça devait finir par arriver, mais est-ce que ça n'est pas trop tôt ? Ça s'est fait tellement précipitamment. La tête de Conrad quand il m'a vue préparer mon sac avec ma trousse de toilette, un pyjama et des vêtements de rechange. Lui aussi doit trouver que c'est trop tôt. Le voilà qui ressort de chez toi, ça me soulage. Je ne me voyais pas passer cette première soirée en mangeant une pizza avec lui devant un match de foot.

Je regarde l'heure, je t'ai promis d'être de retour à vingt heures. Il me reste du temps. Je m'allonge sur mon lit comme si c'était la dernière fois. Je reste là une bonne demi-heure, à contempler le plafond. Quand est-ce que je redormirai ici ? Est-ce que tout est en train de changer pour moi ? Est-ce que c'est maintenant ? Ce moment où le destin qui m'était réservé s'offre à moi ? Est-ce que c'est vraiment ce que je veux ? Ce que j'ai attendu pendant toutes ces années ? Ne pas réfléchir. Se laisser porter. Prendre ce qui arrive.

Je verrouille la porte de mon appartement, à double tour, je traverse la rue, je marche quelques dizaines de mètres et je suis chez toi. Tu m'as donné un double de ta clé. Tu sembles heureux de me voir, ou plutôt de m'entendre. Ça sent le curry. Tu as cuisiné pour moi ! La cuisine est dans un sale état, tu en as mis un peu partout, mais tu as réussi quelque chose que je n'aurais pas cru possible avant des semaines : un vrai plat cuisiné, pas une boîte de conserve ni un surgelé : un poulet au curry. Tu m'expliques que c'est ta spécialité, une recette que tu prétendais pouvoir faire « les yeux fermés ». Tu as voulu mettre cette affirmation à l'épreuve. Tu as demandé à Conrad de t'apporter les ingrédients qui te manquaient et pour le reste tu t'es débrouillé.

Le curry est un délice. Parfaitement cuit, les épices très bien dosées, c'est savoureux et relevé juste ce qu'il faut. Je crois bien que c'est la première fois que je te vois réellement heureux depuis ta sortie du coma. « Je l'ai fait à l'odeur, au goût et à l'oreille. Je connais les gestes par cœur, je sais comment ça doit sentir, le goût que ça doit avoir, je sais même quel bruit font les oignons quand ils sont à point ou quand le curry mijote juste comme il faut. C'est comme si j'avais un super pouvoir caché pendant tout ce temps ! »

Je débarrasse la table en me demandant comment on va passer le reste de la soirée. C'est toi qui me proposes de regarder la télé. Tu m'apprends que quand un Canadien dit « regarder la télé », il parle de regarder l'objet. Si le poste est allumé, il dit « écouter la télé ». Ou « écouter » un film. La preuve selon toi qu'un film c'est avant tout du son ou que les Canadiens sont tous aveugles. Tu es drôle quand tu es de bonne humeur.

Tu allumes une chaîne au hasard et on s'installe sur mon nouveau canapé. On tombe sur *L'Amant*, de Jean-Jacques Annaud, que tu n'as jamais vu. Le film vient de commencer. La chaude voix de Jeanne Moreau raconte, mais elle ne raconte pas tout. Beaucoup d'images restent muettes. Naturellement, je commence à te les décrire. Au bout d'un quart d'heure arrive une longue scène de dialogue. Les deux protagonistes sont assis à l'arrière d'une voiture qui roule. La voiture traverse un pont en bois aux planches disjointes. Les deux corps sont secoués, s'approchent sans le vouloir. Un long silence s'ensuit tandis que le véhicule poursuit son chemin. J'essaie de te faire comprendre le contenu de ce silence. Le trouble qui s'est emparé des personnages. Les deux mains côte à côte sur la banquette, celle de l'homme qui se rapproche doucement, tout doucement de celle de la jeune fille.

Leurs auriculaires qui se frôlent. Le terrain gagné, millimètre par millimètre d'une main sur l'autre. Les doigts qui se croisent. Les deux qui regardent dehors, chacun de leur côté, comme si leurs mains étaient indépendantes.

Et tout en te racontant la scène, je la joue. Ce qui se passe à l'écran se passe sur notre canapé. Nos mains s'effleurent, se caressent, s'enlacent, s'empoignent. Je ne dis plus rien. Le film continue sans nous. Rien d'autre n'existe que nos mains, nos bras, nos épaules. Cette surface toute en longueur et en articulations nous suffit. On se caresse les paumes, les poignets, les avant-bras, les creux du coude, le contour des muscles. Pendant une éternité, comme des adolescents. Tu finis par t'aventurer vers ma clavicule, sur mon cou, par remonter sur mon visage. Je te laisse faire. Toute une partie de moi a envie de se dérober, mais je te laisse faire en tremblant. Quand tu touches mes cicatrices, tu te figes un instant et moi aussi.

« Qu'est-ce que c'est ?
— Une blessure d'enfance.
— Ça se voit beaucoup ?
— Oui. »

Tu suis les plis et les bosses de ma peau mutilée. La moitié supérieure de ma joue droite, l'arête de mon nez, la tempe, le sourcil, l'oreille. Tu repères les contours de la lésion.

« Tu es comme moi. »

Je ne réponds rien. Tu approches ton visage du mien. Ta douce barbe naissante chatouille ma joue. Tu me caresses avec. Puis tu poses tes lèvres sur ma blessure. Tu m'embrasses là, et juste à côté, et juste à côté. Et nos bouches se trouvent.

Remise en route

« Putain, mec. Me dis pas que t'as mis ton trilili dans son trouloulou ! »

Comment a-t-il deviné ? Je voudrais faire durer le suspense, mais malgré moi un sourire s'élargit sur mon visage. Conrad éclate de rire.

« Il l'a fait ! Mais pourquoi tu m'en as pas parlé avant ? Je t'aurais dit qu'elle était moche ! J'aurais pu empêcher ça !

— Je te rappelle que je suis aveugle. Il n'y a plus que la beauté intérieure qui compte.

— Haha, le mec devient poète, en plus !

— Sérieusement. Tu peux me présenter Miss Patate 2010, si sa conversation m'intéresse, que son odeur ne me repousse pas et qu'elle ne s'évanouit pas à ma simple vue, c'est bingo. Regarde ma gueule. Tu crois que je peux faire la fine bouche sur le physique ?

— Ouais, ça se tient. Si on était tous aveugles, l'accouplement serait beaucoup plus facile, faut reconnaître. Mais donc comment ça s'est passé ?

— D'abord, comment t'as deviné ?

— Le canapé n'a pas été déplié. Il y a encore des cales en polystyrène qui ne devraient pas être là. Et donc, comment ça s'est passé ?

— Ça s'est bien passé. »

Conrad n'en saura pas plus. Il ne saura pas que depuis que je suis sorti du coma, je n'avais plus eu la moindre érection. Je croyais que c'était fini pour toujours. J'ai passé beaucoup de temps à essayer de me masturber, à tenter de réveiller ma libido d'une façon ou d'une autre. J'ai même réussi à chasser les images de torture ou de Laureline morte pour convoquer des fantasmes érotiques. Des nanas pulpeuses qui me feraient des trucs et à qui je ferais des trucs. Sans aucun effet. La bite aux abonnés absents. J'avais déjà une libido en berne depuis le meurtre de Laureline, aucun appétit sexuel, aucune envie de courtiser qui que ce soit. Même le porno me laissait froid. Mais il m'arrivait parfois le matin de sortir d'un rêve avec une gaule de légende, ou au moins une demi-molle exploitable. Après le coma, c'était fini. La seule fonction qui restait à mon pénis était de pisser.

Pourtant, hier soir, dès que Marilou m'a touché la main, c'est revenu. C'est revenu de loin, je n'ai même pas compris ce qui m'arrivait au début. C'était étrange et douloureux, chaud et tendu. J'ai d'abord cru que c'était digestif, que les épices du curry ne me réussissaient pas. Et puis mon corps s'est souvenu, a rebranché les câbles entre mon cerveau et mon entrejambe. J'ai joui deux fois, hier. Une première fois très vite, dès qu'elle m'a effleuré. Éjaculation précoce. Mais dix minutes plus tard, j'étais à nouveau d'attaque, vigoureux comme un ado, et là, j'ai tenu au moins vingt secondes. Marilou n'a pas eu l'air déçue, elle était plutôt encourageante, compréhensive. Elle m'a dit que c'était normal – est-ce qu'elle a déjà eu l'occasion de vivre ça ? Elle avait des mots rassurants. Qu'est-ce que j'aurais lu sur son visage si j'avais pu le voir ? Je ne le saurai jamais. Il n'y a pas eu de troisième essai, on a juste fini par dormir l'un contre l'autre, et c'était tout ce dont j'avais besoin. Me laisser envelopper par son parfum de chèvrefeuille, dans la tiédeur et les rondeurs de son corps… Je n'ai pas dormi aussi profondément depuis… Peut-être depuis que Laureline est morte. Pour Conrad, tout ça se résumera à « ça s'est bien passé ».

« Vous allez recommencer ?

— Je crois bien que oui.

— T'es en train de tomber amoureux ?

— On va même se marier la semaine prochaine.

— Quoi ??? Tu… Vous…

— Non, je déconne. T'es vraiment un grand romantique, toi.

— Un gros romantique, je te prie.

— Dans la vraie vie, on ne tombe pas amoureux en une nuit.

— Dans la vraie vie, on tombe amoureux en un regard.

— Je n'ai plus ce luxe, je te rappelle.

— Ah ouais. Enfin moi, j'ai vu une meuf sur une pub de shampoing tout à l'heure, je sais déjà que c'est la femme de ma vie. »

Je ne peux pas non plus avouer à Conrad que oui, je suis en train de tomber amoureux. Ça ferait midinette, il serait capable de se foutre de moi ou, pire, de me raisonner. « Ne t'emballe pas, ce n'est que le début, il faut y aller par étapes, ne pas brusquer les choses »... Un vrai courrier du cœur, quand il s'y met. Bien sûr que je m'emballe, je le sais. Je suis tout à fait conscient que cet amour que je ressens est très exagéré. Que je suis amoureux d'elle comme un naufragé est amoureux de sa bouée de sauvetage. Ça, c'est ce que ma raison me dit. Ce que mon cœur me dit, c'est que jamais on ne se quittera. Je pose à Conrad la question qui me démange.

« À quoi elle ressemble ?

— Ah d'accord, je vois. C'est pas important, mais quand même.

— Dis-moi. »

Conrad réfléchit un moment et soupire.

« OK, donc euh... Je t'ai dit qu'elle était moche.

— Ouais.

— En fait, elle a la moitié du visage brûlé.

— Je l'ai touchée. Elle m'a dit que c'était un accident d'enfance.

— Bon, ben sache que c'est moche. Mais si je veux être objectif, ça reste moins moche que ta gueule.

— C'est ça, le critère numéro un. Sortir avec moins moche et moins grande que soi. Tout le reste, ça passe.

— À part ça, elle a les cheveux noirs. Je pense pas que ce soit sa couleur naturelle. Elle a les yeux clairs, genre verts ou bleus. Un sourire assez charmant, je dois lui concéder ça... Sinon, je sais pas quoi dire, elle est mince, mais tu dois le savoir. Elle a des petits nichons, mais tu dois le savoir aussi.

— Pas si petits que ça.

— Ça dépend de tes critères. Plus petits que les miens, en tout cas. Je la bats d'au moins deux tailles de bonnet.

— Possible. Mais tu bats à peu près tout le monde d'au moins deux tailles de bonnet.

— Pas faux. »

Il y a un joyeux silence qui s'installe entre nous. On a soigneusement évité d'entrer trop avant dans l'intimité. Ce n'est pas la nature de notre relation. On se passe de mots, on maquille sous une couche d'humour gras ou de cynisme. Mais au fond, on sait très bien ce qu'il y a sous ce maquillage. Une amitié.

« Eh, au fait, t'as remarqué ?

— Quoi ?

— T'as pas du tout fait ton Tourette. »

Enquête de terrain

Derrière les hauts murs qui la cachent de la rue, la maison de Loïc Chavepayre est perdue au milieu d'un entassement de déchets. Le jardin est une décharge d'objets hétéroclites. De la ferraille, du bois, des meubles cassés, des pièces de véhicules, des gravats… Rachel, juchée sur une armoire EDF, décrit ce qu'elle voit à Toulouze.

« Il n'a vraiment pas l'air d'être là. La lumière est éteinte, il y a des mauvaises herbes partout sur le chemin et devant la porte. La maison est abandonnée, si vous voulez mon avis. »

Elle descend de son promontoire et se dirige vers la grille d'entrée. Elle la secoue en vain.

« Comment on entre ?

— Pas comme ça, en tout cas. On n'a pas d'autorisation du juge. »

Rachel escalade la grille. Avant que Toulouze ait pu commencer à protester, elle est de l'autre côté.

« Rachel, reviens ici. Tu ne peux pas…

— Mais si, on dira qu'on était inquiets, que le témoin ne donnait pas signe de vie, peut-être qu'il lui est arrivé quelque chose.

— Comment ça, inquiets ? Personne au commissariat ne sait qu'on continue l'enquête ! Comment on va justifier ça ?

— Ne soyez pas si… (les mains à plat sur les côtés du visage, elle mime des œillères). Puisqu'on enquête sans autorisation, on ne peut de toute façon pas demander de mandat au juge ! Alors, soit on assume nos petites cachotteries jusqu'au bout, soit on abandonne direct ! Allez, venez avant qu'on nous voie ! »

Elle trottine vers la porte d'entrée en écrasant les hautes herbes. Toulouze se résout à escalader la grille à son tour. Au moment d'enjamber les pointes, il ne manque pas d'accrocher la poche arrière de son pantalon, mais ne s'en rend pas compte. Il se lâche pour retomber de l'autre côté, mais au lieu d'obéir sagement à la loi de la gravité, il reste suspendu un instant, retenu par sa poche ou par la pointe de la grille, selon la façon dont on voudra raconter l'histoire. Toujours est-il que c'est la poche qui cède dans un grand craquement et la loi de la gravité se rappelle à Toulouze au moment où il n'est plus en position de l'anticiper : il atterrit n'importe comment dans un mélange d'herbes hautes et de gravillons. Rachel se précipite vers lui, « Ça va ? Vous vous êtes fait mal ? » Bien sûr qu'il s'est fait mal, sa mine crispée quand il se relève le signifie assez. Mais il s'époussette dignement sans un mot et se dirige vers la porte d'entrée. Avec Rachel à son côté, qui tente de glousser discrètement, mais qui, avant tout, glousse.

Arrivé à la porte, Toulouze enfile un gant de plastique avant d'appuyer sur le bouton de la sonnette. Ça ne produit aucun son, soit qu'elle soit en panne, soit qu'il n'y ait plus de courant. Suivant son exemple,

Rachel aussi a mis des gants et elle tourne la poignée de la porte.

« Rachel !

— Quoi ? Maintenant qu'on est là ! »

La porte n'est pas verrouillée, elle s'ouvre sans résister. Rachel la pousse, elle pivote silencieusement sur ses gonds. Toulouze ne saura jamais s'il a été frappé d'abord par l'odeur ou par la nuée de mouches, ou si les deux lui ont sauté dessus au même moment. Mais, en moins d'une seconde, il comprend qu'il y a un cadavre dans la maison. Lui et Rachel ont le même mouvement de recul et le même haut-le-cœur. L'odeur de la charogne tiède a quelque chose d'insoutenable, au moins pendant quelques instants, le temps de s'habituer et surtout de se mettre à respirer par la bouche.

Ils pénètrent tous les deux dans la maison, laquelle, si on excepte les mouches, est parfaitement entretenue. Difficile de dire d'où provient l'odeur, elle est équitablement répartie dans toutes les pièces de l'habitation. Après avoir fait le tour du rez-de-chaussée, ils montent à l'étage et c'est dans la salle de bains qu'ils trouvent le cadavre gonflé et grouillant de vers de Loïc Chavepayre, allongé dans sa baignoire, à moitié enroulé dans son rideau de douche écroulé, flottant dans une eau infecte.

Rachel se jette la tête la première sur la cuvette des toilettes et dégobille copieusement. Pendant un court espace de temps, Toulouze pense qu'il s'en sortira mieux qu'elle, qu'il saura contrôler la nausée qui monte. Mais en entendant les hoquets de Rachel et le dégueulis qu'elle éjecte par saccades, tout son corps se révolte. Sans se soucier de savoir si elle a terminé, il la bouscule et vomit dans son vomi.

Les deux restent assis à côté de la cuvette, essoufflés, verdâtres, vaguement soulagés. Rachel tire la chasse.

« Vous croyez qu'il s'est suicidé ? »

Sans bouger, Toulouze jette un œil sur le cadavre. Il tient encore le rideau de douche dans sa main, comme s'il s'y était agrippé avant de mourir.

Toulouze se lève et s'approche prudemment, prenant soin de ne rien déranger. Autour de lui, les mouches vont et viennent dans un vrombissement écœurant. Il y a un appareil électrique branché au mur, dont le fil aboutit dans la baignoire et disparaît sous l'eau noirâtre.

Avec sa main gantée, Toulouze appuie sur l'interrupteur du plafonnier. Sans effet.

« Je crois qu'il s'est électrocuté. »

Journal de Rachel Kuklinski

20 juillet.

On n'est pas beaucoup plus avancés, il faut attendre l'autopsie, mais la mort de Loïc Chavepayre ne le détrône pas de sa place de suspect numéro un. La date de la mort de Loïc Chavepayre pourrait se situer à peu près n'importe quand entre la semaine dernière et il y a deux mois. Enfin, moi, je n'y connais rien, la médecine légale, c'est pas mon truc. Les viandes pourries, les mouches, les asticots, fouiller dans des entrailles en putréfaction, non merci. Qu'est-ce que ça pue, un cadavre ! (Et au passage, tous ces vers qui grouillaient sur ce corps gonflé m'ont fait penser aux fœtus que j'ai portés il n'y a pas si longtemps, à l'avortement, au sang que j'ai perdu… Je crois que c'est ça qui m'a fait vomir – car oui, j'ai vomi comme une débutante, mais d'abord je suis une débutante, ce n'est que mon cinquième cadavre et le premier dans un tel état, et ensuite Toulouze aussi a vomi et LUI n'a pas avorté récemment.)

Ce qui est sûr, c'est que, pour l'instant, Chavepayre reste le suspect idéal.

Il y avait dans la baignoire un radiateur d'appoint à résistance électrique, à peine plus gros qu'un grille-pain et sans doute plus âgé que la reine d'Angleterre. Il était branché quand il est tombé dans l'eau, ça a tué Chavepayre et fait sauter les plombs. Est-ce qu'il est tombé par accident ou Chavepayre s'est-il donné la mort ? L'autopsie seule ne saura pas répondre à cette question. La seule chose qu'on sait, c'est qu'il n'a pas laissé de lettre, en tout cas, on n'en a pas trouvé. Mais je peux très bien imaginer un truc un peu romantoc où, pour venger la mort de son amour de jeunesse, il enlève et torture Bourriol, après quoi il se suicide avec le sentiment du travail accompli. « Ma tâche sur Terre est accomplie, adieu, plouf, gzgzgzzzzzz. » Si ça se trouve, on est arrivés au bout de l'enquête. On n'a aucune autre piste en tout cas. On a été obligés d'en parler à Mon-Commandant, qui aurait pu faire toute une histoire, mais en fait non. Il est satisfait de la conclusion. En tout cas, pour lui ça s'arrête là. C'est l'œuvre d'un déséquilibré, il avait été repéré par la mairie, donc elle n'est pas responsable, et il s'est suicidé, donc il n'y aura pas de procès embarrassant. Tout est bien qui finit bien, selon lui.

Selon lui, mais pas selon tout le monde, parce que en sortant du commissariat, le capitaine Pastorino m'attendait dans sa voiture. Il m'a demandé de monter, j'ai quand même beaucoup hésité. Il s'est excusé pour la dernière fois, il m'a promis qu'il était sobre et en effet, il me paraissait… normal. Plus ou moins. Dépressif et fatigué, mais pas alcoolisé. Ça ne m'a pas empêchée de lui dire que je ne montais pas dans la voiture d'un inconnu. Il a retiré la clé du contact et me l'a tendue : « La voiture reste là, devant le commissariat. Il n'y aura pas de problème, promis. »

Je me suis assise sur le siège passager avec la clé de contact serrée dans mon poing. Un peu nerveuse, quand même.

« Je voulais te voir parce qu'il te manque des éléments. Quand on a enquêté sur Laureline, on a regardé le passé de Bourriol, mais pas très en profondeur, juste pour vérifier qu'il n'avait pas d'antécédents judiciaires, pour connaître un peu sa vie et le contexte dans lequel il évolue, comment il a grandi. Le minimum. On a vu que c'était quelqu'un qui n'avait pas eu une existence facile et on en est restés là. »

Pastorino a lâché sur mes genoux un dossier assez épais qui reposait sur son tableau de bord.

« Il n'a pas eu une existence particulièrement difficile non plus, mais disons qu'il a été très malchanceux. Laureline n'est pas la première à être morte brutalement dans son entourage. Ce n'est même pas sa première compagne. »

J'ai ouvert le dossier, il y avait des chemises avec sur la couverture de chacune un ou des noms.

« Il y a eu Vanessa Clanet, la première fille avec qui il a emménagé. Ils ont vécu deux ans ensemble dans un petit studio, rue Olga, pendant qu'ils faisaient leurs études. Un jour, pendant les vacances d'été, elle prend leur Twingo pour aller voir de la famille bretonne. Elle ne fait pas quinze kilomètres avant qu'un incendie se déclare dans la voiture. Elle meurt quelques jours plus tard à l'hôpital des suites de ses brûlures. »

Je regardais les dossiers, je pointais mon doigt sur un nom, il me racontait l'histoire.

« Emmanuelle Barrot. Ils sortaient ensemble au lycée. Tombée de son balcon au sixième étage.

« Sylvie Forrest, sa prof de tir à l'arc. Assassinée. Elle a été trouvée dans le local du club avec une flèche plantée dans le crâne. Tirée à l'arbalète, l'arme a été retrouvée sur place, aucune empreinte, aucun témoin. Officiellement, ils n'étaient pas ensemble, mais il était présent à son enterrement. C'était deux ans après la mort de Vanessa Clanet.

« Vincent Clerc et Marine Van Heim. Un couple de ses amis. Ses meilleurs amis, en fait. Renversés par une voiture un soir de réveillon. Elle est morte, il est en fauteuil roulant. On n'a jamais identifié ni la voiture ni le conducteur. Vincent Clerc est retourné vivre chez ses parents dans le Pas-de-Calais, ils n'ont presque plus de contact.

« Yves et Marie Bourriol, ses parents, morts en voiture, il y a deux ans. Les freins ont lâché. Il a hérité d'une belle somme qui lui a permis d'acheter sa petite maison. »

Une dernière pochette, avec un nouveau prénom féminin dessus : Alice.

« Elle, c'est un peu particulier. C'était sa voisine quand il avait une dizaine d'années. Ils étaient amoureux comme on l'est à cet âge-là. Ils se tenaient la main, passaient du temps ensemble et s'offraient des petits cadeaux. Elle a péri dans l'incendie de sa maison. J'ai du mal à imaginer qu'il ait pu la tuer volontairement, pas à cet âge-là. Et puis j'ai retrouvé les archives, le feu a pris à l'intérieur de la maison, vers minuit. Il était dans sa chambre, je n'imagine pas un gamin de dix ans se glisser hors de son lit en catimini, sortir sans éveiller l'attention de ses parents, entrer par effraction chez les voisins, déclencher un incendie et refaire tout le trajet en sens inverse… Ça me paraît impossible. En revanche, cet événement peut l'avoir profondément marqué.

— Ça lui aurait bousillé le cerveau et il tuerait chacune des femmes qu'il aime depuis. »

Pastorino n'a rien répondu, ça n'aurait rien ajouté de toute façon.

Peut-être (peut-être) qu'on a trouvé le tortionnaire de Bourriol. Ça reste à confirmer, il faut qu'on ait une date de décès, il faut que Bourriol nous explique pourquoi il prétend n'avoir pas reconnu son bourreau, mais bref : peut-être que cette affaire-là est en passe d'être soldée.

Mais l'affaire Laureline ne l'a jamais été. Et si je décide d'écouter Pastorino, il y a aussi une affaire Vanessa, une affaire Emmanuelle, une affaire Sylvie, une affaire Vincent et Marine, une affaire Yves et Marie… Peut-être d'autres ? Quand il m'a fait ses petits résumés, j'ai été prise d'un vertige qui ne m'a pas encore quittée.

Et si c'était Bourriol, le vrai Monstre ?

Ça existe, un tueur en série qui n'a pas de rituel, qui change de façon de tuer à chaque nouvelle victime ? Peut-être. Je me dis toujours que si moi j'étais tueuse en série, je ne tuerais jamais deux fois de la même façon pour ne pas attirer les soupçons. Je rappelle que j'ai très sérieusement envisagé d'embrasser la carrière de tueuse à gages quand j'avais dix-sept ans. Ici, la plupart des morts ressemblent à des accidents. Peut-être que c'en est. Ou peut-être que Bourriol est un tueur très discret, et très malin.

Je ne sais pas encore quoi faire de toutes ces informations. J'ai emporté le dossier avec moi, Pastorino n'aurait pas accepté que je reparte sans. Il est là, posé sur la table de la cuisine. Est-ce que j'en parle à Toulouze ? À Mon-Commandant ? Par où commencer ?

Peut-être par prendre quelques jours de réflexion.

Par fax

Rachel sort du vestiaire. Elle renifle ses mains avant de les coller sous le nez de Toulouze, qui recule par réflexe.

« Putain, l'odeur ne part pas. J'ai pris au moins trois douches depuis hier et ça sent encore le macchabée.

— C'est dans tes vêtements. T'aurais dû laver ton uniforme. »

Elle plonge son nez dans sa manche et en sort dégoûtée.

« Ah, c'est ça. Vous avez raison.

— L'habitude.

— Je ne le lave que le week-end, j'en ai qu'un pour l'instant.

— Demandes-en un autre.

— C'est fait. Depuis des semaines. J'en attends trois et si ça continue comme ça, je vais juste aller m'acheter une panoplie au supermarché. »

À l'autre bout du bureau, le fax crache des feuilles imprimées, ce qui ne manque jamais de provoquer une remarque narquoise chez Rachel.

« Ah ! Voilà un nouveau message venu des âges obscurs ! »

Les procédures sont lentes à changer, certains services n'utilisent que le fax et la poste pour communiquer leurs pièces. La sécurité des courriers électroniques n'est pas assurée, quiconque travaille dans la police le sait. Mais ça n'empêche pas Rachel de ricaner. Elle est née avec le numérique. Pour elle, le fax, c'est l'âge de la pierre. Elle va chercher les papiers.

« Les relevés de la forge. Pas trop tôt, j'ai envie de dire. Les traces papillaires, lieutenant Toulouze, c'est marqué là ! Les traces papillaires ! »

C'est dit avec un petit sourire moqueur, mais Toulouze ne se vexe pas, ça le fait même un peu sourire lui aussi. Rachel lui tend la liste, qu'il examine rapidement.

« Bon. On a quelques correspondances avec le fichier national, il faudra qu'on vérifie ça. Sûrement de la petite délinquance, mais on ne sait jamais.

— Je peux voir à quoi ça ressemble ? »

Toulouze lui rend les papiers, qu'elle feuillette. Arrivée à la dernière page, elle tique sur quelque chose, qu'elle lui montre.

« C'est quoi la section codée en bas ?

— Les faux positifs. Ça a été mis en place il y a une dizaine ou une quinzaine d'années. Théoriquement, on est supposés tous faire très attention à ne pas polluer les scènes de crimes, mais, dans les faits, on trouve souvent des empreintes des flics qui sont intervenus. Pour éviter de perdre du temps, la PTS a toutes nos empreintes. S'ils en trouvent une dans leurs prélèvements, c'est un faux positif.

— OK, je comprends pour la forge, mais pour la cabine téléphonique ?

— Quoi la cabine ?

— Pourquoi il y a des empreintes de la cabine dans les faux positifs ?

— Quoi ? »

Ce que dit Rachel n'a aucun sens. Les empreintes de la cabine ont été livrées il y a plusieurs jours, elles n'ont rien à faire dans ce listing. Et il n'y a pas de raison qu'elles soient enregistrées en faux positifs non plus. Toulouze prend les papiers des mains de Rachel. Il les examine. Elle a raison. La liste est très claire : sur plusieurs pages, ce sont les empreintes de la forge. Les identifiées, suivies des non identifiées et enfin des faux positifs. Il y a une vingtaine de doigts dans cette dernière catégorie, ce qui est beaucoup, il y a eu du relâchement sur cette intervention. Sous cette première liste, une deuxième liste, plus courte, a été ajoutée : les empreintes de la cabine.

« Ils savent que c'est la même affaire, quelqu'un a pris l'initiative de nous remettre la liste de la cabine ici.

— En fait, il ne l'a pas remise, on ne l'a jamais eue. Vous m'avez dit que c'était la standardiste qui avait pris un message au téléphone.

— C'est vrai, je me rappelle. Elle n'a peut-être pas bien noté le message. La différence entre faux positifs et négatifs a pu lui échapper. Mais je ne comprends pas… Comment peut-il y avoir des faux positifs pour la cabine ? J'étais là avec toi, aucun de nous n'a touché quoi que ce soit sans gants…

— Peut-être qu'un flic a passé un coup de fil depuis là-bas. Une coïncidence.

— Je ne connais pas un seul policier qui n'ait pas de portable. Et tu sais ce qu'on pense des coïncidences dans notre métier…

— Oui, oui. Il n'y a pas de coïncidence. »

Toulouze regarde la liste de plus près.

« Les faux positifs concernent un doigt de la main gauche, et pour la main droite, tous les doigts sauf l'auriculaire.

— C'est le même mec. »

Toulouze et Rachel restent un moment muets, abasourdis par cette nouvelle révélation. C'est Rachel qui brise le silence.

« Ça veut dire que tout le commissariat est suspect ? »

Toulouze commence à hyperventiler. Ça faisait quelques jours que ça ne lui était pas arrivé et ça ne lui avait pas manqué. Il lève la main pour demander une pause.

« Attends, attends, attends. »

Il réfléchit. Rachel le laisse faire, réfléchit de son côté. Il remet ses idées en ordre, puis reprend.

« Les empreintes de la police sont anonymisées pour des questions de sécurité. On ne veut pas que le nom d'un policier qui a laissé ses empreintes sur une scène de crime puisse être révélé. Même la PTS n'a pas les noms. Quand tu as donné tes empreintes en arrivant, la PTS les a mises dans un ordinateur, qui t'a attribué un code au hasard. C'est ce code qui sort quand ils trouvent un faux positif, et si c'est ton code qui sort, tu n'as aucun moyen de le savoir.

— Donc on ne peut pas connaître l'identité de celui qui a utilisé le téléphone.

— Non. »

Toulouze feuillette les pages du fax compulsivement.

« Mais on peut voir si c'est le même code qu'un des faux positifs de la forge... »

Les feuilles tremblent entre les mains du lieutenant, il est obligé de les poser sur son bureau pour les lire.

« Ça correspond. Code HH0013. On a dix doigts dans la forge qui appartiennent à un même policier, et cinq d'entre eux sont ceux qu'on retrouve dans la cabine téléphonique. »

Les coudes posés sur le bureau, Toulouze appuie sa tête entre ses mains. Il lâche un petit gémissement.

« Je ne sais pas quoi faire, Rachel.

— Il faut prendre les empreintes de tout le commissariat. »

Sans sortir sa tête d'entre ses mains, Toulouze éclate d'un court rire nerveux.

« Tu rêves. Suspecter nos propres collègues ? Jamais de la vie ça ne passera.

— Mais...

— Ils vont tous refuser, ils vont se sentir très insultés, les syndicats vont s'en mêler, on va s'en prendre plein la gueule, on va être complètement mis à l'écart et nos carrières ne s'en relèveront jamais. Autre chose ?

— Mais si on a un psychopathe parmi nous, il faut quand même le mettre hors d'état de nuire !

— Oui, mais pas en accusant tout le monde d'un bloc. Il faut qu'on cadre plus précisément nos soupçons. »

Rachel soupire, comme l'ado qu'elle n'a jamais tout à fait cessé d'être.

« Super. Pourquoi faire simple, hein ?

— Non, mais en plus, si ça se trouve c'est un ex-flic, on n'en sait rien. Je suis à peu près sûr que personne à la PTS ne s'occupe de purger les empreintes du personnel qui a quitté le métier, ou qui n'était là que de passage. »

Rachel semble sur le point de dire quelque chose, mais se ravise. Elle va s'asseoir sur son fauteuil, prend un stylo, tapote le bureau avec. Le stylo finit par lui échapper des mains et rouler sous une armoire, hors d'atteinte. Elle pince ses lèvres, ses narines palpitent. Elle ne va pas pouvoir retenir plus longtemps ce qu'elle a en tête.

« Est-ce que le fait que notre coupable est probablement un flic ou un ex-flic peut avoir un rapport avec le fait que Serge veut qu'on arrête l'enquête ? »

Toulouze n'en était pas encore là, et il se prend la question comme un coup de poing. Le temps pour lui de se secouer et elle précise déjà sa pensée.

« Avec le fait que Serge et Aurèle veulent qu'on arrête. Le commandant et le maire. Le flic et l'ex-flic. L'ex-flic dont la voiture de fonction a servi pour le crime.

— Tu… »

Un long temps. Toulouze ne peut pas finir sa phrase. Rachel s'en charge.

« Oui, je me demande si l'un des deux peut être coupable. Ou les deux. C'est exactement ça. Dit autrement : est-ce que mes pères adoptifs trempent dans cette histoire ? »

C'est Rachel qui tremble, maintenant. La gorge serrée, elle prend une décision.

« Je vais prendre leurs empreintes. »

Toulouze tente de la raisonner.

« Non, comment tu vas t'y prendre ? Tu vas… Tu… Rien ne prouve que ce soit eux, ça pourrait très bien être… Je sais pas, moi. Pastorino. Il a le profil, il le reconnaît lui-même.

— Si ça ne donne rien avec Serge et Aurèle, on fera venir Pastorino. Mais avant, je dois en avoir le cœur net. Quant à savoir comment je vais m'y prendre, c'est simplissime. Je vais aller dîner chez eux, leur piquer un verre ou une tasse, prélever les empreintes, et demander à la PTS de les comparer avec l'échantillon HH13, là.

— HH0013.

— C'est ça, HH0013. Vous avez une bonne raison de m'empêcher de le faire ? »

Soupir de Toulouze, obligé de rendre les armes.

« Non. Sois très prudente, c'est tout. »

Journal de Rachel Kuklinski

22 juillet, une heure du matin.

Je suis arrivée chez Serge et Aurèle à l'improviste et armée d'une bouteille de vin, exactement le genre de chose qu'ils réclament : « Tu viens jamais nous voir, impose-toi, on aura toujours à manger pour toi. Tu apportes la boisson, on décongèle un truc. » Problème : j'y suis arrivée EN MÊME TEMPS QU'AMAURY ! Car, toute à ma précipitation, j'avais oublié que « Mercredi, c'est Amaury ». Il était là avec sa petite pochette d'ordinateur et son air habituel de fayot.

Toi, lecteur ou lectrice de 2110 qui me lis alors que je ne suis plus qu'un squelette desséché au fond d'un trou anonyme, peut-être que tu as pris au hasard l'un des nombreux tomes de mon interminable journal. Peut-être que tu n'as pas commencé cette saga par le début, par ce cahier rose Barbie avec une serrure dorée dans lequel, dès la première page, j'expliquais avec force fautes d'orthographe que Gaëtan Challande était méchant parce qu'il avait trempé le bout de ma natte dans un pot de peinture en cours de dessin. J'avais huit ans, tout était déjà là. Toi, lecteur ou lectrice qui as commencé le récit par l'année 2010, tu ne sais pas qui est Amaury vu que ça fait au moins deux ans que j'ai réussi à l'éviter. Bon, il a passé dix-huit mois à l'étranger, alors ça aide. Mais quand même, je m'étais très bien habituée à ne pas le voir. S'il était resté dans un pays lointain, ça m'aurait bien convenu.

Amaury, c'est le fils naturel de Serge, issu d'un lointain mariage et de l'époque où ce dernier n'assumait pas encore son goût pour les hommes.

Pendant les quatre ans que j'ai vécus chez mes pères adoptifs, il vivait aussi sous leur toit et aimait se balader à poil sous mes yeux. Il me parlait toujours d'un peu trop près avec son haleine de fumeur dégueu, il me faisait des sales blagues du genre :

– Accrocher une araignée morte sur ma brosse à dents,

– Voler les clés de mon scooter (je croyais les avoir perdues) et attendre que je les fasse refaire avant de me les rendre,

– Lire mes journaux intimes,

– Surgir d'un coup en faisant BWAAAAA, manquant de me tuer à chaque fois d'une crise cardiaque,

– Brûler (brûler !) tous mes sous-vêtements dans la cheminée.

(Liste non exhaustive, loin de là, très trèèèès loin de là.)

Amaury me met super mal à l'aise depuis le début, je lui ai dit plusieurs fois, mais ça a l'air de le motiver encore plus : il veut obtenir cet effet sur les gens. Il est l'une des raisons pour lesquelles j'ai fini par retourner vivre dans l'immense maison de feu mes parents (maison que je suis supposée vendre depuis leur mort, je sais, je sais...). Et curieusement, dès que je suis partie, il est parti aussi. Il a trouvé son propre appartement, comme si la seule chose qui le faisait rester chez son père à vingt-cinq ans passés, c'était le plaisir de me harceler.

Bref, je pensais passer un petit dîner tranquillos avec Aurèle et Serge, récupérer leurs empreintes et m'en aller tout aussi tranquillos, mais là j'étais toute tendue, je n'arrivais pas à me concentrer. D'abord, à cause d'Amaury, parce que je me méfie de lui comme on se méfie d'un vendeur de farces et attrapes sadique. Ensuite, parce que je regardais deux des personnes présentes à table comme des suspects. Deux hommes qui m'ont accueillie quand je me suis trouvée orpheline, deux hommes sur les épaules desquels j'ai pu pleurer, qui ont supporté mes sautes d'humeur, ma dépression, ma tentative de suicide. Qui ont toujours été là quand j'en avais besoin, mais qui ne m'ont jamais retenue quand j'ai voulu partir. Ils m'ont soutenue quand j'ai voulu faire mon tour du monde, ils sont venus me chercher quand j'étais en galère à Moscou... Ils ont même essayé de me dissuader d'entrer dans la police alors que je voyais bien que ça les rendait fiers.

Et Aurèle m'a officiellement adoptée. Je suis légalement sa fille.

Et il n'en a jamais fait un étalage public alors que ça aurait pu lui faire marquer des points de popularité.

Comment est-ce que j'en suis venue à les trouver suspects ? Est-ce que je me suis laissée intoxiquer par cette affaire ? Est-ce que je deviens parano ?

Non, je ne crois pas. Si je me pose honnêtement la question, je comprends maintenant que j'ai surtout besoin de prendre leurs empreintes pour les disculper, pour qu'il n'y ait plus aucun doute.

Je ne sais plus de quoi on parlait quand Amaury a posé une grenade dégoupillée sur la table (c'est une métaphore, il s'agissait en fait d'un sujet de conversation. Je le précise parce qu'il serait sans doute capable de poser une VRAIE grenade sur la table juste pour voir notre réaction). Il a glissé une petite question assassine, mine de rien, entre deux bouchées, avec ce petit regard par en dessous qui me fiche toujours un peu la frousse. Un regard pervers, je trouve. Il s'adressait à Serge :

« C'est qui la femme avec qui tu dînais hier soir ? »

Serge a eu beaucoup de mal à avaler la patate qu'il avait en bouche. Il l'a fait passer avec un verre d'eau, mais ça ne lui a pas donné le temps de se préparer un alibi.

« Quelle femme ?

— Ben, je sais pas. Je suis passé devant la pizzeria là, et je t'ai vu avec elle.

— Ah oui oui, je… Oui. »

Malaise visible de Serge, tête d'Aurèle, léger flottement… Aurèle relance :

« T'étais pas au commissariat ? Je croyais que t'avais des trucs à régler hier soir. Que t'es rentré tard à cause de ça.

— Non, oui, non, je… J'étais au commissariat et après j'étais au resto. Avec la chirurgienne. Celle qui a opéré Bourriol. On parlait du… de l'affaire. »

Gros silence. Le seul qui semblait joyeux à table, c'était ce petit con d'Amaury.

« Elle avait de nouveaux éléments à te communiquer ?

— Oui, non, enfin on avait prévu de dîner un soir, et voilà, c'était hier.

— Et pourquoi tu ne me l'as pas dit ? Pourquoi t'as menti ?

— Je ne voulais pas que tu te fasses des idées.

— Eh bien, on peut dire que c'est raté. Je me fais des idées. »

Et là, Amaury qui met les pieds bien dans le plat : « Tu la dragues ? »

Putain, mais quel fils pose ce genre de question à son père devant la personne qui partage son lit ? Il est vraiment pas net, ce mec. En tout cas, c'était le moment pour moi de me tirer de ce guêpier. Je me suis levée en lançant un « je vais m'occuper du dessert » faussement jovial et j'ai entrepris de débarrasser la table. Personne n'avait vraiment fini de manger, mais personne n'en avait plus rien à foutre. Sauf Amaury, par qui j'ai eu la mauvaise idée de commencer et qui a retenu son assiette. Il s'est resservi du poisson comme on se ressert du pop-corn. Il était au spectacle.

Moi ? Débarrasser la table ??? Dans des circonstances normales, j'aurais juste pris mes cliques et mes claques et laissé ce trio continuer sa conversation super gênante sans moi. Mais je voulais récupérer des empreintes. Ce cordial échange entre amants jaloux promettait de se prolonger et ça me donnait la fenêtre de temps nécessaire pour faire mes petits relevés dans la cuisine. Sauf que ça ne s'est pas passé comme prévu. Pour se donner un peu d'air, Serge s'est levé et m'a aidée. Ou plutôt : il m'a volé mon initiative. Il a ramassé tout ce qu'il pouvait, empoigné les verres, empilé les assiettes et a emporté tout ça avant que je puisse faire le moindre geste (j'en étais restée à l'assiette d'Amaury, qui m'avait un peu coupée dans mon élan).

Le temps que je le rejoigne dans la cuisine, il était déjà en train de charger le lave-vaisselle. Tout mon plan était en train de partir en sucette. « Laisse, je vais m'en occuper », j'ai dit en espérant sauver quelque chose. Et la voix d'Aurèle venant du salon m'a sauvée : « J'ai encore des questions, Serge ! La vaisselle attendra ! »

Serge m'a lancé un regard dépité, puis est retourné dans l'arène. C'était ma chance. Les couverts étaient déjà dans la machine, tout mélangés. Les assiettes aussi, mais de toute façon, on peut passer tout un dîner sans toucher son assiette, ce qui n'est pas idéal quand on veut y trouver des empreintes. En revanche, les verres à vin étaient tous sur le plan de travail. Si je m'en étais occupée moi-même, j'aurais fait très attention de ne pas les saisir n'importe comment, et surtout de repérer lequel appartenait à qui. Mais là, je n'avais pas le choix : il fallait que je fasse les prélèvements sur les quatre verres.

Comme j'avais anticipé que l'opération se déroulerait dans la cuisine, j'avais planqué le kit d'empreintes derrière le grille-pain, mais avec mes mains moites de stress, j'ai perdu au moins une minute à essayer d'enfiler les gants avant de renoncer. De toute façon, il y avait mes empreintes sur au moins un des verres, ce n'était pas la peine de faire du zèle. Pinceau, poudre, adhésif… tout en écoutant d'une oreille ce qui se passait dans le salon, j'ai procédé le plus vite possible.

Premier verre (« Je ne la drague pas, on s'entend bien, c'est tout. — Si c'était vraiment tout, tu m'en aurais parlé. Tu l'as rencontrée quand ? Au tout début de l'affaire ? Et tu n'as jamais mentionné son nom devant moi depuis ? »)

Deuxième verre (« OK, peut-être que c'est pas si clair, mais il ne s'est rien passé. — Mais quelque chose aurait pu se passer. — Je sais pas, on n'en est pas là ! — Ah non ? Et vous en êtes où, exactement ? Tu avais prévu de t'arrêter à quel moment ? »)

Troisième verre (« Je comprends pas pourquoi tu fais tout un cirque. On a toujours eu cet accord. Que si je couche avec une femme je ne te trompe pas. — Amaury, tu peux nous laisser, s'il te plaît. — Non, mais continuez, ça me dérange pas… — Amaury, va aider Rachel. »)

J'ai entendu Amaury se lever en soupirant. Je n'avais pas commencé le quatrième verre, les trois autres étaient encore maculés de poudre noire, mes échantillons d'empreintes étaient bien en évidence sur le plan de travail… Pendant qu'il avançait de son pas traînant dans le petit couloir qui sépare la salle à manger de la cuisine, je me suis grouillé le cul comme jamais tout en sachant que c'était perdu : j'allais me faire gauler. J'étais exactement dans la situation de Serge en train d'avaler de travers sa patate, mon cerveau speedait pour trouver un alibi plausible, laissant mon corps faire n'importe quoi à très haute vitesse. Résultat : j'ai renversé le flacon de poudre, qui s'est répandu par terre.

Sur ces entrefaites (comme on dit dans les livres), Amaury a fait son entrée, très intéressé par mes petites cachotteries. Je n'avais qu'une carte à jouer, il fallait que je la joue avant qu'il ne prononce un mot. J'ai dit : « Ah, tu tombes bien, tu peux me passer l'éponge, j'en ai foutu partout ! » L'idée était de faire passer tout ce que je trafiquais dans cette cuisine pour parfaitement normal. Gagné : il m'a tendu l'éponge avant de poser la moindre question.

« Je m'exerce à prendre des empreintes, j'ai galéré l'autre jour en intervention, alors j'en prends partout où je peux. »

Il m'a regardée avec suspicion, enfin comment savoir, je me sentais tellement coupable que même le regard d'un lapin en peluche m'aurait paru lourd de méfiance. En tout cas, il n'a rien dit. Mais même ses silences me dérangent. Ses silences, ses sourires, le ton nasillard de sa voix… Et alors le contact physique, j'en parle même pas, c'est comme si je touchais une araignée, je l'évite au maximum. Là, il a entrepris de m'aider à faire le ménage (c'est une vraie saloperie, la poudre à empreintes. Ça colle, ça s'infiltre partout et sur certaines surfaces, c'est presque impossible à retirer. La semaine dernière, il y a une femme qui est venue déposer plainte au commissariat… contre le commissariat ! Pourquoi ? Parce que son fils s'est suicidé en se jetant par la fenêtre et que, respectant la procédure, les enquêteurs ont relevé les empreintes sur la fenêtre. Une fenêtre en PVC blanc, maintenant noircie à vie. Malgré tous ses efforts, la femme n'a pas réussi à la ravoir. Elle porte plainte pour obtenir le remplacement de sa fenêtre, dont la saleté n'est pas seulement inesthétique : elle lui rappelle tous les jours le suicide de son fils, fin de la parenthèse). Amaury a donc entrepris de m'aider à faire le ménage, disais-je donc avant de m'auto-interrompre. On frottait tous les deux, accroupis au sol. Sa proximité me rendait nerveuse, son odeur de cendrier me soulevait le cœur, j'ai tenté des phrases du genre « non mais laisse, ça va, je m'en occupe », sans aucun effet. J'ai voulu me lever pour aller rincer mon éponge et prendre un peu d'air et il m'a RETENUE par l'épaule. J'ai fait un « aaaah » mi-dégoûté mi-effrayé en me dégageant brutalement. Rien de volontaire là-dedans, juste un pur réflexe de survie. Exactement ce que je ferais si une araignée me touchait, c'est bien la preuve que la comparaison n'est pas exagérée.

Mais bon, je comprends que tout ça est très disproportionné et que je serais très vexée si quelqu'un agissait comme ça avec moi, alors je me suis excusée, confuse comme tout. Lui n'a pas bougé. J'étais debout, il était accroupi. Il m'a lancé un petit sourire qui se voulait sans doute indulgent, mais en fait très dérangeant, il a saisi doucement mon poignet avec sa main horriblement tiède et atrocement douce, et m'a ramenée vers lui. Je me suis laissé faire, mimant la plus parfaite décontraction, alors que je n'étais que contraction. Une fois que j'étais à nouveau accroupie à côté de lui, il m'a dit :

« On est bien d'accord que tu ne vas transmettre mes empreintes à personne ? »

Et clairement, c'était une menace.

À trois, c'est mieux

La vidéo suivante est trouvable à l'adresse www.soupedechatte.com/barbiegirl002. *Le haut de la page d'accueil du site soupedechatte.com montre un bol de soupe contenant un liquide de couleur orange où flottent une dizaine de vulves glabres de formes, couleurs et tailles diverses. Il s'agit d'un audacieux travail de montage photographique où l'on devine la patte d'un graphiste parkinsonien qui vient de découvrir Photoshop. Sur les côtés de l'écran, dignes comme les colonnes d'un temple grec, deux femmes nues sont éclaboussées de ce même liquide orange qu'on imagine être de la soupe de carotte, supposition confirmée par la présence de cette racine comestible dans le vagin de la femme de gauche, et d'une autre dans la bouche de celle de droite. Des femmes vraisemblablement peu farouches et dont les seins ressemblent à des melons, ce qui achève de donner une tonalité clairement potagère à cette page d'accueil.*

Lançons la vidéo.

Il s'agit d'une jeune femme blonde aux cheveux mi-longs, seule à l'image, entièrement nue à l'exception de socquettes blanches. Elle est assise au centre d'un lit double aux draps blancs. Son pubis est épilé, ses seins siliconés dans des proportions raisonnables, elle ne semble pas maquillée. Elle sourit à la caméra et brandit une poupée Barbie, blonde également, nue également… et également épilée. Elle lui secoue le bras pour qu'elle fasse coucou à la caméra. La femme s'allonge sur le dos et un tas d'oreillers, pose la poupée Barbie entre ses seins et se tripote le clitoris avec le bout du majeur, silencieusement d'abord, puis en faisant des mmmmh, et des aaaaah et des oooooh. Les jambes écartées et les genoux relevés, elle glisse son index dans son vagin à plusieurs reprises, et finit par le porter à sa bouche pour le sucer. Après quoi, elle se saisit de la poupée, avec les cheveux de laquelle elle balaie doucement sa vulve rose pendant quelques secondes. Elle introduit ensuite une des jambes de la poupée dans son vagin et entreprend de se masturber avec, l'autre jambe en plastique faisant des va-et-vient sur son clitoris. La femme semble y prendre beaucoup de plaisir et émet des petits couinements de joie communicative tout en se pinçant la pointe du sein gauche de sa main libre. Après un moment de ce traitement, la femme ajuste sa technique et ce sont maintenant les deux jambes de la poupée qui sont dans son vagin. Si l'on en croit l'intensité renouvelée des râles que pousse la femme, les sensations sont plus intenses de cette façon. Les cheveux de la poupée s'agitent dans tous les sens. Après une petite minute cependant, la femme extrait entièrement de son vagin la vaillante poupée, la retourne, et l'insère à nouveau mais dans l'autre sens : cheveux, tête, cou, épaules, bras et seins en plastique – je parle ici de la poupée – sont mis à contribution pour le plus grand bonheur de la femme qui prend plus de plaisir que jamais, finissant par pousser de véritables cris d'extase. Le...

Je coupe le son. À côté de moi, Conrad se bidonne.

« Où est-ce que t'as trouvé ce truc ?

— Pornfortheblind.org. Je te l'ai mis dans tes favoris. C'est fait par des bénévoles. Ils matent du porno toute la journée et font des retranscriptions pour les aveugles. Tu kiffes ? Tu kiffes ? Allez ! Chuis sûr que tu kiffes !

— Si c'est censé m'exciter, c'est raté.

— Oh allez, fais pas ton pudique ! Dire à ton meilleur pote que tu bandes, c'est pas être pédé. »

Je ne réponds pas, il ne faut pas lui donner de munitions. Je tends la main devant moi pour trouver ma tasse de café. J'en bois une gorgée.

« T'as vu, maintenant tu trouves toujours ta bouche du premier coup.

— Très drôle. Du premier coup, du prem du prem du premier coup, du... AH PUTAIN...

— Ah ah ! Tu m'éclates !

— Tu sais ce qui manque à leur truc ? Le son d'origine. Je préfère écouter une femme prendre son pied que d'entendre un mec me dire qu'elle prend son pied.

— Faudrait leur écrire. Vu que t'es aveugle et tout, ils vont sûrement t'écouter. Mais il y a peut-être une question de droits sur la bande-son. Tu crois qu'il y a des droits d'auteur sur le *home made porn* ?

— J'en sais rien. De toute façon, je vais pas commencer à écouter des pornos avec Laureline sous mon toit.

— Au contraire, mec ! Tu écoutes au casque, même si elle débarque, y a aucun moyen qu'elle te chope. Alors que mater un porno, y a toujours un risque. Oh, et *by the way* : c'est pas Laureline qui vit sous ton toit, c'est Marilou.

— Ouais. Marilou. Marilou. Marilou. Marilou. Marilou.

— Et ça y est, t'es reparti. Encore bloqué.

— MARILOUMARIIIILOUMAAAARILOU ! Ah merde ! Pardon.

— T'inquiète. Pour moi, c'est juste marrant, tu sais.

— Ce que je voulais dire, c'est que je n'ai pas besoin de porno. On est un jeune couple. À quoi tu Marilou penses qu'on Marilou notre temps libre ? Merde. Pardon.

— J'ai compris. Vous baisez tout le temps, c'est ça que tu veux dire. Enfoiré. Je sais pas ce que t'as fait pour mériter une vie sexuelle. Je veux dire, elle est moche, soyons clairs. Mais bon, moi aussi, et j'ai personne pour me tenir chaud la nuit.

— Ce que je veux dire, surtout, c'est retire le putain de porno de mon ordinateur.

— C'est déjà fait.

— Promis ?

— Qu'est-ce que tu entends exactement par ce mot ? »

Conrad passe son temps à piéger mon ordinateur avec des nouveaux favoris ou des programmes débiles qui se déclenchent tout seuls. Il met des photos atroces en fond d'écran, remplace les sons du système… Je sais qu'après son passage, à plus ou moins longue échéance, quelque chose d'imprévu va se passer. J'ai eu droit à des cris de cochon, des coin-coin de canard, de la musique protopunk, un documentaire sur la digestion, je me suis retrouvé en vidéoconférence avec une Russe ou une Polonaise, j'ai apparemment téléchargé des milliers d'heures de musique illégalement à mon insu… Plusieurs fois, Marilou a refusé de me dire ce qu'elle voyait sur mon moniteur.

C'est elle qui a installé sur le PC un programme qui lit à voix haute ce qui est écrit à l'écran. Je m'habitue lentement à cette nouvelle façon d'utiliser ma machine. Je n'utilise plus la souris pour déplacer le curseur, uniquement le clavier. J'ai aussi collé des pastilles de plastique sur certaines touches pour avoir des points de repère. Mes fautes de frappe sont moins nombreuses qu'au début.

À Marilou le pratique, à Conrad la déconne. Mais est-ce que je fais illusion ? Est-ce qu'il croit vraiment que tout va bien, que quelques blagues de régiment et des histoires d'ondes radio suffisent à me faire oublier ? Même la tendresse de Marilou ne suffit pas. Un silence, une pause entre deux phrases, un moment de solitude et mon angoisse revient. Je fais des cauchemars, je revois la louche de plomb, je revois mon tortionnaire, j'entends sa voix, je sens son odeur… Je revis tout comme si j'y étais. Régulièrement, je rêve que j'ai retrouvé la vue. Je me regarde dans un miroir et ce que je vois est un visage d'écorché, avec les orbites vides et un sourire permanent de squelette. Au moins une fois par nuit, je me réveille en hurlant. Ce qui terrifie Marilou, évidemment. Elle pourrait dormir dans le canapé, loin de mon agitation. Ou rentrer chez elle. Pourtant, chaque fois, sans un reproche, elle change nos draps trempés de sueur, me donne un nouveau T-shirt, puis se blottit contre moi et je me calme. Mais jamais complètement. Je fais semblant de dormir pour la rassurer. Je me cale sur sa respiration et je fais l'équivalent mental de fixer le plafond.

J'ai les yeux grands ouverts ou peut-être « les yeux grands fermés », comme aurait pu dire Kubrick. Le train de mes pensées ne s'arrête jamais. J'ai peur de ce qui m'attend. De ce qu'est déjà mon existence et de ce à quoi je suis condamné. Ne plus avoir de boulot. Ne plus être autonome. Marilou m'assure que je me trompe, que je retrouverai du travail et que j'apprendrai à me débrouiller sans son aide. Peut-être. Mais ce qui me fait le plus peur, c'est le risque de croiser mon bourreau dans la rue. Marilou veut que je sorte, elle dit qu'il est temps que je réapprivoise les lieux publics. On a fait quelques exercices dans la rue devant la maison. Elle m'a aussi emmené dans le parc du château. Je commence à me débrouiller avec la canne blanche, c'est vrai. Mais dès que j'entends un bruit inattendu, un coup de klaxon, une marche un peu plus rapide, quelqu'un qui court, un cri, une détonation, parfois juste un bruissement de feuilles, j'ai l'impression que je vais me faire sauter dessus par l'homme de mes cauchemars, qu'il va me kidnapper à nouveau, m'infliger de nouveaux supplices sans explications, ou simplement m'achever sur place.

Ça se termine toujours pareil : il faut que je rentre de toute urgence, que je m'enferme à double tour chez moi et que Marilou, d'une manière ou d'une autre, parvienne à faire passer ma crise. En général, ce qui marche le mieux, c'est qu'elle m'enserre dans ses bras, qu'elle y mette toute sa force, qu'elle me comprime les côtes et les poumons. Que je la serre aussi. Au bout d'un moment, je ne sais pas pourquoi, ça fait effet. Toute mon inquiétude s'envole et je m'apaise jusqu'à la prochaine fois.

La prochaine fois, Marilou veut que je me déplace dans la rue sans elle. Elle m'a promis qu'elle me surveillerait de loin, mais qu'elle n'interviendra qu'en cas d'urgence. Je ne suis pas du tout impatient de subir cette épreuve.

Du bout des doigts

Toulouze vit la pire journée de son existence. Pire que la fois où il a perdu son arme de service. Pire que quand sa fiancée a refusé sa demande en mariage. Pire que son intoxication alimentaire en plein oral de rattrapage du bac.

Il est actuellement en train de mener une enquête sans l'aval de sa hiérarchie et sur l'instigation d'une simple stagiaire. Il a remis en cause tout ce en quoi il croit, sa boussole morale, sa colonne vertébrale. Et plus grave que d'enquêter sans en informer ses supérieurs : il enquête sur eux. Le commandant et le commissaire – en disponibilité, certes, mais toujours commissaire.

Il a mal au ventre, les mains moites, il sent un poids sur sa poitrine depuis la veille. Il n'a pour ainsi dire pas fermé l'œil de la nuit. Ce matin, Rachel est arrivée avec des jeux complets d'empreintes. Des mains droites, prélevées sur quatre verres différents. À ce moment-là, Toulouze avait encore le choix de reculer. Rachel ne pouvait pas passer à l'étape suivante sans lui, il aurait pu refuser de l'aider, clore le dossier pour toujours. Ou au moins passer par la voie hiérarchique. Mais comment demander l'autorisation à son chef ? Toute la nuit, Toulouze a retourné l'affaire. Les soupçons sont trop gros pour être ignorés. Leur point faible, c'est qu'ils ne semblent pas crédibles. Quel serait le mobile du commandant Parrot ou du commissaire Bellegarde pour commettre de tels actes ? Pourquoi auraient-ils pris ce risque ? Surtout qu'en laissant Bourriol vivant il viendra nécessairement au commissariat, pourra reconnaître la voix du commandant… Ça n'a aucun sens.

Mais il faut éliminer le doute.

Toulouze a donc pris sur lui d'envoyer les empreintes au labo en les faisant passer pour des relevés relatifs à une affaire de vol de voiture. Si ce mensonge est découvert, il risque sa carrière, mais il a déjà prévu une excuse bidon, quelque chose comme « ah pardon, j'ai confondu » (*mais confondu avec quoi ?* C'est la question qu'il refuse de se poser). Il a demandé les résultats en *urgent*, ce qu'il n'a pas non plus le droit de faire sans le paraphe d'un supérieur, on ne plaisante pas avec le budget. Il n'a pas pu se résoudre à falsifier une signature, il a juste apposé la sienne en espérant que ça passe. Les résultats sont prévus pour quatorze heures. C'est-à-dire il y a onze minutes. Étant donné l'heure, l'open space est anormalement occupé et Toulouze fait son possible pour ne pas avoir l'air obsédé par le fax. Il est allé vérifier deux fois qu'il est bien branché et qu'il y a du papier. À présent, il tape un rapport en retard sans bien savoir ce qu'il écrit, toute son attention étant dirigée vers ce biiiiip qui a déjà onze… non douze minutes de retard. Rachel, quant à elle, est sortie depuis longtemps. Elle tournait comme un lion en cage depuis l'aube, elle a préféré s'échapper et donner rendez-vous à Toulouze au café. Quel que soit le résultat de l'analyse, ils ne pourront de toute façon pas en discuter au commissariat.

Quatorze heures quarante-quatre. Depuis vingt minutes, Toulouze se dandine discrètement sur sa chaise pour contenir une impérieuse envie de pisser. Il ne va pas pouvoir tenir beaucoup plus longtemps. Le dernier SMS qu'il a envoyé à Rachel était en majuscules : JE TE DIRAI QUAND IL ARRIVE, FICHE-MOI LA PAIX !

Quinze heures huit. La vessie de Toulouze a dépassé sa capacité maximale. Il ressent physiquement l'urine s'accumuler dans ses reins et c'est très douloureux. Il abandonne son poste, tente de garder un air détaché, mais sa démarche un peu trop raide trahit la hâte. Il arrive aux toilettes, s'enferme dans la cabine et pisse enfin. Il pisse et pisse et pisse, il voudrait faire vite, mais il n'a pas d'autre solution que de laisser l'écoulement se faire à son rythme. C'est interminable. Au loin, il entend le bip du fax. Il coupe son jet, remballe et se précipite vers l'open space. Il se recompose une allure décontractée avant d'y entrer. Un brigadier est déjà à côté de la machine, en train de dérouler le fax pour le lire.

« Qui a demandé ces empreintes en urgent ? »

Toulouze va contre sa nature, mais il n'en est plus à ça prêt. D'habitude, il se mettrait à bafouiller une excuse, demanderait poliment le document au brigadier, le brigadier le trouverait bizarre, bref, ça se passerait mal. Mais cette fois, Toulouze fait jouer son grade. Il arrache le papier des mains du brigadier sans un mot. L'exercice de l'autorité. Dans l'open space, quelques regards se tournent vers lui, étonnés. Il note que ces regards ne sont pas moqueurs.

Toulouze plie soigneusement les résultats du labo sans les lire et va rejoindre Rachel. Elle l'attend en terrasse devant un empilement de tasses à café vides. Elle lève les yeux de son téléphone, agacée ou impatiente, ou les deux.

« Vous m'avez dit que vous me préviendriez !

— Je n'ai pas eu le temps. Je suis venu dès que c'est sorti. »

Rachel écarte les tasses, tandis que Toulouze déroule le papier sur la petite table.

Trois jeux d'empreintes appartiennent à des flics, le quatrième est inconnu.

« Ça, c'est Amaury, le fils de Serge. Du commandant. Il n'a jamais été flic ni arrêté. Ses empreintes sont inconnues.

— Et les trois autres, c'est le commandant, le commissaire et toi.

— C'est ça. »

Ils ont épuisé les sujets périphériques. Aucun des mots qu'ils ont prononcés ne leur a appris quoi que ce soit, mais sans doute avaient-ils besoin de gagner un peu de temps, de parler d'autre chose que de ce qui leur saute aux yeux.

HH0013.

C'est Rachel qui reprend la parole la première. Elle est soudain devenue très pâle et sa voix est aussi blanche que son teint.

« L'un des deux est le coupable.

— L'un des deux est le *suspect*, Rachel. Article 61-1 du Code de procédure pénale. »

Toulouze dit ça avec bienveillance, espérant réconforter un peu sa stagiaire. Il croit avoir réussi à lui arracher un minuscule début de sourire, ce qui serait miraculeux. Car s'il est sûrement aussi choqué qu'elle, lui ne vient pas de découvrir qu'un de ses parents adoptifs est capable de tortures inhumaines.

« Qu'est-ce qu'on fait maintenant, lieutenant Toulouze ?

— Je ne sais pas. »

Une rencontre

Pour marcher sur un trottoir, je dois suivre le mur de bruit qui vient de la chaussée, le souffle rauque des voitures qui passent. Je longe ce son continu. S'il augmente ou diminue, c'est que j'ai décalé ma trajectoire. Dans une rue vide, c'est le silence que je longe. La présence opaque d'un mur de pierre, de parpaings ou de briques. J'ai appris à sentir leur masse impérative. Ils réverbèrent mes pas, le tic-tac de ma canne, tous les sons alentour. En intérieur, je commence depuis peu à deviner la taille d'une pièce inconnue, sa forme générale, l'emplacement de ses ouvertures. Les vitres vibrent quand on parle, les portes bourdonnent. Les sons de l'extérieur passent, plus ou moins déformés, plus ou moins étouffés. Si je m'approche d'une paroi, je perçois la pression de l'air qui augmente sur la peau fine de mes cicatrices, autour des yeux – autour du plomb.

J'espère que Marilou me suit. Qu'elle me surveille à distance. Elle l'a promis, mais elle a aussi promis que je ne saurai jamais si c'était vrai. La seule chose que je sais, c'est qu'elle veut mon bien. Elle ne veut pas que je dépende d'elle. « Même si on doit vivre ensemble toute notre vie, dit-elle, il faut que tu sois autonome. »

Elle a cousu à l'intérieur de mes habits des boutons de formes différentes. Carré, c'est noir. Rond, c'est blanc. En fleur, c'est bleu, ou rouge, selon le nombre de pétales. Je peux m'habiller seul sans ressembler à un clown. Avec l'aide de Marilou, je me suis mis avec ferveur à l'organisation. Chaque chose a une place, que nous avons déterminée ensemble. Elle m'a mis à la cuisine. Moi qui vivais de plats préparés réchauffés au micro-ondes, je me retrouve à suivre des recettes. Elle dit que ça va m'aider dans la motricité fine, dans l'enchaînement des actions, dans la planification. Et puis, ajoute-t-elle, ça me prouve que je peux faire quelque chose de mes mains, même aveugle. Alors, j'apprends les bases. J'apprends aussi à ne pas me blesser. Si je découpe un concombre en rondelles (les doigts repliés, mes ongles en bouclier pour prévenir un écart de la lame), je ne lâche pas mon couteau n'importe où : je le laisse au bord du plateau, à droite, le manche vers moi. J'allume toujours le gaz *après* avoir posé ma casserole ou ma poêle. L'un des avantages qu'il y a à cuisiner des produits frais, c'est qu'au toucher ils ne se ressemblent pas. Comment distinguer une boîte de conserve d'une autre ? Alors qu'une tomate, une pomme, un poulet ou une endive, ça se reconnaît au premier contact. Est-ce que j'ai le budget pour acheter des produits frais ? Marilou m'affirme que oui, malgré mon allocation handicap qui tarde à venir. C'est elle qui tient mes comptes. Elle a vendu ma voiture pour huit mille euros, ce n'est pas comme si mon permis de conduire allait encore me servir… Et comme elle vit chez moi, elle paie la moitié des courses.

Me voilà justement arrivé au supermarché. C'est notre point de rendez-vous. Aucun aveugle au monde, si doué soit-il, ne peut remplir son caddie sans aide. Il faut des yeux pour s'y retrouver dans les rayons, pour distinguer un yaourt d'un autre, pour repérer les promos – c'est devenu central dans ma vie, les promos. Même pour compter la monnaie j'ai toujours du mal. Il y a pourtant le relief des pièces – toujours différent – et la technique des billets pliés, mais je suis encore très lent. Et en payant par carte, comment savoir si le caissier me dit le bon prix, tout simplement ?

Marilou tarde à me rejoindre, alors au lieu de l'attendre, je décide de m'aventurer dans les rayons. Des espaces étroits, de nombreux obstacles, beaucoup de monde… un bon exercice.

C'est au rayon des alcools que je repère son odeur. Une odeur de panier à chien avec une note douceâtre de tabac jaune. Mon corps comprend avant moi, le sang reflue de mon visage, mes jambes flageolent, je m'appuie sur une étagère. Il se met à parler avec son timbre de grenaille : « C'est pour aller avec un poisson en papillote, vous êtes sûr que ça ne va pas écraser le plat ? » Il est là. À moins de deux mètres de moi. Mon agresseur. Il me tourne le dos, je le sais par la direction de sa voix.

Je ne peux pas le croire. *Je ne peux pas le croire.* Mon cauchemar, celui qui me réveille presque toutes les nuits, ce monstre total, cet être si inconcevable que parfois je me demande s'il est réel, si je ne l'ai pas fantasmé, s'il n'est pas simplement sorti quelques heures d'une fissure de l'enfer avant d'y retourner pour toujours, mon tortionnaire va *préparer des papillotes de poisson* ? Je dois me tromper. Comment ce psychopathe et une papillote peuvent-ils se trouver dans le même univers sans que le système solaire se déplace sur son axe ? Il parle encore, il fait un claquement de langue qui me soulève le cœur, que j'ai entendu la dernière fois alors que j'étais ligoté sur un établi. Et je ne peux plus douter. Il existe. Il mène une vie normale, dans la même ville que moi, il parle à des gens, il achète du vin pour un dîner entre amis. Et, d'une seconde à l'autre, il va se retourner et me voir. Je suis glacé d'effroi, tétanisé, je ne sais pas comment je résiste à la pulsion de me coucher à ses pieds pour qu'il en finisse avec moi, que j'en finisse avec la terreur qui m'étouffe soudain.

Marilou n'était pas loin. Elle a vu qu'il y avait un problème et s'est approchée. Elle me demande si ça va. Je l'agrippe trop fort, elle tente de desserrer ma prise autour de son bras. Je suis tellement crispé qu'elle aura des ecchymoses au biceps. Je tente d'écarter mes doigts. Dans un maigre coassement, je dis : « C'est lui. » Elle répète : « C'est lui ? Où ça ? » Elle ne me demande pas « qui », elle me demande « où ». Elle a compris. C'est peut-être mon imagination, mais j'entends dans sa voix une terreur aussi violente que la mienne. De mes lèvres sort un chapelet de mots que je suis incapable d'arrêter. Je peux juste, au prix d'un effort intense, me forcer à chuchoter au lieu de crier.

Putain putain putain putain putain merde et caca et merde et bordel de bite de bite de bite de caca merde.

Je devrais décamper. Je devrais m'effondrer en pleurant, je devrais m'évanouir, je devrais…

Il faut que je le neutralise. Je n'ai pas le choix. Une vague électrise tout mon corps et je me jette, tout droit, les mains comme des serres. Je le percute de toute ma force, il lâche un cri de surprise, je m'accroche à lui, il vacille, fait plusieurs pas en avant pour garder son équilibre, j'entends une bouteille qui éclate, l'odeur piquante du vin me monte aux narines. Il se débat, criaille dans les aigus comme un porcelet qu'on assassine, quelqu'un dit « mais arrêtez, ça va pas, vous êtes fou ? », quelqu'un d'autre crie « attention ! », et nous percutons une étagère. Le fracas sans fin de dizaines de bouteilles qui explosent accompagne notre chute, j'atterris sur lui, des tessons se plantent dans mes avant-bras et mes genoux, mais tout ce que je ressens, c'est une déferlante de joie féroce en entendant ses cris de porcelet : il est couché à plat ventre, tout entier dans le verre avec moi contre son dos, et j'appuie. Je lui saisis les cheveux, je soulève sa tête et je la projette en avant comme pour l'enfoncer dans le sol. Une fois, deux fois… Plusieurs mains m'attrapent par-derrière, des bras me ceinturent, je refuse de lâcher, mais ils sont trop forts, trop nombreux. Je n'abandonne pas sans arracher à mon bourreau une énorme touffe de cheveux et un hurlement de douleur. Les hommes qui me maintiennent au sol ne peuvent pas comprendre pourquoi je ris, pourquoi je ris, pourquoi je ris.

Journal de Rachel Kuklinski

22 juillet, toujours.

Juste après avoir établi sans aucun doute possible que les empreintes recueillies dans la forge et dans la cabine téléphonique appartenaient soit à Serge soit à Aurèle, et alors qu'on était en train de se demander comment on allait manœuvrer pour mener cette enquête à bien, on est retournés au commissariat.

On n'allait clairement pas passer par la hiérarchie habituelle : les flics se couvrent entre eux et plus on vise des officiers haut placés, plus on court le risque de voir l'affaire se dissoudre dans un bain d'oubli. Les flics ne se couvrent pas toujours, a tenu à préciser Toulouze, et pas pour tout, a-t-il ajouté. Il ne veut pas que je généralise, il dit que la police n'est pas la mafia, que la plupart des flics sont du « bon côté ». Que s'il en doutait, il démissionnerait. Pourtant, je voyais bien qu'à cet instant il doutait et que ça le torturait.

Il était, je crois, beaucoup plus choqué que moi, qui flottais dans une sorte de nuage anesthésiant. Ce qu'il s'est passé avec mon père biologique il y a huit ans m'a vaccinée contre ce genre de catastrophe. Been there, done that. Je m'attends à tout moment à apprendre qu'un de mes proches a commis des actes atroces.

Bref, je diverge. Notre plan d'action, c'était de ne parler à personne de cette histoire d'empreintes et de prévenir directement un juge dès qu'on aurait rassemblé les pièces du dossier et pondu un de ces jolis rapports dont raffole Toulouze, ce qui allait nous prendre le reste de l'après-midi et probablement une bonne partie de la soirée.

On est arrivés au commissariat et c'était le bordel. On entendait des cris, des vociférations, des insultes et des bruits de lutte dans le couloir qui conduisait aux cellules. Le brigadier à l'accueil nous a expliqué.

« C'est un aveugle qui a attaqué un mec au Monoprix. Il est complètement déchaîné. Je parle de l'aveugle. L'autre est à l'hôpital. »

Toulouze et moi on s'est regardés comme deux ronds de flan, même si je n'ai aucune idée de ce à quoi ressemblent deux ronds de flan. Je veux dire, c'est quoi cette expression ? Qu'est-ce qu'elle signifie ?? À quoi se réfère-t-elle ???

Quoi qu'il en soit, flans ou pas, on s'est tous les deux jetés dans le couloir. Il y avait un brigadier au sol, la bouche en sang, en train d'essayer de ramasser deux dents constamment shootées par les pieds des autres personnes présentes, à savoir :

— deux autres flics qui tentaient de maîtriser…

— un fou furieux, lequel tournoyait sur lui-même…

— et une femme en civil qui tirait les policiers par les vêtements en criant : « Ne lui faites pas de mal ! Ne lui faites pas de mal ! »

Tout le monde remuait tellement dans tous les sens qu'on a d'abord eu du mal à l'identifier, mais quand le forcené a enfin été plaqué au sol par le policier édenté (pardon si je ne connais pas encore le nom de tous les flics du commissariat), il n'y a plus eu de doute. C'était bien Thomas Bourriol et sa face balafrée au plomb.

Et même immobilisé sous trois policiers, il continuait à beugler : « C'est pas moi que vous devez arrêter ! C'est lui ! C'est lui qui m'a mutilé ! Putain putain putain putain putain… »

La femme en civil était en larmes, les mains plaquées sur la bouche, elle regardait la scène sans savoir quoi faire. Je lui ai demandé ce qui s'était passé exactement. Elle ne savait pas. Elle n'avait pas vu comment ça avait commencé.

Elle et Bourriol ont tous les deux été mis en cellule. Eh oui, elle aussi ! On est comme ça chez les flics, on coffre d'abord, on pose les questions après ! Toulouze a demandé aux collègues l'identité de la personne qui avait été agressée, mais nul n'avait eu le temps de prendre ce renseignement : la victime avait été conduite à l'hôpital avant leur arrivée.

« Vous avez envoyé quelqu'un là-bas ?

— Non pas encore.

— OK, j'y vais avec Rachel. »

Toulouze était aussi agité que moi. Qui était à l'hôpital ? On est passés devant le bureau de Serge, il n'était pas là. Toulouze a gueulé dans l'open space : « Quelqu'un sait où est le commandant ? » Personne ne savait.

Pendant qu'on courait vers la voiture, j'ai appelé Aurèle sur son portable. Il ne répondait pas. Puis j'ai appelé Serge. Pas de réponse non plus.

Le trajet jusqu'à l'hôpital durait moins de trois minutes, mais ça m'a semblé une éternité. On s'est garés comme des merdes devant les urgences, Toulouze est passé devant tout le monde (un des avantages de l'uniforme) et une interne nous a conduits jusqu'au box où la victime était prise en charge.

L'interne a tiré le rideau. Derrière, il y avait deux soignants affairés autour de la tête d'un homme allongé. Ils bloquaient la vue, on ne pouvait pas voir son visage.

Je regardais ses vêtements et sa corpulence en cherchant à reconnaître quelque chose. Est-ce que cet homme pouvait être Serge ou Aurèle ?

Au moment où j'allais m'avancer pour mieux voir, deux individus sont arrivés derrière nous, essoufflés. Je me suis retournée et j'ai eu un moment de paralysie, le temps de comprendre que ces deux personnes ne sortaient pas de mon imagination.

Il s'agissait de Serge et d'Aurèle, et ils avaient l'air bouleversés.

Blessures

La pire journée de Toulouze n'est pas terminée. Il est assis dans la salle d'attente des urgences avec Rachel, le commandant et le commissaire – qu'il se force à appeler « Monsieur le maire ». L'ambiance est sinistre, il voudrait être ailleurs. N'importe où ailleurs. Peut-être que s'il s'éclipse, personne ne remarquera son départ ? Il tente de retracer mentalement l'enchaînement de mauvaises décisions qui l'ont mené jusqu'à cette chaise inconfortable où il attend des nouvelles de la santé d'Amaury Parrot, le fils du commandant.

Une chirurgienne fait son apparition au bout du couloir, tout le monde se lève, Toulouze décide de suivre le mouvement. Elle fait signe de loin en lançant avec un léger accent nordique : « Ne bouge pas, Serge, je me change et j'arrive ! » avant de disparaître dans une pièce adjacente. Toulouze surprend un chuchotement du maire à l'intention du commandant.

« C'est elle ?

— Oui, j'ai pensé que…

— Qu'est-ce qu'elle fiche ici ? Elle est neurochirurgienne ! Il a eu des atteintes au cerveau ? Je croyais que c'était juste des blessures superficielles !

— J'en sais rien, je ne suis pas médecin ! Bourriol lui a tapé la tête par terre. J'ai pensé qu'il valait mieux appeler Birgit pour qu'elle regarde ça de près. Et si c'est vraiment superficiel, au moins il sera bien recousu.

— Birgit, hein ?

— Tu es ridicule. Ce n'est ni le lieu ni l'endroit.

— Tu veux dire ni le lieu ni le… »

La conversation s'interrompt au retour de la chirurgienne. Elle fait la bise au commandant, qui la présente aux autres. « Birgit Akerholt, cheffe du département de neurochirurgie ». Elle serre les mains de tout le monde, sa poigne est solide, Toulouze contient une petite grimace de douleur.

« Comment va-t-il ?

— Il va bien. Les radios et le scanner n'ont rien montré d'inquiétant. Il a une pommette fêlée, mais pas de fracture du crâne, pas d'épanchement, tout est normal. En revanche, il s'est fait arracher quatre ou cinq centimètres carrés de cuir chevelu et ça c'était plutôt moche. On n'a pas pu lui remettre puisque son agresseur a préféré manger le lambeau plutôt que de lui rendre.

Toulouze n'est pas certain d'avoir bien compris. Le commandant non plus, apparemment.

— Il lui a mangé ses cheveux ???

— Il a essayé. Il a mâché, quoi. Il n'est pas parvenu à avaler, mais avec ce qu'il restait c'était impossible de tenter une greffe.

— Et donc, il reste avec un trou ?

— Non, j'ai recousu en tirant un peu. Comme un lifting, mais sur l'arrière du crâne. On décolle la peau de l'os, on tend… À cet endroit, les tissus sont à la fois très solides et très élastiques. Dans quelques semaines, ça ne se verra plus. »

Le commandant et le commissaire sont soulagés. Ils ne font même pas semblant de ne pas être en couple devant Toulouze. Ils savent qu'il ne fera aucune remarque. Ou peut-être qu'il est tellement insignifiant pour eux que c'est comme s'il n'était pas là.

« On peut le voir ?

— Oui, bien sûr. Il est un peu *stone*, mais il peut vous recevoir. Je le garde juste pour la nuit en observation. Principe de précaution. »

Elle envoie un petit clin d'œil au commandant. Toulouze voit le commissaire tressaillir. Quelque chose se passe en dessous des mots, mais Toulouze n'a pas vraiment envie d'en savoir plus.

« Venez, je vous emmène. »

Le commissaire et le commandant suivent la chirurgienne. Rachel ne les suit pas.

« Tu ne vas pas avec eux ? »

Elle ne répond pas avant d'avoir vu le trio tourner dans le couloir. Elle va se servir un verre d'eau à la bonbonne et le vide entièrement avant de parler.

« Qu'est-ce que vous pensez de tout ça ?

— Je ne sais pas. Je ne comprends plus rien. »

Elle chuchote.

« Si Bourriol a raison et qu'Amaury est le coupable, est-ce que ça veut dire que Serge ou Aurèle l'ont aidé ? Ce ne sont pas… »

Toulouze l'arrête d'un geste. Il ne veut pas d'oreilles indiscrètes.

« Viens fumer une clope sur le parking. »

Sur le parking, aucun des deux n'allume la moindre cigarette pour la bonne raison qu'aucun d'eux ne fume. Ils se dirigent vers un banc un peu à l'écart. Rachel reprend.

« Ce ne sont pas les empreintes d'Amaury qu'on a trouvées, ce sont celles de Serge ou d'Aurèle.

— Je sais.

— Alors, pourquoi c'est Amaury que Bourriol a attaqué ?

— Je ne sais pas.

— Qu'est-ce qu'on fait, maintenant ? »

Toulouze réfléchit. Il réfléchit peut-être avec plus d'intensité que jamais.

« Tu les connais mieux que moi. Est-ce que tu penses que l'un d'entre eux est capable de ça ? Je parle des trois. Est-ce que l'un des trois pourrait avoir torturé Bourriol ?

— Je sais pas ! Je sais pas, voilà ! Je ne vais pas dire “oh oui, lui c'est sûr, il coulerait du plomb dans les yeux d'un mec, pas de problème”. Je ne vais pas prendre cette responsabilité ! D'abord, ce serait quoi, leur mobile ?

— Il y a des gens qui torturent pour le plaisir de torturer. »

Toulouze dit ça sans réfléchir, simplement parce que c'est vrai, en oubliant un instant qu'il parle à Rachel des membres de sa famille adoptive. Sa réaction ne se fait pas attendre.

« Ah super ! Donc ils sont pervers, c'est ça que vous me dites ? Que j'ai vécu avec trois pervers sadiques fêlés du bocal et que je ne m'en serais pas aperçue ? (Elle se lève.) Mettez-moi dans le panier des suspects, pendant que vous y êtes. Qui vous dit que je ne suis pas HH0013 ? »

Elle s'en va d'un pas furieux dans le parking. Toulouze la voit se parler à elle-même en agitant les mains. Elle shoote dans le pneu d'une voiture garée, il entend ses éclats de voix contenus. Pour une fois qu'il a une alliée, quelqu'un qui l'écoute, qui lui parle, qui partage des informations avec lui et qui ne le prend pas de haut… *quelqu'un avec qui il ne bégaie pas*, il faut qu'il gâche tout. Elle va le mépriser, comme tout le monde. Ne plus lui faire confiance. Elle va demander à travailler avec quelqu'un d'autre.

La voilà qui revient, les narines frémissantes, la bouche pincée. Toulouze rentre un peu les épaules. Techniquement, il est son supérieur, elle lui doit respect et obéissance. Mais ce n'est pas ça qui va empêcher Rachel de lui crier dessus, il le sait. Elle se plante devant lui et Toulouze produit l'immense effort de soutenir son regard de feu.

« Pourquoi Bourriol est-il certain que c'est Amaury qui l'a torturé ? Il est aveugle, alors sur quoi s'est-il appuyé pour l'identifier ? Ils se sont parlé ? Amaury lui a dit quelque chose, il a reconnu sa voix ? »

Même si les phrases ne sont pas celles qu'il attendait, Toulouze a quand même l'impression de se faire engueuler.

« Je ne sais pas. Il faudra lui demander. Il doit bien y avoir quelque chose.

— Bon, alors jusqu'à ce qu'on sache, je propose qu'on arrête de faire des suppositions. En attendant, moi, je me casse. »

Elle commence à s'en aller, d'un pas vif et raide. Elle n'a pas l'intention de rentrer en voiture. Elle s'arrête, semble réfléchir un moment et revient vers Toulouze, qui craint le pire.

« Et pour que tout soit bien clair : ce n'est pas contre vous que je suis en colère. C'est contre moi, d'accord ?

— …

— D'accord ?

— D'accord.

— Bon, alors tout va bien. »

Elle fait volte-face et s'éloigne à nouveau, cette fois sans retour, laissant Toulouze tout empêtré dans un nœud de sentiments contradictoires au cœur duquel domine le soulagement.

***

Aurèle Bellegarde regarde par la fenêtre de la chambre d'hôpital. Sur le parking, il voit Rachel et Toulouze discuter. Elle a l'air très énervée, lui ne réagit pas, mou comme toujours. Qui ne serait pas énervé de faire équipe avec un bras cassé comme Toulouze ? C'était l'idée : la mettre tout de suite en situation de difficulté pour qu'elle soit obligée de prendre des initiatives. Comme on jette un bébé à l'eau en espérant qu'il apprenne tout seul à nager. Il paraît que ça marche.

Bellegarde se retourne vers le lit. Serge est debout à côté de son fils. Malgré ses bandages sur le nez et à la tête et ses ecchymoses, il ne semble pas amoindri, au contraire. Il est combatif.

« Comment tu te sens ? lui demande Serge.

— En colère. Je vais lui éclater sa petite gueule à ce taré. Aveugle ou pas, j'en ai rien à foutre. Je vais le piétiner jusqu'à ce qu'il ait besoin d'une coloscopie pour retrouver ses dents. J'en suis capable. C'est qui ce mec d'abord ? »

Un sourire vaguement inquiet apparaît sur le visage de Serge.

« Tu vas lui éclater la gueule… métaphoriquement, bien sûr.

— Pourquoi métaphoriquement ?

— Amaury…

— OK. Alors quoi ? Je porte plainte, c'est ça ? Et il se fait taper sur les doigts ?

— C'est mieux. Comparution immédiate. Je vais appeler le proc, ce sera jugé demain. Il peut faire de la prison. »

Amaury a l'air sincèrement déçu de cette perspective.

« Donc, je ne lui casse pas la gueule.

— Non. »

Amaury réfléchit un moment.

« D'accord. Mais si je le recroise un jour, je le décapite quoi qu'il arrive.

— Tu ne peux pas…

— Écoute-moi, papa. Il y a un fou en liberté qui m'a sauté dessus et qui m'aurait sans doute tué si les vigiles n'étaient pas intervenus. Qu'est-ce qui se passe la prochaine fois qu'il me croisera ? C'est simple : c'est lui ou moi. Tu veux que je fasse les choses dans les règles, que je suive la loi, que je porte plainte, tu veux convoquer le procureur, très bien. Mais si un jour on retrouve ce malade dans un caniveau, sache que je serai le suspect numéro un. »

Serge est secoué par la haine de son fils, Aurèle le voit bien. Lui-même est désarmé, comme souvent, par Amaury. Il tente de calmer les choses.

« Bon, tu es secoué, on va te laisser te reposer, on se voit demain. »

Aurèle emmène Serge hors de la chambre. Ils marchent silencieusement jusqu'à la voiture de service du maire.

« Où est ta voiture ? demande Aurèle.

— Je suis venu à pied.

— Quoi ? Mais tu étais là avant moi…

— Oui enfin, le commissariat n'est pas loin.

— La mairie non plus. »

Aurèle comprend soudain.

« Tu étais déjà là ? Tu faisais une petite visite de courtoisie à ta chirurgienne préférée ?

— Franchement, Aurèle, tu crois que c'est le moment ?

— Tu couches avec elle, c'est ça ?

— Non.

— Mais tu voudrais bien. »

Serge jette un regard très particulier à Aurèle, un mélange de défi et de mise en garde. Le point d'équilibre fragile situé entre « Tu veux vraiment en savoir plus ? » et « Tu vas faire une connerie ». Aurèle comprend dans ce regard qu'un seul mot de sa part pourrait déclencher des phrases définitives dont leur couple ne se remettrait pas. Il ne veut pas aller par là maintenant, pas sans y avoir bien réfléchi, pas sur un parking d'hôpital. Il désigne la voiture d'un geste du menton.

« Allez, monte, je te ramène », dit-il d'un ton apaisé.

Pendant quelques secondes, Serge affiche un discret sourire de reconnaissance qui réchauffe un peu l'ambiance. Aurèle adore ce sourire. Comment pourrait-il s'en passer ? Il s'installe au volant, Serge s'assoit à côté de lui. Aurèle démarre et roule très tranquillement. Il y a un autre sujet délicat à aborder, mais il faut en parler maintenant.

« Comparution immédiate ?

— C'est le mieux, non ? Je pense que je pourrai convaincre le proc sans problème.

— Oui mais… qu'est-ce qu'il va se passer si une oreille indiscrète assiste à l'audience ? Un journaliste de *La Rép* en manque de sujets croustillants, par exemple ?

— Qu'est-ce que tu veux dire ?

— L'état civil d'Amaury sera forcément révélé, donc n'importe qui peut savoir qu'il est ton fils et le lien avec moi sera vite fait.

— Le lien avec toi ? Tu ne l'as pas adopté, lui.

— Non mais… Tu me comprends. Le fait qu'on soit en couple, c'est un secret de Polichinelle. Ça n'est pas dans les journaux parce qu'on protège encore la vie privée des notables, mais une affaire comme celle-là abolit ce genre de conventions.

— Bon, admettons. Mais où est-ce que tu veux en venir ? Je te connais, quand tu dis "le lien avec moi sera vite établi", c'est encore une histoire d'image publique. T'as encore peur pour ton électeur.

— J'ai pas dit ça, mais il faut y penser.

— Putain, mais quel connard t'es devenu, franchement. De toute façon, je ne vois pas en quoi le fait qu'Amaury ait été agressé peut te nuire.

— Et l'aveugle ?

— Quoi, l'aveugle ?

— Il va être interrogé, il va bramer tout son délire sur le fait qu'Amaury l'a torturé… Non seulement ça va rendre l'histoire publique – ce qu'on voulait éviter depuis le début –, mais en plus, les gens vont penser qu'il n'y a pas de fumée sans feu.

— Pas de fumée sans feu ? Non, mais tu t'entends parler ? Les gens vont croire qu'Amaury a versé du plomb fondu dans les yeux de Bourriol, c'est ça ? »

Serge est tellement outré que sa voix tremble de colère.

« Je ne dis pas qu'il l'a fait, mais… oui, c'est ça. Tu le sais aussi bien que moi, il suffit d'un rien pour répandre les pires saloperies. Aucun de nous n'en sortirait indemne. Je ne te parle pas de moi, ou de la mairie ou de l'électeur ou de je ne sais quelle autre connerie de ce genre. Je te parle de tout le monde. Toi, moi, Amaury, le commissariat, Rachel… Ça va faire du mal à tout le monde, si ça sort.

— Eh bien, je prends le risque, voilà ! Ne compte pas sur moi pour aller demander à Amaury de renoncer à sa plainte. T'as vu comme il est énervé ? Qui sait ce qu'il pourrait faire ?

— Tu le crois capable de chercher à se venger ?

— J'en sais rien, moi ! Je l'ai jamais compris, ce gosse !… Enfin, ce gosse… Il a trente ans. »

Aurèle gare la voiture devant le commissariat. Il choisit avec soin les prochains mots qu'il va prononcer.

« Excuse-moi, tu as raison, il faut aller en comparution immédiate. Mais…

— Mais ?

— Est-ce que… Tu connais Amaury mieux que moi. Ne le prends pas mal, mais… est-ce que tu crois que les accusations de Bourriol pourraient être vraies ? »

Serge secoue la tête, exaspéré. Il sort de la voiture et claque la porte sans avoir répondu à la question.

Aurèle ne peut pas le laisser partir comme ça. Il ouvre la fenêtre et crie : « Tu sais que quand il a besoin d'un véhicule, il emprunte celui-ci ! »

Serge s'arrête. Il se retourne et regarde la C6 noire dont il vient de s'extraire. Il a un soupir fatigué.

« Oui. Je sais. Je ne pense qu'à ça. »

Dialogue de sourds

GARDE À VUE
TRANSCRIPTION D'AUDITION FILMÉE

Audition du : 23 juillet 2010

Menée par : Lieutenant Toulouze, ci-après nommé Lt. et lieutenant stagiaire Kuklinski, en charge de la caméra

Gardé à vue : Thomas Sébastien Bourriol, ci-après nommé TB

Né le 06 août 1975

À Bagnolet

Domicile : 16, rue de la Chancellerie, 77300 Fontainebleau

[…]

Lt. : Une dizaine de témoins vous ont vu sauter sur cet homme par-derrière, le jeter à terre et lui taper la tête contre le sol à plusieurs reprises. Vous confirmez les faits ?

TB : Oui. (Il élève la voix.) CONNARD !

(Note : dans la suite de la transcription, les mots en majuscules indiquent que le locuteur élève la voix.)

Lt. : Votre dossier est assez lourd comme ça, vous voulez que j'y ajoute "outrage à officier de police dans l'exercice de ses fonctions" ? Je vous ai demandé à deux reprises de cesser de jurer.

TB : Et je vous ai répondu à deux reprises que je ne pouvais pas. J'ai un certificat médical, j'en ai rien à branler de vos menaces, pauvre con. Même si je fais exprès de vous traiter de pauvre con, je suis protégé par ma neurologue !

Lt. : Vous allez au-devant de graves désillusions si vous croyez que votre neurologue peut vous protéger de quoi que ce soit ici… Revenons à l'agression. Pourquoi avez-vous attaqué cette personne ?

TB : Pour la douze millième fois, je vous le répète : c'est le type qui m'a fait ça ! (TB retire ses lunettes noires pour montrer ses blessures aux yeux.) BORDEL. T'AS VU MA GUEULE ?

Lt. : Connaissez-vous son nom ? Son identité ?

TB : J'espérais que vous me le diriez.

Lt. : Si vous ne connaissez pas son nom, comment pouvez-vous savoir que c'est lui qui vous a fait ça ?

TB : Je… (S'interrompt longuement.)

Lt. : Vous l'avez reconnu sans le voir ?

TB : J'ai reconnu sa voix et son odeur.

Lt. : Vous savez ce que pèse un témoignage olfactif dans un tribunal ?

TB : Ne venez pas me dire que vous n'avez jamais reconnu quelqu'un à sa voix ou à son odeur ! Tout le merde, tout le merde, tout le monde expérimente ça tous les jours.

Lt. : La justice ne fonctionne pas comme ça.

TB : Bordel de bite de petite bite de bordel de bite… Petite petite petite petite bite.

Lt. : Vous…

TB : Je sais, je ne dois pas jurer et JE VOUS EMMERDE.

Lt. : Même si vous aviez reconnu la personne physiquement, même si vous connaissiez son identité et même si elle a bien fait ce dont vous l'accusez, vous n'aviez pas le droit d'agir comme vous l'avez fait. Sa plainte est justifiée et peut vous mener en prison.

TB : Quoi ? Et la légitime défense alors ?

Lt. : La légitime défense ne se justifie qu'en cas de danger actuel et imminent, article 122-7 alinéa 2 du Code pénal. Il vous tournait le dos. Il ne vous menaçait pas. Il ne vous avait même pas vu. Où est le danger actuel et imminent ?

TB : Mais on était dans le même magasin ! Dix secondes après, il aurait pu me voir, et m'agresser !

Lt. : Pourquoi le simple fait de vous voir aurait déclenché une agression ?

TB : Mes couilles dans ta bouche ! POUR FINIR LE TRAVAIL, voilà pourquoi !

Lt. : Toujours en admettant que ce soit lui qui vous ait torturé il y a plusieurs mois, qu'est-ce qui vous permet de penser qu'il n'en avait pas fini avec vous ? De quels éléments disposez-vous pour décréter qu'il allait à nouveau vous agresser ?

TB : Putain, c'est du délire… Eh ben, alors considérez ça comme une arrestation citoyenne ! Ça existe bien ça, non ? N'importe qui peut arrêter quelqu'un coupable de quelque chose. Ou vous allez me dire que c'est dans les films ?

Lt. : Toute personne a qualité pour appréhender l'auteur d'un crime ou délit passible de peine d'emprisonnement. Mais uniquement si le crime ou délit est flagrant, c'est-à-dire qu'il vient d'être commis sous les yeux de la personne qui le constate.

TB : Putain, mais son crime était flagrantissime et ne pouvait pas être davantage sous mes yeux que ça. Sauf que, au cas où ça vous aurait échappé, je n'étais pas en état de procéder à l'arrestation à l'époque. Du coup, je me rattrape.

Lt. : Ça ne marche pas comme ça.

TB : Chiotte, chiotte, chiotte, chiotte ! Vous le faites exprès pour me faire chiotte !

Lt. : Pour une simple agression, c'est le tribunal correctionnel. Mais vous avez arraché le cuir chevelu de la victime, ce qui peut être considéré comme une mutilation.

TB : C'est lui, la victime, maintenant ? Je lui ai arraché des cheveux ? Oh le pauvre chou ! Je préfère entendre ça que d'être aveugle…

Lt. : Mutilation égale cour d'assises. Au titre de l'article 222-9 du Code pénal, vous encourez jusqu'à dix ans de prison et cent cinquante mille euros d'amende.

TB : Vous apprenez vraiment les articles du Code pénal par cœur ou c'est du bluff ?

Lt. : Ce que je suis en train de vous dire, c'est que si la plainte de la personne que vous avez agressée…

TB : Et dont vous ne m'avez toujours pas donné le nom.

Lt. : Si la plainte de la personne que vous avez agressée va jusqu'au tribunal, vous risquez gros.

TB : Et lui, il risque pas gros peut-être, si je porte plainte ?

Lt. : Ce n'est pas le sujet.

TB : J'en ai rien à foutre du sujet. Moi aussi je porte plainte ! Je veux porter plainte ! Je porte plainte pour… pour… pour PUTAIN, PUTAIN, PUTAIN. Je PUTAIN porte plainte.

Lt. : Non, attendez, le plaignant nie toute implication dans les actes de torture dont vous l'accusez, mais il comprend votre détresse et il est prêt à retirer sa plainte si vous cessez de l'accuser.

TB : M'en fous. Je veux porter plainte.

Défaite

Je sors des toilettes du tribunal de Melun. Je m'y étais isolé un moment pour livrer à Conrad le résultat de ma comparution, et lui demander un gros service. Il n'a pas hésité plus d'une seconde avant de me l'accorder. Mon avocate me parle, mais je ne l'entends pas. Je sens à peine la main de Marilou qui me tient par le coude pour me guider dans les portes tournantes et en bas de l'escalier, puis jusqu'à sa voiture. Je dis à peine au revoir à celle qui m'a été commise d'office. Je me repasse les mots de la présidente. J'ai échappé à une condamnation, mais je suis reconnu coupable. J'écope d'un rappel à la loi et surtout d'une obligation de soins. Visites hebdomadaires chez un psychiatre, qui décidera ou non de me prescrire des médicaments psychotropes. Je parie que j'y aurai droit. La juge pense que je déraille, que mon agression m'a traumatisé, qu'il faut que je me fasse soigner. C'est la seule raison de sa clémence : à cause de mon état, je bénéficie d'une circonstance atténuante. Mais clairement, elle reste inquiète et pense que je pourrais récidiver. Elle a pris un long moment pour lire silencieusement et dans le détail une nouvelle loi, passée le 10 juillet, qui lui aurait donné la possibilité de m'appliquer une peine « utile », selon elle : l'ordonnance restrictive. Autrement dit, l'interdiction d'approcher quelqu'un à moins d'une certaine distance. Une nouveauté importée des États-Unis, que quatre-vingt-trois pays viennent d'adopter ensemble. Une première dans l'histoire judiciaire. « Malheureusement, a-t-elle fini par concéder, en France cette loi ne concerne que les familles, les conjoints ou les ex-conjoints. Je ne peux donc pas vous empêcher d'approcher Amaury Parrot. Mais je vous le déconseille fortement. Pour son bien et pour le vôtre, car s'il y avait récidive, vous iriez directement en prison. Ou en internement psychiatrique, ce qui n'est pas plus confortable, croyez-moi. »

Elle a conclu avec une pointe de regret : « Si vous étiez pacsés… », ce qui a provoqué un ou deux gloussements dans la salle. Personne ne s'est déplacé spécifiquement pour mon procès mais, d'après ce que m'a expliqué mon avocate, il y a une poignée d'habitués – des retraités, des chômeurs, des étudiants – qui passent la journée au tribunal et assistent à toutes les audiences. Pour eux, mon histoire n'est qu'une histoire de plus. Ils peuvent glousser. Ils ont aussi gloussé quand j'ai dit que j'ai reconnu mon agresseur à l'odeur. Elle est marrante, cette histoire, c'est vrai, qu'est-ce qu'on rigole…

Mon avocate a promis à la juge que je me conformerai aux décisions du tribunal et que, bien entendu, son client n'avait aucune intention de récidiver. J'ai hoché la tête silencieusement pour confirmer ses propos tout en la trouvant bien naïve. La juge connaît son métier. Elle sait que la rage qui m'a saisi n'est pas passagère. Elle sait aussi que son jugement va invalider ma plainte. Coupable d'avoir agressé Amaury Parrot, je n'ai quasiment aucune chance de le traîner en justice à mon tour. Et elle a compris que, même si la loi m'a donné tort, je suis toujours persuadé d'avoir raison et que si je ne peux pas obtenir réparation devant les tribunaux, alors je la chercherai d'une autre manière. Si je recroise le chemin d'Amaury Parrot, je ferai plus que lui arracher une mèche de cheveux. Et cette fois, je ne vais pas compter sur le hasard pour tomber sur lui. Ni le tribunal ni la police ne m'ont donné son adresse (pas fous) et il n'est pas dans l'annuaire. Mais je le trouverai. Je sais déjà comment.

Marilou n'a presque rien dit sur le chemin du retour. Mais avant de pénétrer dans la maison, elle s'est arrêtée et m'a chuchoté à l'oreille : « J'ai une surprise pour toi. » Je l'ai entendue tourner la clé dans la serrure et pousser la porte. Et nous avons été accueillis par un petit grincement aigu que j'ai d'abord eu du mal à identifier.

« Je te présente Norbert. C'est un labrador. Et c'est un chien guide d'aveugle. Il pleure un peu, mais c'est parce qu'il est désorienté. Ça va aller mieux très vite. Il va s'adapter. »

Elle continue de parler, avec joie et excitation. Elle décrit le chien, qui a maintenant cessé de pleurer. Elle me raconte que la maîtresse avec qui il était depuis deux ans est morte et que Norbert aurait dû être replacé chez quelqu'un d'autre, un aveugle situé plus haut dans la liste d'attente. Mais Marilou a eu la chance d'être au bon endroit au bon moment, a fait jouer quelques relations, et a pu finalement obtenir le chien.

L'émotion me déborde. Je sais que l'attente avant d'avoir un chien guide peut durer plusieurs années.

Marilou a réalisé un miracle, ni plus ni moins. Je vais apprendre à connaître Nestor, il va apprendre mes habitudes et mes trajets habituels, et enfin je serai vraiment autonome. Je n'aurai plus peur quand je suis seul. Je ne me perdrai plus. Et je ne dépendrai plus de Marilou. Quand elle se promènera avec moi, ce sera vraiment parce qu'elle en a envie, pas uniquement parce que j'en ai besoin. Elle me dit toujours qu'elle m'accompagne pour le plaisir de passer du temps avec moi, que je ne suis pas une corvée. Mais comment savoir ? À présent, j'en serai sûr.

Nous nous serrons dans les bras l'un de l'autre, longtemps. Jusqu'à ce qu'une truffe humide se glisse entre nous.

Journal de Rachel Kuklinski

24 juillet.

Je suis posée à une terrasse de café, j'ai laissé Toulouze en plan, j'avais besoin de faire une pause. Je viens de rentrer du tribunal avec un poids sur le cœur, comme une nausée. Je n'ai pas aimé le petit air de triomphe qu'Amaury a affiché pendant toute l'audience. J'ai peut-être un a priori (j'ai sûrement un a priori), mais j'ai trouvé qu'il n'avait pas du tout le comportement d'un innocent bafoué qui cherchait à obtenir justice. Aucun soulagement, aucune émotion, aucune crainte de croiser le regard de son agresseur… J'ai assisté à un certain nombre de procès, les victimes ont beau être toutes différentes, il y a des petits signes, des attitudes qu'on retrouve tout le temps. Amaury, lui, avait tout à fait l'air du coupable qui se sait au-dessus des lois. Un petit côté Al Capone du pauvre qui m'a fichu des frissons. Plus d'une fois, il a affiché un petit sourire narquois quand Bourriol a tenté de s'expliquer. Bourriol qui n'était jamais convaincant, mais qui était convaincu. Il croyait ce qu'il disait. Je crois qu'il a ému plus d'une personne dans le public, si l'on oublie les deux-trois cons qui s'esclaffaient au moindre prétexte.

Ce regard de type intouchable m'a rappelé quelque chose qui me travaille depuis le dîner de l'autre jour. Ce soir-là, Amaury est arrivé avec un ordinateur portable. Immédiatement après notre arrivée, il est monté à l'étage avec son ordi en me lançant exactement le regard que j'ai retrouvé au procès, et peu après il est redescendu les mains vides. Je n'y ai pas prêté plus d'attention que ça, il était allé poser le PC dans sa chambre, c'était une image familière. Mais j'ai compris pendant le procès pourquoi ce moment me revenait sans cesse : parce qu'il ne vit plus chez Serge et Aurèle. Pourquoi irait-il poser son ordinateur dans son ancienne chambre et, surtout, pourquoi est-il rentré chez lui sans l'emporter ? Je ne suis pas sûre à 100 % qu'il l'a laissé, mais presque. Il est parti en même temps que moi et a insisté pour me faire la bise sur le trottoir. Je me souviens très bien de ce moment de malaise, et pas du tout qu'il ait eu avec lui la pochette de son PC. Peut-être qu'il l'a oublié, mais peut-être pas.

Je vais aller vérifier. J'ai toujours la clé de la maison. Aurèle et Serge bossent, il n'y a personne. Je fais un rapide aller-retour et je serai fixée.

(Deux heures plus tard.)

J'ai trouvé son ordinateur presque par hasard après avoir fouillé son armoire, regardé derrière le radiateur, soulevé son matelas et tiré le tiroir sous le lit. C'est là qu'il se trouvait, dans une vieille boîte en carton marquée « photos ». Ce n'était pas un vieil ordi tout préhistorique et fossilisé qu'il aurait voulu garder là en solution de secours. Il sentait presque le neuf, comme tout frais cueilli sur l'arbre.

Je l'ai allumé. Évidemment, il fallait un code.

Pas le genre de détail qui retient longtemps un gars de la PST, mais je ne suis pas un gars de la PST, je n'y connais rien, et je me voyais mal rapporter l'engin au commissariat sans mandat ni rien. Le métier commence à rentrer.

J'ai eu une idée stupide. Stupide parce que je n'avais pas eu de contact avec François Chardone depuis presque huit ans[1]. C'est sans doute le fait d'avoir revu Fred, son fils, au tribunal qui m'a soufflé cette solution inattendue. J'avais toujours un numéro, que Chardone père m'avait donné après cette nuit-là. Le cœur battant, j'ai appelé. Au bout de trois sonneries, M. Chardone – comme je l'appelais quand il était mon prof, comme je l'ai toujours appelé finalement – a décroché. Il a fait « oui ? » et j'ai réalisé que je n'avais rien préparé à lui dire.

« C'est moi. »

Il y avait un léger grésillement sur la ligne ou alors il faisait cuire quelque chose dans une poêle. Si on était dans une pièce de théâtre, il y aurait eu une didascalie : « Un temps », ou « Silence », ou « Pause ».

« Je t'attends », il a fini par répondre.

Fin de huit années de silence. Il n'y avait rien à ajouter. J'ai raccroché.

M. Chardone a vieilli. Il est tout gris. Il y avait deux clients dans son cybercafé : un étudiant qui utilisait un traitement de textes et une vieille femme avec

1. Voir *Turpitudes*.

casque et micro, affublée d'un chapeau rose, qui criait sur quelqu'un dans une langue étrangère, peut-être du suédois. C'était plutôt calme. Je me suis demandé si c'était toujours comme ça et, si oui, de quoi vivait réellement M. Chardone.

« C'est toujours aussi calme ?

— Ça dépend. »

Je lui ai présenté l'ordinateur.

« Il y a un mot de passe. J'aurais besoin de le contourner. »

J'ai aperçu le coin de sa bouche se lever dans une méritoire ébauche de sourire.

« Ton père m'a demandé exactement la même chose, quelques jours avant. »

« Avant » sa mort, de toute évidence.

J'ai suivi mon ordinateur dans l'arrière-boutique, où cet ex-prof de maths, ex-millionnaire, ex-ingénieur informatique, dont l'existence semble aujourd'hui ne plus tenir que par le maintien automatique de certaines fonctions vitales, ce loser, en d'autres termes, auquel je suis pourtant cosmiquement liée (et qu'est-ce que ça dit de moi, hein ?), a allumé l'ordinateur et a dit : c'est le bios, va falloir démonter. Il ne faut pas l'abîmer, j'ai précisé, bêtement.

Le nombre de tournevis différents qu'il faut pour accéder aux entrailles de cette machine a quelque chose de délirant. Comment l'être humain peut-il créer autant de versions d'un seul outil ? N'a-t-il rien d'autre à faire ? Cueillir des pâquerettes, par exemple ? Résoudre le problème de la faim dans le monde ? M. Chardone a fait ce qu'il avait à faire (une histoire de sortir la pile et de bidouiller un autre truc, je ne me rappelle plus quoi), il a remonté le PC, l'a redémarré.

Il n'y avait plus de code à entrer. Ça a mouliné un moment, et puis finalement si : il y en avait un autre, juste après la moulinette.

« Je ne sais pas ce qu'il y a dans ce disque dur, mais quelqu'un n'a pas très envie qu'on le découvre », a dit M. Chardone. A dit François. A dit M. Chardone. Bref.

Il a éteint l'ordinateur, l'a rallumé, a appuyé sur des touches pendant le lancement et bon, après un certain nombre de manipulations (mais pas tant que ça, finalement), le mot de passe a sauté et on était dedans. Un joli fond d'écran, comme des gouttes d'eau sur une vitre.

« Qu'est-ce qu'on cherche ? il a demandé.

— Aucune idée. »

M. Chardone a fouillé dans les dossiers.

« C'est le désert des Tartares, cet ordinateur. Il n'y a que des dossiers vides et les programmes de l'OS. Attends, je regarde les volumes… Ah, si. Tu vois là ? Ça dit qu'il y a 19 gigas de données. Où est-ce qu'elles sont cachées ?… »

Il a encore cherché un peu, et il a trouvé. Une petite colonne de dossiers, chacun nommé d'une simple lettre de l'alphabet.

« Tu as une préférence ? »

Mon regard a accroché une entrée de la colonne Date de création. Une date familière : le 27 juin 2010. Le jour de mon avortement. Quant au nom du dossier : T. comme dans Thomas Bourriol ?

À peu près incapable de parler, j'ai posé mon doigt sur la ligne. M. Chardone a cliqué, une liste de fichiers s'est affichée, il a dit : c'est des photos, il en a ouvert une au pif et je crois qu'on a tous les deux cessé de respirer. Il a été le premier à reprendre la parole.

« Elle n'est pas truquée, c'est ça ?

— C'est ça. »

La photo était cadrée au niveau de la poitrine. Thomas Bourriol était allongé sur une table en bois, la tête prise dans un étau, le visage éclaboussé de sang et à la place de ses yeux se trouvait du plomb encore fumant. Sa bouche criait. On l'entendait presque.

M. Chardone a fait défiler les photos. Toujours la même scène, des gros plans, des plans larges, des plans moyens. Des dizaines et des dizaines de photos. Il a dit : il y a un fichier vidéo, je clique ? Je voyais son index qui tremblait au-dessus du bouton de la souris. J'allais émettre un avis, une instruction, je sentais l'air emplir mes poumons, je prenais mon souffle, une seconde plus tard j'aurais répondu, j'aurais actionné mes cordes vocales et agité ma langue et un mot se serait glissé entre mes lèvres. Mais j'ignore encore quel mot parce qu'à ce moment-là, au milieu de toutes ces photos est apparu en plein écran le visage de M. Chardone, et le mien juste à côté. On avait tous les deux un regard que je qualifierais, faute de mieux, de fiévreux. On était penchés en avant, épaule contre épaule, lui assis, et moi debout les mains appuyées sur le bureau. La webcam de l'ordinateur nous avait photographiés.

« Et merde.

— Quoi ? Qu'est-ce qu'il y a ? Qu'est-ce qu'il s'est passé ?

— On a été pris en photo.

— Oui, merci, j'avais compris, et alors quoi ? Pourquoi "et merde" ?

— C'est un système antivol. La photo vient d'être envoyée à un serveur, qui l'a renvoyée à un destinataire enregistré d'avance.

— Quoi ? (Je comprenais, mais je ne voulais pas comprendre.)

— Ce cliché est destiné au propriétaire de l'ordinateur. Il va savoir que nous avons sa machine.

— QUOI ?!

?!?!?!?!?!?!?!

(Cette ponctuation excessive est là pour illustrer l'intensité de ma panique à cet instant-là.)

— Peut-être qu'il regarde le cliché en ce moment même sur son smartphone », a ajouté M. Chardone.

Il m'a expliqué que l'ordinateur d'Amaury devait être programmé pour se connecter automatiquement au premier spot wifi en libre accès qu'il trouvait. Et en cas de vol – par exemple si on a accédé aux données sans entrer le code d'accès – pour envoyer le plus d'informations possible sur son environnement. Et on l'a allumé dans un putain de web café truffé de wifi.

« Mais il n'y a pas un code pour utiliser le wifi ici ?

— Non. C'est en libre-service. Et j'ai trois réseaux wifi allumés en permanence. »

J'ai rabattu l'écran du portable. M. Chardone m'a fait remarquer avec une certaine placidité que c'était trop tard.

« Mais tu es dans la police, maintenant. On ne craint rien, n'est-ce pas ? »

J'ai échoué à le rassurer d'un « non-non-bien-sûr » un peu trop précipité, je l'ai remercié, j'ai pris l'ordinateur sous le bras, je lui ai dit que je le tiendrais au courant, la dame au chapeau hurlait littéralement sur Skype et je suis partie.

C'était il y a environ une demi-heure. Je suis chez moi, dans l'immense maison déserte de feu mes parents, inhabitée en dehors des trois pièces que j'occupe depuis que j'ai réintégré les lieux. Il fait froid, ou alors c'est moi qui ai froid. Je suis assise sur le canapé du salon et je n'ai pas de solution. Pourtant, il faut que je me dépêche d'en trouver une. Amaury va savoir (ou sait déjà) que j'ai pénétré son ordinateur et que je connais… la vérité. Depuis tout à l'heure, je me suis forcée à croire qu'il y avait un malentendu, j'ai imaginé qu'il pouvait s'agir de pièces à conviction que Serge lui aurait confiées, ou que c'était une reconstitution particulièrement réussie, ou que c'était quelqu'un d'autre qui avait mis ces photos dans son ordinateur à son insu, mais non. Bien sûr que non. La vérité, c'est que Thomas Bourriol a raison : c'est Amaury qui l'a torturé. Et je commence à réaliser que, maintenant qu'il sait que je sais, Amaury va vouloir me tuer. Je me mets à sa place : quelle autre solution a-t-il ? Il ne va pas m'inviter à prendre un café en espérant acheter mon silence. Et il ne va certainement pas tout avouer et se rendre à la police en pleurnichant qu'il est désolé et qu'il ne le refera plus.

D'abord, qu'est-ce que je fais ici ? J'aurais dû apporter le PC directement au commissariat. Le mettre à l'abri, et moi aussi par la même occasion.

J'ai appelé Toulouze trois fois. Il ne décroche pas, je ne sais pas ce qu'il fout. J'ai besoin de lui, de sa protection. Il va encore m'engueuler parce que j'ai pris cet ordinateur sans mandat. Il va me trouver un texte de loi qui invalidera tout le contenu du disque dur parce que j'ai pratiqué une perquisition illégale, ou quelque chose comme ça. Et après, il me soutiendra et on trouvera un moyen. Si ces photos sont acceptées comme preuves, Amaury va se faire coffrer et je serai protégée par tout un tas de murs en béton, de portes blindées, de barreaux en acier et de matons farouches. Est-ce qu'on pourrait envoyer l'ordinateur anonymement à un juge ? Ce serait un moyen d'éviter que Serge ne tombe dessus au commissariat. Est-ce qu'il irait jusqu'à enterrer l'affaire ? Si c'est lui, HH0013, alors aucun doute, il est complice. Bien sûr qu'il l'enterrerait. Et moi avec, si ça se trouve. Est-ce que lui et Aurèle n'ont pas déjà tout fait pour l'enterrer ? Je commence à connaître sa façon de faire : il dirait que rien ne prouve que les photos sont de lui, que l'ordinateur ne lui appartient peut-être pas, et que nul ne peut savoir si je l'ai bien trouvé là où je le prétends. Of course, il ne dirait pas ça pour protéger l'enfant qu'il a élevé, mais bien pour ME protéger de toutes les questions gênantes qui ne manqueraient pas de surgir lors d'un procès. C'est ce qu'il prétendrait. Et un jour, j'aurais un malheureux accident.

Toulouze ne répond toujours pas. Je sais ce que je vais faire. Je vais envoyer l'ordinateur au procureur, à Melun. Mais en attendant que ça lui parvienne ? En attendant qu'il s'y intéresse ? Je me cache. Je pars de la ville. Je dirai que je suis malade, ou… non, mais ça n'a aucune importance, le prétexte que je prends pour disparaître. Je disparais, c'est tout. Dans les films de mafia, à la fin le héros meurt toujours tragiquement parce que, depuis le début du film, il est trempé jusqu'au cou dans une affaire qui agace le parrain local… alors que le film pourrait s'arrêter au bout de vingt minutes si le héros décidait juste de quitter Chicago. Eh bien moi, je quitte Fontainebleau. Je m'expliquerai après, quand Amaury sera derrière les barreaux.

L'ordinateur est posé sur la table basse, fermé : une plante carnivore en pleine digestion. Je n'ose pas l'ouvrir, même pas approcher ma main, c'est comme s'il pouvait me mordre. J'ai désactivé ma box, mais est-ce ce qu'il ne serait pas capable de choper le réseau d'un voisin ? Il pourrait même avoir une puce 3G, qu'est-ce que j'en sais ? Je pense à son contenu. « T. » n'est qu'un dossier parmi d'autres. Au moins huit autres, peut-être dix, douze. La liste est longue comme ça, sur l'écran ça représentait peut-être huit centimètres de dossiers les uns en dessous des autres. Je réalise que je grelotte, mes doigts sont bleus, je ne parviens pas à les maintenir immobiles. En fait, j'ai peur. Je tremble de peur, comme dans les dessins animés. Huit centimètres. Combien de photos de supplices ? Si Amaury a torturé huit centimètres de gens, j'ai vécu à côté d'un monstre. « Le Monstre ». C'est comme ça qu'il s'est présenté au téléphone quand il a sorti le forgeron de son lit. Au moins il est lucide. J

1 bruit à la porte. kl conne ! pkoi chuis tjrs là ? faut q

Une audition

En sortant du tribunal, Rachel a déguerpi. Elle était pâle et fébrile, elle a dit qu'elle se sentait mal.

Toulouze se retrouve donc seul pour escorter le jeune journaliste de *La République de Seine-et-Marne* jusqu'au commissariat. Le commandant ne pouvait pas assister lui-même au procès, ça aurait attiré trop de regards, mais il a envoyé Toulouze et Rachel. Ni l'un ni l'autre n'ont été appelés à témoigner, mais le commandant voulait s'assurer qu'aucun journaliste ne traînerait dans la salle d'audience. Les accusations portées contre son fils étaient suffisamment graves pour qu'un scribouillard en quête de croustillant décide d'en faire un papier orienté. Et ça n'a pas raté : Frédéric Chardone, le nouveau venu de la rubrique des faits divers, était là. Très heureux de retrouver Rachel, qui était une connaissance de lycée. Mais ça ne l'a pas empêché de prendre des notes.

Conformément aux ordres de son supérieur, à la fin du procès, Toulouze a abordé le petit Chardone et l'a emmené : « Venez avec moi au commissariat, on va discuter. » Il s'est laissé impressionner par l'uniforme et l'a suivi sans discuter. Ça n'arrivait presque jamais à Toulouze, mais c'était sans doute la présence de Rachel qui avait mis le journaliste en confiance. D'ailleurs, dès qu'elle s'est éclipsée, il avait l'air moins à l'aise.

Toulouze conduit la voiture. Chardone lui pose quelques questions, mais il ne répond que par des monosyllabes. Il ne veut pas être cité malgré lui dans un article.

Arrivé au commissariat, il conduit le journaliste au bureau du commandant. Ce qui se passera dans cette pièce n'est plus son affaire. En regagnant son ordinateur, Toulouze est interpellé par une de ses collègues, qui lui tend un dossier.

« Tiens, un truc pour toi. Une aveugle qui a été renversée par une voiture hier soir. Tuée sur le coup. La conductrice est en garde à vue, elle a passé la nuit ici. Tu veux prendre sa déposition ?

— Pourquoi moi ?

— Ben… Les aveugles, ça te connaît, non ? »

Toulouze ne fait pas de commentaires. Il va chercher la femme en cellule. La pauvre est complètement catastrophée. Elle sait qu'elle a commis un homicide involontaire, elle a peur de finir en prison, elle a une famille, un boulot, etc. Toulouze a vu des dizaines de personnes dans son cas. Un destin qui bascule en quelques secondes. Il lui offre un café et lui pose les questions d'usage. Très vite, les réponses ne sont pas celles qu'il attendait. Très vite, il pose d'autres questions, demande des précisions. Son téléphone sonne à de multiples reprises, mais il ne répond pas : ce que cette femme raconte passe avant tout le reste. Son accident d'hier est peut-être la pièce qui manque au puzzle de l'affaire Bourriol. Mais comment placer cette pièce ?

Ce qu'elle raconte : qu'elle a bien vu la femme aveugle et son chien sur le trottoir. Que les deux attendaient au bord du passage piéton, sans la moindre intention de traverser. Qu'une autre femme se tenait un peu en arrière et qu'elle a poussé l'aveugle devant la voiture au tout dernier moment. L'aveugle est passée sous les roues du véhicule et la conductrice est certaine d'avoir entendu ses os se briser quand elle lui a roulé dessus. Extrêmement choquée, elle n'a pas osé sortir pendant un long moment. Elle ne voulait pas voir la personne qu'elle avait écrasée. Quand elle a enfin repris ses esprits, l'autre femme avait disparu, ainsi que le chien.

Elle se souvient d'une seule chose à propos de cette femme : que, sur la moitié de son visage, sa peau était un amas de cicatrices fondues, traces d'une ancienne et très grave brûlure.

Toulouze vient de voir une femme qui répond à cette description. Elle accompagnait Bourriol au tribunal. Elle était présente aussi lors de son arrestation. Il n'y a pas de coïncidence dans ce métier.

Toulouze remet la gardée à vue en cellule alors qu'il devrait la libérer. Il a la tête ailleurs. La brûlée a elle-même été brièvement en garde à vue quand Bourriol a été arrêté. Le lieutenant retrouve facilement son identité : Marilyn Winter. Elle habite quasiment en face de chez Bourriol. Qui est-elle pour lui ? Une simple accompagnatrice ? Une amie ? Une amante ?

Toulouze consulte les fichiers d'état civil. C'est une orpheline, prise en charge par les services sociaux à douze ans à la suite de la mort de ses parents. Elle est célibataire, a occupé divers postes sans qualification avant de passer un diplôme pour devenir auxiliaire de vie, ce qu'elle est devenue depuis un peu moins de deux ans. Son casier judiciaire est vierge, elle paie ses impôts… Rien en tout cas ne laisse supposer qu'elle puisse jeter une femme sous une voiture.

Mais il n'y a pas de coïncidence. Quelles sont les chances pour que la voisine de Bourriol devienne son auxiliaire de vie ? Toulouze prend une profonde respiration et fait ce qu'il déteste le plus au monde : passer un coup de fil. Les mains moites, il décroche le vieux combiné filaire qui trône sur son bureau et appelle l'employeur de Marilyn Winter.

« Marilyn ? Ah, elle est super. Gentille, à l'écoute, très dévouée. On est vraiment désolés qu'elle soit partie.

— Elle est partie ? Vous voulez dire qu'elle a démissionné ? (Sa voix monte trop haut dans les aigus, Toulouze s'en veut immédiatement.)

— Oui, au début de l'été. Elle a dit qu'elle avait un projet personnel, j'en sais pas plus.

— Vous pouvez me dire à quelle date exactement ?

— Oui, attendez, je regarde. »

Toulouze attend. Il réfléchit. Marilyn Winter a dû trouver un nouvel employeur. Elle ne peut quand même pas travailler gratuitement…

« Elle nous a donné son congé pour le 30 juin, mais elle est partie une semaine avant pour solder ses RTT.

— Vous savez si elle a trouvé un autre poste ?

— Non, je vous ai dit, elle a parlé d'un projet personnel, mais est-ce que c'était un nouveau job ou autre chose, ça je peux pas vous répondre.

— Elle ne vous a rien dit d'autre ? Vous n'avez rien remarqué d'anormal dans son comportement ?

— Non, rien du tout. Il y a un problème ? Il lui est arrivé quelque chose ?

— Merci pour votre aide. »

Toulouze raccroche et réalise que l'appel s'est bien passé. C'est tellement inhabituel qu'il en est presque étourdi. Et pourtant : son interlocuteur l'a écouté, lui a donné des réponses, et il a découvert quelque chose qui pourrait lui servir dans son enquête.

Toulouze vérifie les dates. Marilyn Winter a quitté son poste quelques jours avant l'enlèvement de Thomas Bourriol.

Pourquoi le nom de Winter lui est-il familier ? Il est presque sûr de l'avoir lu récemment. Peut-être dans l'épais dossier que Pastorino a remis à Rachel, celui qui contient la liste de toutes les morts suspectes qui jonchent l'existence de Bourriol. Il les feuillette rapidement, aucun nom ne correspond.

Peut-être que Rachel aurait une idée. Il sort de sa poche son portable et découvre qu'elle a tenté de l'appeler plusieurs fois. Elle a laissé un seul message, sa voix est tendue, son débit rapide : « Rappelez-moi, c'est important, j'ai découvert un truc. » Il la rappelle, ça sonne dans le vide un moment, puis la boîte vocale se déclenche.

Toulouze sent une certaine nervosité monter en lui. Un sentiment d'urgence. La voix de Rachel n'était pas normale, il se passe vraiment quelque chose, mais quoi ? Il faudrait agir, mais comment ? Il ne sait pas où elle est, il n'a pas d'autre choix que d'attendre qu'elle le joigne.

Pour s'occuper les mains, il entreprend de ranger la pile en désordre des papiers qu'il vient de survoler. Parmi eux, pliée en deux, il y a cette mauvaise photocopie qu'il a ignorée. Un vieil article de *La République de Seine-et-Marne* qui relate ce que Pastorino imagine être l'incident déclencheur de la folie de Bourriol : la mort de sa voisine dans un incendie, lorsqu'il était enfant. Et soudain, dans le cerveau de Toulouze, ça fait tilt. Il lit l'article. La famille Winter a été décimée dans cet incendie. Trois morts, une seule survivante : la sœur aînée de douze ans. « Gravement brûlée au visage, ses jours ne sont pas en danger. » Elle n'est pas nommée, mais, à ce stade, ce serait presque du luxe.

Marilyn Winter connaît donc Thomas Bourriol depuis toujours, ils sont amis d'enfance, peut-être même amants. Ils vivent l'un en face de l'autre, ça ne peut pas être un hasard. Et, selon toute probabilité, elle vient de commettre un assassinat pour lui procurer un chien guide. De sa propre initiative, ou à la demande de Bourriol ? Il faut en avoir le cœur net.

Toulouze se lève d'un bond, renversant presque son bureau. Ses collègues lèvent les yeux avec dédain ou agacement et le regardent s'en aller presque en courant.

Rassemblement

Norbert est encore craintif, surtout avec Marilou. Il refuse qu'elle s'approche de lui et, plus embêtant encore, qu'elle s'approche de moi. Il prend son rôle très aussi sérieux, je suis son aveugle, il me protège. C'est à ça qu'il a été dressé. Au début, Marilou en riait, mais je sens qu'elle commence à mal le prendre. Ce qui est sûr, c'est qu'en moins de deux heures lui et moi sommes déjà meilleurs amis. Je pensais que les chiens guides étaient plus sages que la moyenne, des animaux sérieux, pas du genre à déconner. Je me trompais : Norbert chahute avec moi, puis se calme, puis recommence. À présent, il se repose contre moi sur le canapé-lit que Marilou n'a finalement jamais déplié, sa tête posée sur mes cuisses. Marilou râle un peu, elle ne pense pas que ce soit une bonne chose que ce chien monte sur les meubles. « Un chien, ça doit rester par terre. On lui achètera un panier. Sinon, où est-ce que je m'assois, moi ? » Elle a un rire forcé, un peu faux. Je comprends qu'elle fait un effort pour rester joviale. Je fais descendre Norbert du canapé, mais il refuse de s'éloigner de moi et reste collé à mes jambes. Mon téléphone sonne et la sonnerie est clairement un son tiré d'un film porno. Encore un coup de

Conrad. Quand Marilou m'a offert ce smartphone, le jour de ma sortie d'hôpital, c'était pour ses fonctions d'accessibilité. Il peut lire à voix haute ce qui est écrit à l'écran et répond aux commandes vocales. Mais, pour Conrad, c'est surtout une source de canulars.

Je décroche, c'est justement lui. Il ne perd pas de temps à me demander comment je vais, ni si j'ai apprécié sa sonnerie.

« Je l'ai », dit-il. Et je sais immédiatement de quoi il parle, ou plutôt de qui.

« Il est où ?

— Pas très loin, tu peux le rattraper si tu pars maintenant. »

Je suis déjà debout, je tends la main pour trouver ma canne blanche, elle n'est pas là où je pensais l'avoir laissée. Je demande à Marilou de m'aider, mon impatience passera pour de l'exaspération, mais je n'ai pas le temps de faire des circonlocutions. Elle me met la canne dans la main, je continue avec Conrad.

« Tu ne le perds pas de vue, hein !

— Aucun risque, avec son bandage sur la tête, on ne voit que lui ! Tu l'as pas raté, hein !

— Non, je ne l'ai pas raté. Mais j'aurais pu faire mieux.

— Où vas-tu ? » me demande Marilou.

Son ton est plus autoritaire que d'habitude. Est-ce qu'elle s'inquiète, ou est-ce que Norbert l'a vraiment agacée ? Je décide de ne pas m'en préoccuper, il faut juste que je sorte, et que je sorte seul.

« Je vais voir Conrad. Je te laisse avec le chien pour que vous fassiez connaissance.

— Tu ne veux pas que je t'accompagne ?
— Ça ira, je connais le chemin. »

Avant qu'elle ait pu insister, je suis sur le trottoir, les écouteurs vissés dans les oreilles.
« Dis-moi.
— À droite, tu vas au bout de la rue. »

J'avance vite, sans aucune peur, j'oublie que je suis aveugle, je connais le chemin, je le visualise dans ma tête comme si j'avais des yeux, et de toute façon les gens s'écarteront. Je suis juste focalisé sur mon objectif : Conrad a attrapé Amaury Parrot dans ses caméras. Il le suit à la trace. Je dois le rattraper.
« J'ai vraiment eu du pot. Je me suis dit, soit il rentre de Melun en voiture, soit il rentre en train. Je connais sa voiture, je l'ai vue sous toutes les coutures sur les vidéos de ton enlèvement. Mais bon, c'est une putain de bagnole noire, combien y en a à Fontainebleau ? En tout cas, je me suis mis sur les caméras du parvis de la gare et des deux entrées logiques de la ville quand tu viens de Melun en voiture – la D116 et le rond-point de la D607. Il est rentré par le rond-point et il est allé se garer dans le parking de la mairie.
— Quoi ? Il est à la mairie ? Mais qu'est-ce qu'il fout là-bas ?
— Non, il en est sorti. Là, il marche dans la rue des Sablons, il va vers la rue de France. »

Je suis les indications de Conrad. Droite, gauche, attention à la voiture… Pour une fois, il n'est pas d'humeur à faire des blagues.

« Il avance plus vite que toi.
— Je fais ce que je peux, putain ! »

Je me mets à trottiner et la peur revient. Courir sans rien voir. Je ne suis pas prêt pour ce genre d'exercice. J'essaie de me rappeler la règle numéro un : ne jamais douter de la présence du sol. Il est forcément là.

« Dis-moi quand j'arrive au bord des trottoirs, sinon je vais me casser la g… Ah merde !

— Ah, trop tard. »

Une femme m'aide à me relever.

« Ça va, monsieur ?

— Ça va.

— Vous allez où ?

— Heu… (Conrad me souffle une réponse) Rue Saint-Merry, à l'angle du boulevard Maginot. Vous voyez où c'est ?

— Oui, je peux vous accompagner si vous voulez.

— Merci, mais je suis très pressé.

— J'ai vu ça. Je peux vous accompagner en courant, j'ai mes baskets. Allez, on y va ! »

Elle ne me laisse pas le choix. Elle m'empoigne par le biceps et se met à courir, je suis la cadence de mon mieux. Dans mes oreillettes, Conrad se marre. Puis se tait. Il laisse la femme m'emmener. Après une ou deux minutes, je halète comme un cocker, je dois m'arrêter. À côté de moi, la femme semble à peine essoufflée.

« On y est presque.

— C'est bon, merci, je vais continuer tout seul. Mais merci beaucoup, hein !

— OK, bon courage ! »

Je l'entends repartir en courant. Les mains appuyées sur les genoux, j'essaie de reprendre mon souffle.

« Tu l'as presque rattrapé. Tu es sûr que tu veux faire ça ?

— Oui. Mais la bonne question, c'est… est-ce que toi, tu es sûr ? Parce que là, t'es complice. Il y aura toutes les preuves que tu étais au téléphone avec moi.

— Qu'est-ce que tu vas lui faire exactement ?

— Je ne sais pas encore. Mais je ne vais pas prendre le thé. »

Conrad soupire. Il réfléchit, tandis que je reprends ma marche.

« C'est à droite. Tu y es, il est juste devant toi, sur le trottoir d'en face, à trois ou quatre cents mètres. Et je te lâche pas. Je suis avec toi pour le pire et pour le pire.

— OK. »

Je ne peux rien répondre de plus, l'émotion me noue la gorge. Conrad est sans doute le seul ami qui me reste. Le meilleur. Il n'imagine pas à quel point j'ai besoin de lui.

« Ton mec s'est arrêté devant une maison, juste en face du lycée.

— C'est chez lui ?

— J'en sais rien. Non, j'ai pas l'impression. Il ne sort pas de clés, il regarde juste le portail, et le mur. Il se met sur la pointe des pieds, il essaie de voir quelque chose.

— J'espère qu'il ne va pas sonner. Je ne peux pas lui arracher les yeux devant témoins, quand même.

— C'est ça que tu vas faire ?

— Non, j'en sais rien, je dis juste ça comme ça (je mens : c'est exactement ce dont je rêve depuis des semaines).

— Tu sais que tu vas finir en prison si tu fais ça.

— Ouais. Peut-être.

— Et Marilou ? T'y as pensé ?

— Oui. Je sais ce que tu vas me dire. Que j'ai une nouvelle vie avec elle et que je vais tout gâcher…

— En gros c'est ça, mais sur un ton moins pleurnichard.

— Écoute, je ne sais pas ce que je vais faire, OK ? Mais je ne peux pas ne rien faire. Et pour les conséquences, on verra après.

— Oh putain. Il escalade le mur !

— Quoi ?

— Ton mec, là ! Il escalade le mur d'enceinte de la maison !

— Merde ! Mais qu'est-ce qu'il fout ?

— Il est passé de l'autre côté. C'est pas la peine de courir, tu l'as raté. »

Pourtant, je cours, raclant comme un fou ma canne sur le bitume.

« Dis-moi quand j'arrive !

— C'est bon, t'y es. Tu n'as plus qu'à traverser la rue. Mais le mec est rentré, c'est mort, je te dis.

— C'est moi qui dis quand c'est mort.

— Tu vas quand même pas escalader ? »

***

Tu es parti comme un voleur. Un instant tu étais là, l'instant d'après j'étais seule avec le chien. Pas un mot pour moi, même pas un petit bisou. Encore Conrad. Qu'est-ce qu'il t'a dit pour que tu m'abandonnes si brutalement ? Comment fait-il pour m'éclipser chaque fois ? Je vois bien que, dès qu'il est là, je passe au second plan. Il parle plus fort, rit plus fort, prend plus de place… Vais-je devoir l'éliminer aussi ? Sans doute. Il faudra que je pense à un moyen inédit, qui ne permette pas de rattacher sa mort à celles des autres. Le plus simple serait d'empoisonner sa nourriture. Vu les quantités qu'il mange, ça irait très vite, mais tous les poisons laissent des traces et de toute façon je ne saurais pas où m'en procurer.

Et ce chien, quelle mauvaise idée j'ai eue. Le spectacle de ce coup de foudre instantané entre lui et toi m'a vraiment mise mal à l'aise. Alors qu'il m'a fallu plus de vingt ans pour que tu me remarques, il lui a fallu deux minutes pour que tu m'oublies. Son compte sera vite réglé. Soit je le tue, soit je le ramène à l'association. Ils lui trouveront un nouveau propriétaire avec qui se rouler par terre et partager un canapé.

Vingt ans. Vingt longues années pendant lesquelles tu as ignoré mon amour pour lui préférer des bluettes risibles et des amitiés envahissantes. Des filles stupides et des garçons abrutis. Et maintenant, un chien.

Les seuls dont je regrette la mort, ce sont mes parents. J'étais trop jeune, je pensais qu'ils pourraient sortir de la maison avant qu'il ne soit trop tard ; j'avais allumé le feu dans la cuisine sachant qu'il toucherait la chambre d'Alice bien avant d'atteindre la leur.

Mais ils ont tenté de la sauver. Ils ont brûlé avec elle et j'ai failli y passer aussi en essayant de les tirer du brasier. Jusqu'au bout, ma petite sœur aura été une peste. Elle ne pouvait pas mourir sans emporter ses parents avec elle. C'est sa faute s'ils sont morts, pas la mienne. Elle a toujours été leur préférée, comme elle a été ta préférée. Quand elle m'a dit que vous aviez prévu de vous échapper ensemble au milieu de la nuit, il a bien fallu que je la stoppe. Tu aurais pu ne jamais revenir, ou avoir un accident, qui sait ? Je ne me le serais jamais pardonné.

Qu'est-ce que tu es allé faire avec Conrad ?

Sur le smartphone que je t'ai offert, j'ai installé un logiciel qui me permet de te géolocaliser. Rien de plus facile, il m'a suffi de suivre un tutoriel sur Internet. J'ai fait ça pour ta sécurité, même si je ne t'en ai pas parlé. Je ne voudrais pas que tu te sentes espionné. Je ne m'en suis jamais servie, d'ailleurs. Mais cette fois, tu m'inquiètes.

J'ouvre l'application sur mon portable. Le point bleu qui te représente sur la carte bouge très vite. Je crois d'abord à un petit bug avant de comprendre que tu cours. Toi qui hésites encore à chaque pas, te voilà qui cours ! Où est-ce que tu vas ?

À cause d'Alice, j'ai été défigurée par le feu et déplacée de famille d'accueil en famille d'accueil. On m'a éloignée de toi, alors que j'espérais que sa mort nous rapproche. Quand j'ai fini par te retrouver, au lycée, tu ne m'as même pas reconnue. Tu te comportais avec moi comme tout le monde : j'étais la fille au visage brûlé, la pestiférée, celle qu'on n'ose pas voir. Nous n'étions pas dans la même classe et tu ne m'as pour ainsi dire jamais regardée. Tu étais volage et inconséquent, je t'ai observé de loin faire le joli cœur, attendant patiemment mon heure. Tu pouvais bien embrasser toutes les filles du lycée, elles étaient superficielles et écervelées, ça ne durait jamais. Un jour, tu te lasserais et tu découvrirais que j'étais là depuis le début, moi ton véritable amour. J'ai cru que ça se ferait tout seul jusqu'à ce que tu rencontres Vanessa. Elle, c'était du sérieux. Il a fallu que je m'en occupe. Là encore, je comptais que son décès nous rapproche, mais comment ? Tu ignorais mon existence. J'étais encore jeune et naïve, je confondais mes rêves et la réalité. J'ai dû apprendre à être plus rigoureuse. Me fixer des objectifs et me donner les moyens de les atteindre.

Tu as toujours su trouver d'autres personnes que moi avec qui te consoler. Et quand parfois je tentais d'entrer dans ton cercle, je ne savais pas comment m'y prendre. J'aurais dû oser t'aborder, tomber sur toi « par hasard » et te lancer : « Oh, ça alors ! Thomas ! Tu te souviens de moi ? Marilyn ! Ta voisine d'enfance, dont toute la famille est morte dans un incendie ! » Mais je n'ai pas pu. Je n'aurais pas supporté ton regard effrayé ou dégoûté sur mon visage.

J'ai emménagé en face de chez toi et, en attendant de trouver le moyen de t'approcher réellement, j'ai méthodiquement éliminé tes proches un par un – ou parfois en couple. Toutes celles et tous ceux auprès de qui tu trouvais du réconfort ou de la joie, je les ai supprimés. Jusqu'à ce que tu sois totalement seul, sans appui extérieur. Tu n'avais pas besoin d'eux. Je te suffirais.

Bien sûr, je n'avais pas prévu Conrad. Tu le voyais surtout au travail, et peut-être chez lui. Je ne l'ai pas vu chez toi plus d'une ou deux fois, alors que je passais tout mon temps à observer ta maison. Il faut que je trouve la meilleure façon de m'en débarrasser. Depuis Laureline, je veux que les morts ressemblent à des accidents. J'ai perdu mon sang-froid avec elle et j'ai failli me faire attraper. Je ne sais toujours pas comment j'ai pu faire croire que je descendais du bus alors que j'étais couverte de sang. L'homme qui la tenait dans ses bras ne m'a pas vue arriver, il était trop choqué pour me voir, et les passagers n'étaient pas encore sortis. Mais ça s'est joué à quelques secondes et j'ai eu beaucoup de chance. Jamais je ne me remettrai dans une situation pareille.

Quand j'ai eu l'idée de te rendre aveugle pour que tu ne voies jamais mon visage, avant même d'imaginer comment m'y prendre il a fallu que je pense à une façon de t'approcher après ton « accident ». Alors j'ai fait une formation d'auxiliaire de vie, spécialisée dans les non-voyants. Je me suis formée spécifiquement pour m'occuper de toi quand tu aurais perdu la vue. Je n'avais pas besoin de ce métier pour vivre – l'assurance de mes parents m'a laissé suffisamment d'argent pour le reste de mon existence –, mais c'était par lui que j'allais enfin être la seule. La seule à être là, la seule à pouvoir t'aider et te consoler. La personne indispensable. Il fallait juste que tu ne connaisses jamais mon vrai nom pour éviter les questions embarrassantes.

Trouver quelqu'un pour te prendre les yeux n'a pas été le plus difficile. J'ai passé une annonce sur un site bien caché au fin fond d'Internet, on s'est entendus sur un prix, et voilà. Je n'ai même pas eu à connaître son identité, tout s'est fait virtuellement. Bien sûr, quand j'ai vu ce qu'il t'a fait subir, j'ai eu du remords. Comment aurais-je pu prévoir ? J'ai vraiment été très inquiète pour toi, et très en colère contre lui. Il a failli te tuer, ou te transformer en légume. Ce matin au procès, j'ai bien observé l'homme que tu as blessé. Je crois que tu as raison, ça pourrait tout à fait être lui. Je le trouve dangereux et malsain. Je le crois capable de chercher vengeance. Peut-être que je m'en occuperai, comme je me suis occupée de Loïc Chavepayre. Lui aussi te voulait du mal. Je ne permettrai pas qu'il t'arrive quoi que ce soit.

Tu t'es arrêté de courir, mais tu continues. Boulevard Maginot. Qu'est-ce qu'il y a là-bas ? Des grandes maisons bourgeoises, rien d'autre. Qu'est-ce que tu as dit avant de partir, déjà ? « Non je ne l'ai pas raté, mais j'aurais pu faire mieux. » De quoi parlais-tu ?

Ô mon Dieu.

Tu parlais d'Amaury Parrot.

***

Toulouze a sonné plusieurs fois chez Marilyn Winter. Elle est absente. Il est très frustré, il a besoin de la voir maintenant, de l'interroger, peut-être de l'emmener au commissariat. Est-ce que Rachel est arrivée à la même conclusion que lui ? Peut-être qu'elles sont ensemble en ce moment même.

La maison de Bourriol est de l'autre côté de la rue, pas tout à fait en face, mais presque. Trente ou quarante mètres séparent les deux logements. Il n'y a pas de coïncidence, se répète Toulouze. Alors qu'il regarde la porte d'entrée de chez Thomas Bourriol, celle-ci s'ouvre et Marilyn Winter en franchit rapidement le seuil. Elle la claque plus qu'elle ne la ferme et se met à courir sur le trottoir, l'œil rivé sur son téléphone portable.

Toulouze refrène son envie de l'intercepter et décide de lui emboîter le pas. Sachant qu'il n'y a jamais de coïncidence, il est très curieux de découvrir pourquoi, précisément maintenant, elle galope comme ça. Et où elle se rend.

***

Conrad n'a pas couru comme ça depuis… Conrad n'a jamais couru comme ça. À peine sorti du sous-sol de Secutek, il était déjà à bout de souffle, maintenant il crache carrément ses poumons. Tout son corps proteste lourdement, il souffre mille morts, mais seule la vraie mort, la définitive, l'arrêtera. Son crétin d'aveugle de meilleur ami a escaladé le mur d'une propriété privée et a brusquement disparu de l'autre côté. Conrad ignore comment il est tombé, sur quoi il a atterri, s'il s'est cassé une jambe, brisé la nuque ou s'il a pu se relever. Mais s'il s'est relevé, il est en train de se fourrer dans la gueule du loup. Dans le noir complet et dans un lieu qu'il ne connaît pas, face à un psychopathe qui n'hésitera pas à le tuer, ou pire : à le torturer jusqu'à la mort.

Putain qu'il est loin, le boulevard Maginot !

***

Je me sors des ronces avec difficulté, complètement désorienté. Ma canne est encore accrochée à mon poignet, mais cassée en deux. Elle ne me sert plus à rien. Il faut que j'arrive à me repérer. Où est la maison ?

Tendre l'oreille pour écouter les voitures. Calmer ma respiration et les battements de mon cœur, qui couvrent tous les sons. Une moto passe sur ma gauche. Il faut donc que je me dirige à droite. Je sais que mon tortionnaire est peut-être devant la maison, qu'il m'observe silencieusement en attendant que je me jette de moi-même dans ses bras. Mais peut-être pas. Mon seul atout serait de le prendre par surprise. Autant dire qu'il n'y a aucune chance pour que ça arrive. Je vais forcément trébucher, me cogner, renverser des objets. Il m'entendra venir de loin. Mais s'il reste une chance infime pour que j'arrive à le surprendre, alors je veux la tenter.

De toute façon, ça n'a pas d'importance. Je suis venu pour le confronter, sans doute me battre avec lui. Surprise ou pas, on en viendra aux mains. La dernière fois j'ai eu le dessus, j'ai bien l'intention de recommencer.

Un énorme fracas me fige. Ça vient de la maison, on dirait un meuble renversé. Le bruit recommence. Ça ressemble plus à un impact. Quelque chose de gros sur quelque chose de solide. Il essaie de défoncer une porte ? Une voix de femme crie :

« Stop ! Ne fais pas le con ! J'ai mon arme de service ! »

Un troisième impact, avec un énorme craquement cette fois, et la femme qui hurle de terreur. Ça résonne dans mes orbites, mes pires souvenirs remontent à la surface, ce sont mes propres cris que j'entends, ceux que je poussais quand j'étais attaché sur l'établi. Je n'arrive pas à avancer, j'ai trop peur.

La fille hurle de plus belle. Je crois qu'il l'a attrapée, et je crois qu'elle n'a pas son arme de service.

« Lâche-moi, connard ! Je t'interdis de me toucher ! »

Des bruits de lutte. Je réalise soudain que c'est ma chance. Je n'ai aucune idée de qui est cette fille, mais je sais qu'elle occupe toute son attention. Que je pourrais peut-être le prendre par surprise, finalement. Ma peur ne me quitte pas, mais je parviens à bouger une jambe, puis l'autre et à me remettre en marche. J'avance vers la maison. J'entends des choses qu'on casse, qu'on renverse, du verre brisé, des cris de douleur de la femme, mais aussi de l'homme. Contrairement à moi il y a quelques mois, elle n'a pas l'intention de se laisser faire.

Mes mains tendues devant moi entrent en contact avec un mur de briques. Je le longe. Je m'emmêle dans des rosiers, je m'enfonce des épines sous la peau, mais je les sens à peine. Je trébuche contre un enrouleur de tuyau d'arrosage, ou peut-être une poussette. Mes doigts trouvent une vitre, des huisseries, une poignée de porte. Je n'ai pas le temps de la manipuler : la porte vitrée n'était pas fermée, elle s'ouvre toute seule et la maison m'avale, je m'éclate la tronche sur un sol carrelé. Des tomettes, on dirait. En me relevant, je me cogne contre un tabouret haut, ou une chaise, qui se renverse dans un vacarme qui annonce ma visite mieux que n'importe quelle sonnette. Même au milieu de leur bagarre, ils ont dû m'entendre. Je suis donc dans la cuisine, et j'entends Amaury Parrot et sa nouvelle victime se battre à l'étage. Le plafond vibre sous leurs assauts, le parquet craque et leurs cris résonnent. Tandis que j'essaie de m'orienter à l'oreille pour savoir où se trouve l'escalier, je sens le goût métallique du sang dans ma bouche. J'avance dans la cuisine en tâtonnant partout autour de moi, je longe un comptoir ou un plan de travail, je trouve l'évier plein de vaisselle sale, je renverse un petit panier qui devait contenir des noix, elles roulent et rebondissent partout, je les entends s'éparpiller dans toute la cuisine, elles craquent sous mes pas. Le réfrigérateur, des étagères pleines de verres, j'en fais tomber deux ou trois… Finalement, je trouve une issue, il y a un mur de chaque côté, c'est un couloir, je n'ai aucune idée de sa longueur. Mon premier pas me fait marcher dans quelque chose de mou et mon deuxième provoque ma collision avec des objets en métal qui dégringolent à mes pieds. Il y a un mur juste devant moi. Un mur gras et sale. Je renifle mes mains, ça sent la cendre. Je ne me trouve pas dans un couloir mais dans une gigantesque cheminée. Je fouille à mes pieds et j'empoigne un tisonnier. Ça me fera une arme, et un semblant de canne blanche. J'entends la bagarre exactement au-dessus de moi, des coups sur le sol, des cris. Je m'extrais de la cheminée, je laisse ma main glisser sur le mur de gauche et je continue ma progression.

À l'étage, la femme pousse un cri dément, un cri de pure douleur. Puis c'est le silence. J'écoute les vibrations de la voix de mon tortionnaire. Même sans comprendre ce qu'il dit, je reconnais son ton nasillard. Elle, je ne l'entends plus. L'a-t-il tuée ?

Il faut que je me dépêche, pas le temps de finasser. De toute façon, il m'a entendu, c'est certain. Je parviens enfin à sortir de la cuisine. J'avance en tapant dans les murs avec mon tisonnier. Je gueule : « Parrot ! Je suis là ! Je suis venu juste pour toi et je vais te massacrer ! Te ma te ma te ma massacreeeer ! Cul qui pue ! »

Je m'immobilise. Silence total à l'étage. Et soudain, il se lève d'un coup, le parquet grince sous son poids, et il se précipite à pas lourds vers un point plus éloigné de la maison... avant de descendre l'escalier à toute vitesse. Ma vessie me lâche, toute mon énergie me quitte, le tisonnier m'échappe, mon urine coule le long de ma jambe. J'entends Parrot fondre sur moi comme un prédateur et moi, pauvre herbivore impuissant, je vais juste me faire déchiqueter. J'ai le temps d'éprouver l'abandon total. J'accueille la certitude de ma mort comme un soulagement. C'est donc comme ça que ça devait finir. Ça me va. Ça me reposera.

Alors que tout mon être se prépare à la collision, mon tortionnaire s'arrête juste devant moi. Je reconnais immédiatement son odeur. Et sa voix.

« T'as vraiment une sale gueule. J'aurais mieux fait de t'achever, mais ma cliente n'aurait pas été contente. (*Sa cliente ?*) Sauf que maintenant les choses ont changé, pas vrai ? Je suis en état de légitime défense. Je peux faire ce que je veux de toi, je serai toujours l'agressé et toi l'agresseur. Il y a une décision de justice qui le prouve. Par exemple, je peux t'enfoncer ce couteau dans le bide et personne ne m'en voudra. »

En disant ça, il passe les deux faces d'un couteau de cuisine sur mon T-shirt. Il essuie la lame. À travers le tissu, je perçois de l'humidité, que je palpe avec mes doigts. C'est épais. Ça pourrait être du sang. C'est forcément ça. Il a poignardé la femme de l'étage. Je parviens à parler, avec un calme qui m'étonne moi-même, et aucun signe de Tourette.

« C'est votre cliente, là-haut ? »

Ça le fait rire.

« Non. C'est une petite fouineuse de merde qui ne fouinera plus jamais. Mais c'est allé un peu vite. Je suis frustré. Comme tu le sais, je préfère prendre mon temps. J'aime le spectacle de l'agonie. L'agonie des autres, hein ! Ah ah ! Alors, puisque tu me fais le plaisir de me rendre visite, je propose que nous reprenions là où nous nous étions arrêtés. »

Aucun de ses propos ne m'atteint vraiment. Je suis resté bloqué sur « cliente ».

« C'est qui votre cliente ? Quelqu'un vous a payé pour me torturer ?

— Ouais. On peut dire ça. C'est exactement ça, même. Mais je ne sais pas qui c'est. Je ne l'ai jamais rencontrée. Je sais juste qu'elle accorde les adjectifs au féminin.

— Mais pourquoi ? »

Tout se bouscule dans ma tête. Je ne comprends pas. Qui peut me détester à ce point ? J'ai des relations neutres avec la plupart des gens. Simplement neutres. Je ne me dispute jamais avec personne.

« Tout ce que je peux te dire, c'est qu'elle m'a demandé de te faire perdre la vue, par le moyen de mon choix. J'imagine qu'elle ne s'attendait pas à ça ! » dit-il en tapotant la cicatrice de plomb qui me barre le visage.

Derrière moi, des noix craquent. Quelqu'un marche dans la cuisine. Mon tortionnaire soupire, à peine agacé.

« Putain, mais il y a un anniversaire ou quoi ? Pourquoi tout le monde débarque ici et maintenant ?

— Thomas ! »

La voix de Marilou. La dernière voix que je m'attendais à entendre.

« Marilou ! Va-t'en ! Tu n'as rien à faire ici !

— Tiens, tiens ! Marilou ! C'est qui celle-là ? D'où elle sort ? C'est ta petite amoureuse ? Est-ce qu'elle n'aurait pas un léger fétichisme sur les aveugles ? Elle fréquenterait pas le dark web sur son temps libre, par hasard ?

— Thomas, n'écoute pas cet homme ! Quoi qu'il te dise, ne l'écoute pas ! Il est fou, il est malade ! Rappelle-toi ce qu'il t'a fait ! »

La réaction de Marilou provoque en moi un picotement désagréable. Une nouvelle peur aux contours imprécis. Je suis face à un homme armé d'un couteau qui m'a déjà torturé pendant des heures, et ce que craint Marilou c'est ce qu'il pourrait me *dire* ? Est-ce qu'elle me cache quelque chose ? Est-ce qu'ils se connaissent ? Est-ce que c'est elle, la « cliente » ? Non, ça n'aurait aucun sens. Pourtant, mon tortionnaire suit le même train de pensées que moi.

« C'est vous qui m'avez engagé pour brûler les yeux de votre amoureux ?

— Ne dites pas n'importe quoi ! Thomas, ne l'écoute pas !

— Je suis sûr que c'est vous.

— Il va te mettre des idées dans la tête, Thomas !

— C'est trop tard, Marilou. Il les a déjà, les idées. Y a qu'à voir sa figure. Il réfléchit à toute allure. Il essaie de mettre les pièces du puzzle en place. »

Sans prévenir, elle pousse une sorte de cri de guerre, me bouscule et se jette sur mon tortionnaire. Je n'ai aucune idée de ce qu'il se passe, je n'entends que des chocs et des coups. Qui a le dessus ? Ça dure à peine quelques secondes. J'ai clairement entendu des râles masculins. Une seule personne se relève. C'est Marilou, je la reconnais à son parfum de chèvrefeuille, dans lequel je me suis plongé dès le premier jour, comme dans un cocon protecteur. Le parfum de sa mère, m'a-t-elle dit ce jour-là. Un parfum qui vient de mon enfance. C'était l'odeur qui flottait dans la maison d'Alice, et dans ses cheveux, parfois, quand elle avait passé du temps avec sa maman. Comment s'appelait sa sœur, déjà ? Celle qui a survécu à...

« Marilyn ?

— Non. Non, c'est Marilou. C'est Marilou. Marilyn n'existe pas. Il n'y a pas de Marilyn. »

Je l'entends qui pleure. Elle m'implore.

« Tu ne peux pas me quitter. Tu n'as pas le droit.

— Mais de quoi tu parles ? Je ne comprends plus rien, je... Qu'est-ce que t'as fait ? Oh putain... Qu'est-ce que t'as fait ?

— C'est juste de l'amour, Thomas. »

Elle dit ça en appuyant la pointe du couteau contre mon cœur.

« Arrête, tu me fais mal.

— C'est toi qui me fais mal. Si tu me quittes, je ne survivrai pas. »

Elle retire la lame de ma poitrine et prend une inspiration.

« Je préfère te voir mort ! »

Je ne sais pas comment j'ai évité le coup. Je l'ai pressenti et mon corps a bougé tout seul. Le fil du couteau me coupe profondément au-dessus de la clavicule, mais elle rate mon torse. Je tombe par terre, je suis à sa merci. Je rampe vers la cuisine, elle se jette de tout son poids sur moi, elle est assise sur mon dos et me tient par les cheveux. Le couteau est contre ma gorge, elle m'immobilise complètement. D'où lui vient une telle force ? Elle me chuchote à l'oreille, en pleurs.

« Nous aurions pu être si heureux… »

Quelqu'un fait irruption dans la cuisine. Un homme hors d'haleine.

« Police ! Lâchez ce couteau ou je tire ! »

La douleur sur ma gorge est fulgurante, le coup de feu qui suit est assourdissant. Marilou lâche le couteau, s'effondre sur moi et son sang s'écoule dans mon dos. J'entends contre mon oreille son dernier souffle. Un mince filet d'air qui s'échappe doucement, dans une odeur de chèvrefeuille.

Dehors, venant de la rue, j'entends faiblement la voix de Conrad qui braille : « Est-ce que quelqu'un va ouvrir ce putain de portail ? Vous croyez quoi ? Que je vais escalader le mur, moi aussi ? »

Journal de Rachel Kuklinski

Le 9 août 2010

(Nous reprenons notre programme après ces deux grosses semaines d'interruption, merci pour votre compréhension…)

Après qu'il a défoncé la porte de la chambre et qu'on se soit battus comme des chiens enragés, Amaury a fini par prendre le dessus. Il m'a étourdie en me jetant je-ne-sais-quoi à la tête et je crois que j'ai perdu connaissance deux ou trois secondes : c'est l'impact de ma chute qui m'a réveillée. Le temps que je me secoue, il était déjà assis sur moi et j'étais immobilisée. Bien sûr que je me débattais, mais c'était trop tard. Je n'ai pas vu le moment où il m'a planté le couteau à viande dans le bide, mais putain je l'ai senti ! Mon cri a dû résonner dans la toute la ville, il est sorti comme l'ultime chose qui sortirait jamais de mes poumons. Après ce hurlement, je savais qu'il n'y aurait plus rien, j'étais donc tellement sûre d'être morte que j'ai été surprise d'entendre la voix d'Amaury et, en ouvrant les yeux, de le voir. Il faisait une pause pour me parler de la loi de la jungle. J'ai trouvé ça incongru mais, tant qu'il parlait, je gagnais du temps et ça m'allait très bien. J'ai fermé les yeux. Mes sens étaient suraiguisés, je n'en revenais pas d'être encore vivante, de respirer, de tout sentir avec une telle acuité. La lame du couteau était encore enfoncée dans mon ventre, je percevais exactement son contour, je me demandais si elle avait touché des organes vitaux, j'essayais de me rappeler mes cours de SVT. La douleur était une information parmi d'autres, comme le sang que je sentais s'écouler le long de mon flanc. Je me souviens avec une très grande précision de ce qu'il m'a dit. Que dans la nature il n'y avait que trois façons de réagir à une attaque : fuir, se cacher ou combattre. Que j'avais fui, que je m'étais cachée, que j'avais combattu. Que j'étais arrivée au bout de mes options et que maintenant j'allais mourir.

Il a retiré le couteau (aïe) et l'a planté à nouveau deux fois (aïe, aïe), violemment, profondément, avec colère. C'était étonnamment supportable. Là encore, de simples informations. Je n'ai pas bougé, je n'ai pas lutté, je l'ai laissé faire. Je me demandais juste à quel moment j'allais cesser de vivre et si j'allais m'en apercevoir.

Les yeux toujours fermés, j'ai compris qu'Amaury se penchait sur mon visage, je sentais son souffle très proche. Est-ce qu'il cherchait des signes de vie ou voulait-il m'embrasser ?

J'ai entendu Thomas Bourriol gueuler au rez-de-chaussée. Qu'est-ce qu'il foutait là ? Amaury s'est redressé brusquement et a quitté la pièce.

Je pensais « Il y a une quatrième façon de réagir à une agression : faire la morte. » J'aurais aimé pouvoir lui dire.

Et me voilà, six opérations chirurgicales, des transfusions sanguines et une greffe de foie plus tard… Normalement, c'est fini, il n'y a plus qu'à attendre que tout ça cicatrise, et à prendre des médicaments anti-rejet pour le reste de ma vie. Il y a un mois et demi, j'ai expulsé deux corps étrangers de mon ventre et aujourd'hui je me retrouve avec un organe tout aussi étranger greffé presque au même endroit. J'essaie de trouver un sens à tout ça.

Ni Aurèle ni Serge ne sont venus me voir à l'hôpital. Mais Toulouze était là presque tous les jours. Il m'a tenue au courant des suites de l'enquête. On sait maintenant que HH0013, c'était Amaury. Il a fait un court stage au commissariat de Melun il y a quelques années, un stage qui n'a pas marqué les mémoires, mais pendant lequel ses empreintes ont été ajoutées au fichier des faux positifs de la PTS. Les lenteurs administratives étant ce qu'elles sont, mes empreintes n'étaient pas encore dans le fichier quand j'ai fait les prélèvements sur les verres : c'était celles-là qui étaient inconnues. Depuis, quelqu'un s'est fait engueuler là-bas.

Toute cette histoire est remontée très haut, il y a une enquête interne en cours. Toulouze a témoigné de l'obstruction qu'Aurèle et Serge ont exercée sur notre enquête, des sanctions sont déjà tombées. Serge a été muté, Toulouze va passer en commission pour expliquer pourquoi il n'a pas suivi les procédures et pourquoi il a embarqué une jeune stagiaire dans ses errements. Lui, entre tous les flics, se voit accusé de manquements à la procédure ! J'ai promis d'expliquer que c'était moi qui avais pris toutes les mauvaises initiatives. Il me demande de n'en rien faire. Ce serait encore plus néfaste pour son image. Il vaut mieux être celui qui enfreint les règles que celui qui se laisse diriger par sa stagiaire. Il arrive même à trouver la situation marrante. Ça lui fait plaisir qu'on pense qu'il est sorti des clous. Il se croit soudain rebelle.

Je pense que lui et moi sommes en train de devenir amis.

Dans l'ordinateur d'Amaury, il y a les photos de neuf autres suppliciés, sans aucun commentaire, aucun texte, aucune note. Des hommes et des femmes. Des séances de torture insoutenables, m'a dit Toulouse, et je veux bien le croire. Amaury variait les plaisirs, semble-t-il : il n'y a pas deux séances qui se ressemblent. Comme s'il menait des expériences ou faisait un comparatif. Certaines victimes sont mortes, sans aucun doute. Pour d'autres, c'est moins clair. La géolocalisation montre que toutes ces photos ont été prises en Europe de l'Est pendant les dix-huit mois qu'Amaury a passés hors de France. Une victime tous les deux mois. Un rythme démentiel pour un tueur en série. Les experts de la PTS cherchent encore à forcer les codes d'accès à une messagerie ultra-privée du dark web où, pensent-ils, il passait des annonces et recevait des… COMMENT APPELER ÇA ?

Des « offres d'emploi ».

L'affaire a éclaboussé la mairie, Aurèle va sans doute démissionner. Il retrouvera peut-être un poste dans la police, je n'en sais rien et je m'en contrebranle.

Bourriol a été légèrement blessé par l'autre foldingue de Marilyn Winter. Elle a voulu l'égorger, mais la lame n'a rien touché de critique, Toulouze l'a abattue avant. Il n'a pas du tout aimé ça, tuer. Il m'a dit en retenant ses larmes qu'il visait l'épaule, mais qu'il a touché le cœur. Ce n'est peut-être pas plus mal.

Thomas Bourriol s'en tirera avec une vilaine cicatrice, une de plus. Je ne sais pas s'il se remettra de cette histoire. Ou plutôt : je sais qu'il ne s'en remettra jamais. Comment se remettre de tout ça ?

Il est passé me voir (enfin m'entendre) avant sa sortie de l'hôpital. Il voulait me remercier. C'était gênant, on n'a pas vraiment trouvé quoi se dire. Il était accompagné de son pote Conrad, le tatoué qui nous a mis sur la bonne piste. J'ai dit à Bourriol qu'il ferait mieux de remercier son ami. Il a hoché la tête et m'a répondu.

« Je sais. Je n'aurai jamais assez de toute une vie pour le remercier. »

J'ai vu Conrad Pampin s'essuyer les yeux. J'ai fait comme si je n'avais rien remarqué. Il y a eu beaucoup de larmes dans cette chambre, à commencer par les miennes.

Juste avant de partir, Bourriol m'a demandé un truc et j'ai compris qu'il était surtout passé me voir pour ça. Il m'a demandé s'il pourrait lire les journaux de Marilyn Winter. Je lui ai répondu que je n'en savais rien. Qu'il faudrait qu'il fasse une demande auprès du procureur et se fasse peut-être aider d'un avocat. On s'est quittés sur ça.

Je ne mesure pas encore les suites psychologiques que cette affaire aura sur moi. Même si je n'en suis pas au niveau de Bourriol, j'ai morflé. Mais pour l'instant, ce qui me tient éveillée la nuit, ce ne sont pas les images d'Amaury avec son couteau de cuisine et son regard dément. Ce qui me tient éveillée la nuit, c'est de savoir que, toute sa vie, Marilyn Winter a tenu un journal intime. Comme moi. Comme moi, et comme beaucoup de tueurs en série. Son journal était adressé à Thomas Bourriol de la première à la dernière ligne, écrit à la deuxième personne du singulier. « Tu dis ça, tu fais ça… » Toute une vie à la loupe. Des milliers de pages noircies qui détaillent sa folie, son obsession et ses crimes. Faut-il que je sois un peu fêlée pour tenir un journal jour après jour ? Qui fait ça à notre époque ? Uniquement des psychopathes ? Qu'est-ce que ça dit de moi ? Je ne sais pas si j'aurai le courage de lire ses écrits.

Merci

À Joël James, qui m'a raconté son métier de flic. En espérant qu'il m'excuse pour toutes les approximations que j'ai – volontairement ou non – laissées dans mon texte.

À Michel Rossetti, maître-chien guide d'aveugle, aveugle lui-même, qui m'a ouvert les yeux sur ce qu'est une vie aux yeux fermés.

À Véro, qui m'a engueulé, menacé, encouragé et poussé pour que je finisse le livre alors que j'étais prêt à l'abandonner.

Et un remerciement tout particulier à mon éditeur, Laurent Boudin, qui m'a découvert il y a dix ans et qui ne m'a jamais lâché. Qui était le seul à penser que je reviendrais au roman – alors que moi-même je n'y croyais pas. Et qui, le jour venu, a accueilli cette histoire, l'a accompagnée et m'a donné les clés pour que j'en tire le meilleur.

Ouvrage composé par
PCA 44400 Rezé

Imprimé en Espagne par Liberdúplex
en août 2023
N° d'impression : 111607

rablement.

Pocket – 92 avenue de France, 75013 PARIS

S32024/04